U0008822

吹過星星的風

・戰前篇・

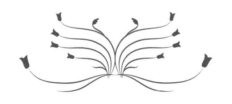

韓國小說大家經典代表作

崔末順——主編　游芯歆——譯

目錄

導論

韓國近代文學的形成與殖民地時期文學面貌

崔末順（國立政治大學臺灣文學研究所副教授）

自十九世紀中葉以來，在世界性帝國主義擴散的影響之下，東亞各國幾乎毫無例外的都得面臨與西方碰撞和衝擊的命運。彼時所謂的「西風東漸」，意味著東亞各地都遭遇到以資本主義全球性發展為前提的所謂全球化浪潮下的挑戰與考驗。夾帶著強大武力的外來勢力，在提出開港要求的同時，也帶給各國對固有民族文化自我懷疑的焦慮，引發東亞各國開始重新省思包含制度、物質及精神層面在內的既有秩序。面對此前所未有的文化挑戰和生存危機，各地有識之士有舉起反封建旗幟者，也有提出接受西方現代文明論述者。在此過程中，「文學」始終扮演著重要角色，因為文學所具備感化人心的力量，在訴求改造文化和克服國難上，確實發揮了不可磨滅的影響力量。在東亞地區，與日本和中國相較，臺灣和韓國當時都處在喪失國家主權的困局當中，因此兩地的知識分子雖然也高唱反傳統，但並不是一味只要求接受西方精神，他們也同時討論傳統價值，甚至鼓吹民族精神。兩地的現代初期文學，即體現出這種一方面要追求「現代」，同時也要保衛「民族」的歷史課題內涵，而其首要步驟便是推動文學現代化工程，以因應民眾的需求。

反封建、反帝國主義的時代任務

韓國的近代文學就是在此歷史和時代環境中邁開步伐。從一八六〇年代開始，韓國即因日本帝國主義和西方資本主義列強的入侵與掠奪，而面臨到封建社會解體的危機，結果在一九一〇年遭到日本併吞，淪落為殖民地。在這個過程中，韓國現代文學與第三世界文學一樣，一直擔負著反封建、反帝國主義的時代任務。從十九世紀末到被日帝奪走國權的一九一〇年間，朝鮮民眾即持續展開抗爭行動。由此，也出現過大批反對外國勢力入侵，呼籲愛國、抗爭，主張文明開化的文學作品。特別是在一九〇五年以後，知識分子更站出來主導，推動了包括出版運動、國文運動、教育運動、學會運動等各種不同形態的開化自強運動，影響所及，具有反映現實和教化讀者功能的小說文學也因此蓬勃發展了起來。

這個時期出現的小說樣式，包括以各國愛國英雄為題材，但借用古典文學傳記形式來表現愛國心和獨立自主思想的歷史傳記小說，以及為了有效傳播啟蒙思想而創作的時事討論小說，還有內容主要是為反封建、提倡文明開化和新教育思想、自由戀愛的所謂新小說。其中新小說作為文化運動期的主流小說樣式，曾經風靡一時，不過到了一九一〇年日本強占朝鮮之後，隨著文明開化思想的急速失去現實基礎，它也隨之轉變成了通俗小說。

自一九一〇年韓國被日本帝國強制納入日本版圖開始，韓國社會即逐漸轉變為殖民地資本主義社會。日本透過土地調查、會社令等措施，在韓國開始建構起殖民地經濟體制。由此，人口比率占大多數的農民，開始面臨到因現代化的關係所帶來的嚴重階級分化現象，而一些失去土地的農民，則淪落為靠打零工維生的勞動階層，在殖民地資本主義畸形發展的結果下，他們終究無法避開窮困潦倒的生活。另外，由於日本的排他性統治政策和壟斷資本的大量滲透，民族資本家在經濟發展上也面臨到挫敗的命運。受過現代教育的少數知識分子，因而對自身和祖國所處的現實有了更深的了解，並開始對日本所帶來的現代性產生抗拒及反省之心。

這個時期小說的主流，是由從日本留學歸來的新世代作家，為重新展開反封建的啟蒙運動而創作的。他們的小說大都是在樂觀認知現實的基礎上，主張自由戀愛和自由婚姻觀念。但是由於在現實認知上帶有抽象性和浪漫性，因此大部分的小說都具有主觀的理想主義傾向。另外，不同於此，一些青年知識分子明確地認識到日本的政治、經濟壓迫，而認真地摸索改善的方向。他們的短篇小說在暴露現實黑暗面的同時，也成功描寫出知識分子在看不到變革現實的希望下，感到苦悶的內心世界。除此之外，尚有流亡海外、從事民族運動的知識分子所創作的小說，這些小說主要帶有資產階級的民族主義思想，以及宣傳抗日獨立的浪漫性格。

卡普文學的抬頭

一九一九年三一獨立運動之後，日本體認到之前所使用的武力統治方式已不可行，因此改弦更張，將統治重心放在文化政策的執行上面。不過，對韓國人來說，所謂文化政策，卻是欺瞞性質的殖民地支配，更加強化壓抑機制的一種戰略。日本披著文化政策外衣，實行的卻是分化民族內部的兩面策略。日本答應了部分韓國資產階級的要求，因此，三一運動以前在民族運動中擔任要角的資產階級受到拉攏，而逐漸轉變為改良主義者。另外，一九二〇年代，日本為了增加稻米產量，陸續實施了稻米增產計畫，致使農村變成日本的糧食供給基地；在工業部門，日本的壟斷企業家為了攫取資本的超剩餘利潤，對勞工階級實施超低工資和強制性的長時間勞動政策，從而引發了勞工階層的反抗。加上進入一九三〇年代後，日本引發滿洲事變，以此作為侵略中國的跳板。而且，由於發生了自一九二〇年代末期開始，一直持續到一九三〇年代初期的世界性經濟大恐慌，遭逢經濟危機的日本，乃將其所肩負的經濟負擔轉嫁到朝鮮民眾，因此朝鮮民眾的生活更形困苦。

面對如此艱困的現實，社會主義運動因而全面抬頭，這就促使「卡普」（朝鮮無產階級文學家同盟）在文學運動和實際創作上掌握了主導權。之後，隨著勞工運動、農民運動的成長，以及其在質的方面的發展，文學部門幾可說是全面左傾，因此大量的左翼普羅小說乃應運而生。這種現象，主要是因為大多數的作家認識到現實的痛苦和人民的桎梏係來自階級和民族矛盾，因而站在無產階級的立場上了解現實，並創作出以克服現實矛盾為目的的小說。

此外，在這個時期，也出現了現代主義小說。現代主義作家在小說中揭露不合理現實面的同時，也集中反映了人與人之間的疏離。現代主義可以說是自一九三〇年代開始即擴大發展的殖民資本主義下的副產物，它對光復後韓國文學的發展有著非常深刻的影響。如此，一九三〇年代後期的韓國小說，由於各個作家有著不同的世界觀，並採用了不同的創作方法，因而創造出多樣的長、短篇小說，在質和量兩方面都有了豐碩的成果。

現代文學的生存危機

到了一九三〇年代末期，朝鮮的殖民地資本主義進入新的局面。一九三七年中日戰爭爆發之後，朝鮮變成了日本侵略中國大陸的軍事基地，朝鮮的產業結構也被改編成適合推動戰爭的體制。同時日本提出「內鮮一體」的口號，積極展開皇民化運動，其內容包括創氏改名、禁止使用韓文、實施徵兵、志願兵制，一步一步強化了戰時體制。在這種局面之下，這個時期的文壇，「卡普」被強制解散，其所屬作家也遭到管制，普羅文學因而大幅萎縮。另外，雖然不屬於普羅陣營，但一直堅持現實主義傾向的作家，到了這個時期，只得開始創作諷刺小說和歷史小說，來迴避無法正面描寫現實的境況；堅持文學主義的作家，則強烈表現出反對法西斯主義的傾向。他們在細膩地勾勒出殖民資本主義下的現實社會，揭發現實黑暗面的同時，也如實地描繪了生活在這種現實底下人民的苦悶與悲哀。

不過，緊接著一九四一年太平洋戰爭爆發，此時作家被強制進行日本所要求的親日文學創作，甚至被迫做出親日行為。因此有些作家憤而停筆，有些作家被打入牢獄，有些作家則流亡海外，韓國現代文學因而面臨了嚴重的生存危機。

如上所述，初期韓國的現代文學，由於在它揚帆起步的初始，就遭到喪失國家主權的命運，這也造成如同臺灣一般，文學強烈反映出追求以恢復國權，以及學習或模仿西方現代化為主要內容的現代性。失去主權的一九一〇年代，可以說是單方面傾斜於西方現代的時期；當時支配韓國文壇的崔南善（一八九〇－一九五七）、李光洙（一八九二－一九五〇）、金東仁（一九〇〇－一九五一）、朱耀翰（一九〇〇－一九七九）等人，受到日本明治、大正時期文學的影響，以反封建的名義否定傳統，並提出透過學習西方，以作為民眾啟蒙和文化啟發的手段，同時他們在自己的文學創作活動中，也親自實踐了這一主張。初期的現代指向，即是透過《創造》、《廢墟》、《白潮》等文學雜誌，將西方的象徵主義和自然主義文學介紹到韓國來，並扎下深根，一時還成為文壇的主流。

不過，經歷了一九一九年的三一運動之後，進入到一九二〇年代，申采浩（一八八〇－一九三六）所提出的「朝鮮心」和安昌浩（一八七八－一九三八）所主張的「準備論」，則反映出恢復民族主體性的熱望，呈現了較為強烈的傳統指向。不過，這兩種指向終究無法進展到辯證性統一的階段，在根本上，它與臺灣的情形一樣，受到了恢復國家主權這個至高命題的制約。另外，與臺灣幾乎在同一個時期的一九二〇年代中期以後，成為韓國文學主導勢力的普羅文學，雖然強調對抗資本主義現代性，但是它所主張的社會主義，也屬於在西方發展出來的另一種現代性，因而其文學所呈現的也是現代指向。

現代主義運動高度發展

接著，一九三〇年代中期，現代主義運動高度發展，它在詩歌方面注重的是意象主義，在批評上則注重主知主義，以及以李箱（一九一〇—一九三七）為代表的達達主義等，而這些可說都是標榜審美現代性的外來文藝思潮。在韓國文學史上最早出現的此一時期的現代主義運動，雖說是模仿號稱亞西歐的東京文壇，但是它所極力追求的文學現代性，在黑暗的殖民地環境中，在某種程度上儼然扮演了一個精神上的出口角色。不過，這個表現積極的現代主義運動，反又成為一些文人強調本土自生的抒情性，以及高唱回歸韓國固有傳統的主要原因。一九三〇年代末期，這種現代和傳統指向，圍繞著強調古典精神的文藝雜誌《文章》派和強調散文精神的《人文評論》派的論爭，在文學批評上形成嚴重對立的局面。值得注意的是，在這個時期，以金東里（一九一三—一九九五）為代表的傳統和民俗傾向，在文壇上扮演了舉足輕重的角色。

保留傳統，或是走向現代？

由此考察殖民地時期韓國文學的進展樣貌，我們可以知道在與西方現代的接觸和衝擊之下，不斷地做出因應舉措，因而有時呈現現代指向來企圖跟上西方，有時又呈現傳統指向來保衛民族性。早期知識分子想利用西方的現代來克服西方現代所造成的殖民地困境，結果卻面臨了進退維谷的矛盾局面。因此，他們的現代化方案，不得不帶有固守民族性和追求普遍性的雙重性格。所以，我們可以把這個階段的韓國文學，定義為一種舊與新、傳統與現代成分共存又共同競爭的空間來了解。

本書所收錄的八篇小說，基本上反映了上述殖民地時期韓國近代文學各階段的文學傾向。為了避免重複說明，在此擬依活動時期和創作類型，就各個作家及所收錄的小說內容略作介紹。李光洙（一八九二—一九五〇）因其言論和作品傾向，在韓國文學史上一直是個相當具有爭議性的作家，不過他在一九一七年發表的長篇小說〈無情〉，因其敏銳捕捉到近代知識青年的感性和個人主體性，而獲有「韓國近代小說之始」的歷史評價。加上，小說內容充分展現出文明開化和民族性改造等文學的時代歷史課題，可說在韓國近代文學形式和內容的確立上面，做出了相當重要的貢獻。本書收錄的〈無明〉係李光洙一九三九年發表在《文章》雜誌創刊號的中篇小說，當時他因受到改良主義民族運動團體「修養同友會事件」的牽連而坐牢，因病保釋出獄後，他在醫院以口述方式完成了該篇小說。這篇作品不同於李光洙早期小說的過度啟蒙主義色彩，它以寫實態度客觀描寫密閉空間「病監」裡囚犯之間對立和矛盾的情形，篇名「無明」的這篇小說，或許即是作者試圖藉著監獄裡劍拔弩張的情景，暗喻日本殖民底下韓國民族所處的黯淡現實。

如果說李光洙為一九一〇年代牽引初期韓國近代文學向前推進的作家，那麼玄鎮健（一九〇〇—一九四三）和羅稻香（一九〇二—一九二六）可說就是主導一九二〇年代短篇小說全盛時期的代表性作家。三一運動後，知識分子藉著日帝文化政治陸續創立若干文學同仁雜誌，兩位作家也藉此摸索近代短篇小說的創作模式：其中，玄鎮健還與金東仁、廉想涉（一八九七—一九六三）同時獲有寫實主義短篇小說開拓者的高度評價；而英年早逝的天才作家羅稻香則將其文學熱情投注在自然主義小說的創作上。玄鎮健於一九二四年發表在《開闢》雜誌上的〈走運的日子〉，描繪日帝殖民統治下靠拉人力車為生的都市貧民困頓的生活；而羅稻香於一九二五年在《朝鮮文壇》雜誌上發表的〈水碓〉，則結合現實、命運和人性問題，立體的刻畫出人物的性欲本能和窮困現實。

一九三〇年代的重要作家當推蔡萬植（一九〇二—一九五〇）和李箱。韓國學界對於蔡萬植小說犀利解剖及諷刺殖民資本主義的運作機制，以及他給予後世的影響，都表示出高度的肯定；而李箱則有「韓國現代主義文學桂冠」的稱號，他的小說向以極端內面描寫和破壞既有體系的文學實驗著稱。本書收錄蔡萬植於一九三八年在《東亞日報》連載的〈痴叔〉短篇小說，藉著以負面人物之口批判正面人物的手法，迂迴地撻伐日本施加於韓國民眾的殖民論述以及愚民政策；而李箱的著名小說〈翅膀〉則發表於一九三六年的《朝光》雜誌，內容主要描寫一個靠妻子賣春維生的無能男子的自閉性日常生活，雖帶有濃厚的私小說傾向，但也可以解釋為影射完全喪失自律性的殖民地知識分子，其內心的惶恐不安以及自我意識的心理小說。

李箕永（一八九五—一九八四）、姜敬愛（一九〇七—一九四三）和崔曙海（一九〇一—一九三二）文學的共同傾向為無產階級左翼文藝。「卡普」的代表作家李箕永，藉由階級觀點和農民視角，痛斥日帝的農村政策和農民階級屬性的不公，他於一九三三年《朝鮮日報》上連載的〈鼠火〉即是以小農民作為主要人物，刻畫出封建遺制仍然行使著影響力的殖民地農村裡的諸多矛盾現象；而姜敬愛和崔曙海雖不屬於「卡普」成員，但他們堅持以左翼的、民眾的觀點，共同以移居中韓邊境「間島」生活的朝鮮人處境為題材進行創作。一九三六年在《朝鮮日報》連載的〈地下村〉中，姜敬愛以女性作家特有的細膩筆觸，勾勒出窮困潦倒家庭連作為母親的天性都無法發揮的無奈與悽慘圖像；而崔曙海一九二五年發表於《朝鮮文壇》的〈出走記〉也以寫實手法描繪出間島移住民生活的慘澹面貌，並控訴帝國殖民政策造成朝鮮農民的生活根基被拔除，而不得不流浪異國他鄉尋找餬口零活的艱難苦境。

如上所述，韓國近代文學的進程和小說內容，呈現了與臺灣相當類似的樣貌，這主要是因為兩國文學對應現代此一歷史階段，有其共同歷史經驗的關係。因此，閱讀本書所收錄的韓國小說作品時，或可以同時期的臺灣文學作為比較參照對象，如此相信更能客觀地把握東亞近代文學的發展情形，以及該地區文學所肩負的時代課題。

無明

李光洙

入獄的第三天，我被送到病牢去。所謂的病牢，不是一棟獨立的建築，而是幾間位於牢房尾端的房間罷了。我被送去的一號房，是在西側盡頭的牢房。帶我過來的看守鎖上門走了之後，一個臉孔白皙、眼神清明的看護告訴我：

「要坐要躺都可以，說話小聲點就行。聲音太大的話，會被看守罵。」

接著他便按照我的號碼安排好鋪位，隨即離開。我低頭向看護表達感激之意後，轉向比我早進來的兩個人低頭行禮。

這時，就在我身旁的一個人以舊朝鮮禮法握著我的手腕喊道：

「哎呀，這不是陳桑[1]嗎？我尹ＸＸ啊！」

1 「桑」乃日語「さん」的音譯，以此表現日據時代韓國人的說話習慣。

聲音之大連隔壁房間都聽得到。

我也認出他來，他是和我一起被關在C警察局拘留所十多天、比我早移送檢察機關的人。他一身瘦骨嶙峋，只有嗓門大，話尾老愛加上「X腦袋」，所以被同房的人戲稱為「X腦袋」，一天到晚嘲笑他，每次想起，我總是忍笑忍得很辛苦。尹擺出舊朝鮮時代儒生的姿態，十分慎重地為我入監之事感到擔憂，並對著旁邊一個只剩皮包骨姓「閔」的老人讚譽有加地介紹我之後，就拉開青色候審犯囚衣的前襟，露出整個肚子和雙腿。一面用指頭戳著腳背和小腿，雙手還不忘拉扯肚皮。

「看看，我全身都腫成這副模樣，最近稍微消了點，也還是這個樣子。當初一起在八號房的時候，比現在還嚴重吶！」

他操著全羅道方言囉里囉唆地解釋自己的症狀，彷彿比醫生更清楚自己的病情似地。最後就感嘆醫生對自己的病也束手無策，自己只能死了被抬出去吧。尹給自己診病開藥方，認為自己全身浮腫是因為喝了稀粥，發燒咳嗽拉肚子是因為自己被冤枉，肝火上升，而且再三強調，要治療這病就得出了監獄吃好肉喝好酒才行。最後就翻白眼扯著嗓子喊，自己會被那些共犯和醫生給害死。

尹所犯的罪，聽說是和共犯玄某、林某兩人一起將被害人金某的土地，在金某不知情的狀況下，抵押給高利貸業者，得手三萬多圓。而尹在這件案子裡所負責的，就是為他們刻了偽造的政府機關的公章和個人私章。他吹噓說：

「玄家那小子我不認識，林家那小子呢，說起來算是我的死黨。我們這種人啊，為了朋友可以不顧生死。我跟你說真的，我們為了朋友兩肋插刀在所不惜，所以我就給他們刻了圖章。可是，陳桑你也知道，我有拿一分錢嗎？明明就是玄家那小子、林家那小子把幾萬圓全給吞了，關我尹XX屁事！」

但是尹這番話可不是對我說，我很清楚他其實是說給一直關在同間病牢的閔聽的。他之所以這麼說，是因為他在警察局拘留所的時候，第一天也吹著牛皮說了跟現在一模一樣的話。但進了偵訊室兩個多小時，該吃的苦頭都吃盡了之後，垂頭喪氣走出來的那天傍晚，他才咬牙切齒地坦承，當初說好這事成了，他就能拿到六千圓的酬勞，但事情真的辦成之後，玄某和林某卻說尹刻的圖章不好沒有用，自己又在首爾另外刻了圖章使用，給了他三十圓，晚上請他喝酒，讓他在娼寮睡了一夜，就把他打發掉了。我猜，他八成也跟同個病牢裡的閔說了自己冤枉的話，沒想到我會進來，為了善後，也為了保險起見，就搶先說出這番話來。想到這裡，我又忍不住想笑。

只剩皮包骨的閔一副「這傢伙又在老調重彈」的表情，故意裝作沒在聽尹口沫橫飛說話的樣子，坐在那裡盯著自己骨骸般的手指看。沒多久突然唉喲一聲站起來，坐到了糞桶上。

「又來了，屎拉個沒完！」尹尖著嗓子喊。

「你又好到哪裡去了？」

閔回了一句，就使盡力氣哼哼。

糞桶就放在閔的枕頭邊，每次看到就讓人聯想起沒上漆的冠。骨瘦如柴的閔坐在那上面用力哼哼的模樣，看起來頗為悲慘。尹睜著一雙細長銳利的眼睛，斜睨著閔瘦削的脖頸說：

「陳桑，我跟您說，那傢伙說自己打作[2]還能分到八十石稻穀，說自己有個長男，還有個十九歲的小婆娘。可是呢，這個當人家老爹、當人家老公的人都快死了，連個鬼影子都沒來探望過他，更別提送件衣服、送個飯盒什麼的。要不是我離家太遠，看著吧，我寫封信，我堂叔就會給我寄三十圓來。我堂叔是面長[3]呢！而且那傢伙說自己家就在始興[4]，那他的小婆娘和兒子怎麼連個臉都不露一下？哼，還誇耀自己姓閔是兩班[5]，誰說姓閔的就一定是兩班？他婆娘不認老公，孩子不認老爹，算什麼該死的兩班？」

即使尹口出惡言，閔也充耳不聞，現在也不哼哼了，只是呆坐在那裡，彷彿忘了該從糞桶上下來。

看閔一聲不吭的樣子，似乎讓尹更為光火，他突然起身走到糞桶邊，一指頭就戳在閔的側腰上。

「我不早說過了？再這樣下去你必死無疑。有吃才有得拉，就喝那麼一口淘米水似的稀粥，連尿都撒不出來。你就照我說的，趕緊給家裡捎個信，拿錢買牛奶喝、買雞蛋吃吧。錢都放著不用要幹嘛？還想把錢留給老爹都快死了也不來探視的龜兒子嗎？哼哼，難道你還想讓十九歲的小婆娘找個年輕老公痛快地過日子？」尹專挑閔的痛處說。

閔再也忍不下去。

「關你屁事啊？只要不聽你惡毒的話，不看你凶狠的眼神，我日子就好過得多。說話也得有個分寸，幹嘛牽扯人家的老婆？所以啊，鄉下窮小子，沒辦法！」

閔嘴裡說著這樣的話，面上卻看不出半點生氣的樣子，凹陷的眼睛裡即使帶著怒氣，也能看出他沉穩的稟性。

在這之後，尹也是一天數次，每天拿同樣的話來刺閔。閔不想聽就閉上眼睛裝睡，不然就透過玻璃窗，久久凝望著飄浮在夏空中的雲朵。就這樣，閔愈不作聲，尹就愈猖狂，汙言穢語吐個不停，而且每每在最後一定會扯到閔十九歲的妻子。這是尹想激怒閔的最後手段，所以只要妻子的話題被扯出來，閔就會皺著眉頭不快地頂一、兩句話回去。

尹也已經習慣了如果再怎麼挖苦閔，閔也置若罔聞，毫不反擊的話，就轉而對我揭閔的瘡疤。像是閔一點也不遵從醫囑，該吃的藥都不吃啦；是全天下最小氣的人啦；閔的紅鼻頭代表他離死不遠肚子裡的饞蟲在動啦；閔的小婆娘早有了年輕姘頭等等，說個沒完沒了，一直要到我想睡了或飯送來了才會住口。尹這個人活著，彷彿就只是為了吃飯、欺負閔、拉屎、睡覺這

---

2 地主和佃農分成的制度。

3 「面」為韓國地方行政單位，相當於鄉，下轄數個「洞」。

4 首爾轄下的一個區。此文中的監獄應該是今首爾的西大門刑務所，在此諷刺閔的家就在京城裡，老婆兒子離得這麼近卻不來探監。

5 兩班指貴族統治階級和學者、官吏。

四件事情。啊，還有一件，那就是念叨自己的病和埋怨共犯。不管怎樣，尹的嘴巴就沒個閉上的時候，他的大嗓門不時挨看守的罵，但只要看守轉身離開，他馬上又會扯著大嗓門咒罵看守。

因為尹的存在，我的心沒個安寧的片刻。奇怪的是，尹說的每句話都刺激著人的神經。不管是他對閔的惡言惡語，還是看到飯食時對監獄的咒罵，甚至是對醫生、看護、看守、自己的共犯等等，凡是他掛在嘴上的人，都被他罵了個體無完膚。而那些話卻如同刀尖、針尖一般刺著我脆弱的神經。我最想做的事，就是放空心靈，靜靜地躺著，然而尹不讓我有這樣的機會。好不容易等到他囉囉唆唆的話告一段落，才想著「這下終於好了！」閉上眼睡沒多久，尹又開始大聲打起呼來。他雙腿大開，袒著肚子，枕頭墊在脖子下，眼睛半睜，用鼻子吸氣，嘴巴吐氣。偶爾還會喔喔兩聲，發出氣管阻塞的聲音，不然就像得了百日咳一般劇烈咳嗽，坦白說，還不如聽他嘮叨算了！所以閔總是嘀咕：

「真不知道這傢伙是怎麼長的，醒的時候讓人受不了，睡著了也一樣讓人受不了。」

一聽這話，我也忍俊不住。

「肚子遮起來！十五號，把肚子遮上，胯遮上。午覺怎麼這個樣子睡？你就是這樣睡午覺，晚上才會老占著糞桶拉屎，讓別人都不好過。」

只要巡視的看守一吼，尹就會說：

「誰在睡覺啊？」

然後揉揉肚子和胯下，又加一句：

「我火氣大，一直發熱，熱得受不了才這樣的。」

說完才稍微拉上衣襟，一等看守走掉，尹隨即用惡毒的眼光瞟著看守站過的地方恨聲罵道：

「幹嘛老針對我？」

然後又肆無忌憚地扯開衣襟。

閔則一副看不過去的樣子說：

「怎樣，看守說的沒錯啊！露著肚皮仰面朝天睡，會一天到晚拉肚子。就你這脾氣，好話聽起來也成了壞話。還有，你那什麼樣子啊？一天到晚仰天露胯的！」

即使如此，尹對我的態度卻極端親切，知道我得了身體不能多動的病，就替我做了很多我該做的事情。

「您有什麼事情交代我就好，怎麼起來了？」

每次我一動，他就會疼惜地對我這麼說。在我的私食（自費飲食）送來之前，尹就主張把自己吃的粥和我吃的飯對調過來。他說：

「看看，這半粟半豆的，陳桑吃這種東西像話嗎？」

然後非要把我的飯搶過去，把他的粥推到我面前。我以好意心領，但第一，不合規矩的事情非我所願，第二，給醫師下令該吃粥的病患吃飯，會讓我感到愧疚為理由，最後還是推辭了。看到尹和我彼此較量，閔把裝粥的搪瓷缸放在面前，一副沒胃口、毫無食欲的樣子說：

「你這人真是的！那發著老鼠屎味的清粥有什麼好勸陳桑喝的？陳桑，您快用膳吧，無論如何，豆飯一團也好過粥。」

這時，尹就會瞪著閔說：

「你吃你的，總要吃飯才活得下去吧！」

然後就強硬地搶走我的粟米飯吃了起來。

我對違反規定感到良心不安，但又對推辭尹的好意感到愧疚，只喝了一口清粥，就藉口肚子不舒服，回到鋪位上躺下來。

尹似乎把我的飯和他的粥全吃掉了的樣子。閔也只喝了兩、三口粥就回到鋪位躺下。而尹則拿著飯糰站在窗下，不斷觀望看守有沒有來，嘴裡發出唏哩呼嚕聲吃飯喝粥。

閔咂著嘴流著口水說：

「如果能吃上一碗肉膾[6]配白乾，那該有多好！」

停了一會兒又喃喃自語說：

「如果能喝上一杯好白乾，心裡的鬱結就全解開了！」

吃光了飯和粥、還咕嚕咕嚕喝完水的尹，一面刷洗飯碗，一面說：

「哼，這下又加上肉膾了啊？連清粥都下不去的肚皮，還能吃肉膾？馬上就嗝屁了！剛好你鼻頭紅咚咚的，肚子裡的饞蟲早就動了，所以我說，你哪有可能不死？」

如果流了鼻涕，尹也不用手背擦拭，而是用三根手指頭捏著鼻子把鼻涕扯下來隨便撇在哪個地方，再繼續用那隻手洗碗。萬一又開始咳嗽的話，他也不會把頭轉開，而是更靠近洗碗桶，挨著飯碗，低下頭咳嗽。即使如此，他也自認為是我們三人中身體最強健的，不管是接飯、洗碗、飯後拖地等事情，全都一手包辦，他甚至還深信自己幹得很好。而且，每次吃完早飯，「準備便器！」的號令一出，該搬糞桶的時候，我們三人中也只有尹做得了這件事情。他每次哎喲哎喲地搬運糞桶時，就會埋怨閔，怪閔一天到晚拉屎，糞桶才會這麼重。然後閔就會反擊說：

「你這人真是的！我這個一天連一碗清粥都吃不了的人，能拉多少屎尿？是你這個粥也吃兩碗、湯也喝兩碗、冷水也喝兩壺的人，才會一整晚占著糞桶，讓人連覺都沒辦法睡。」

閔的話我深有同感，而且自從我的私食送來之後，尹每次都會把我吃剩的飯菜全吃光，這也讓他的消化不良症狀變得更嚴重。吃得太多的關係，尹出現乾渴症狀，不停地舀水喝，也導致他一天拉屎的次數最多達到二十次。即使如此，他還辯稱：

「屎就是要拉出來才行，用籤子挖不知道能不能挖出來？只不過總要有吃的，才會有屎出來吧。」

6　生肉料理中的一道菜式，將生牛肉切絲加上調味料攪拌，擺盤後再打上一個生蛋黃，食用時將蛋黃和生牛肉絲一起拌勻即可。在肉食昂貴的時代，只有富人才吃得到。

尹就是這樣，一天裡總要對著閔或我自怨自嘆好幾次。

尹的病情逐漸惡化，吃得太多，明顯就是原因之一。我為了自己要吃私食卻造成尹病情加重而感到歉疚，因此決定從現在開始不再把自己吃剩的東西給尹。於是在吃完自己想吃的東西之後，在尹的手伸過來之前，就把飯盒放到窗框上去，然後柔聲對尹說：

「您這麼吃會出事的！我昨天數了數，您大概瀉了二十四次，而且您還發燒，這都是因為吃得太多的緣故。」

雖然我說得情真意切，但尹根本不聽，操起放在窗框上的飯盒就吃。

因此我不得不下定重大決心，那就是停掉我的私食。我決定只有晚飯時才吃私食，早飯和中飯還是吃官食（監獄飯）。不管怎樣，我是個病人，不攝取營養不行，因此這麼做雖然是不小的痛苦，但我真的不想讓身邊的人因為我而違反規定，加重病情。閔明白我停掉私食的原因，也兩、三次責備尹不懂分寸，但尹認為是我討厭他才停掉私食的，不時埋怨我。而且在尹收到兒子寄來的現金三圓，買了牛奶，吃上了私食，連粗草紙都買來用之後，他對我的態度也變得異常冷淡。過去只要我開口勸他，他都會回應「先生說得對！」，乖乖聽從，但現在則是對我翻白眼。

尹從兒子寄來的三圓裡面，買了毛巾、香皂和草紙。

「買東西喲！」

監獄裡叫賣的日子一星期只有一次，東西訂購之後到送來為止，大約需要一星期到十餘天左右的時間。尹因為自己訂購的東西遲遲沒送來，每天都要指責好幾次監獄當局的怠惰。然後到了東西送來那天，尹拿到毛巾、香皂和草紙之後，就翻來覆去地查看，嘴裡還不忘大聲抱怨：

「這種東西也叫毛巾，還好意思拿過來？那些該死的傢伙！這東西拿來當抹布都不成。這香皂又是什麼東西，連點香氣都沒有？」

閔一副看不過去的模樣，咂著嘴不滿地罵尹說：

「我說你這人啊！你家何時用過這種毛巾和香皂，那三圓還不如拿來買飯吃、買酒喝，買什麼毛巾香皂啊？你我這副嘴臉抹香皂要幹什麼？用這裡給的面巾不就行了，用什麼毛巾啊？你就是這樣一點想法都沒有的過日子，才會一輩子脫不下窮皮。」

尹從那天開始只有洗臉的時候才用他自己的香皂，但在洗毛巾或洗腳的時候，不知怎麼回事，還是跟以前一樣用我的肥皂。

尹在掛面巾的繩子上掛上自己的毛巾，他也有了香皂、牙刷和牙粉，被子下面還藏著草紙。早飯時間在私食和牛奶送來的時候，他總是顯出一副很狂妄的樣子。他還買了一把扇子，但因為他的扇子不像我的扇子是竹摺扇，所以每天都要抱怨好幾次。但他還是抬頭挺胸搧著扇子盤腿坐在那裡，擺出一副斯文模樣說著他最愛說的兩班、賤民，埋怨共犯，抨擊監獄，以及數落閔。

就因為家裡寄來的這三圓，他似乎感覺自己的地位有了大幅的提升。如今，他就算看到看守也不怕，一副「我也能吃私食」的傲慢姿態。

既然尹吃上了私食，我也重新開始接收中斷了十餘天的私食。只有尹和我兩個人吃著鬆軟白飯，配著大魚大肉，閔一個人喝著清粥，真是慘不忍睹。閔接了清粥放在自己面前，就來來回回盯著我和我的飯碗，不停吞口水。只有進過監獄的人，才能了解鬆軟白飯是世上最珍貴、也最令人感激的東西。米飯的白色光澤、香氣，一筷子夾起放入口中咀嚼時的口感、味道，都令人深深感受到這是天地萬物中最珍貴的東西。米飯，在發出這兩個字的時候，聲音甚至讓人有神奇、聖潔的感覺。在體會對米飯的感激之情時，每個人都會想合掌仰望天空，祈願上蒼「讓一切眾生都享有米飯之喜」。這時我已忘了監獄的規定，也忘了閔的病，挖了一匙大小的一團飯放在草紙上遞給閔說：

「記得細嚼慢嚥喔！」

閔把那團飯接了過去放進嘴裡，他的身體似乎起了一陣痙攣，眼睛裡好像噙著淚水，難道是受到我心情的影響嗎？

閔把黏在草紙上的飯粒一粒不剩地全都扯了下來吃掉。

「我吃得非常香甜，真不敢相信竟然會這麼好吃，簡直好吃到現在死了也無憾。」

閔這麼說著，又顯出還想再吃的樣子，但我沒再給他，只是在碗裡剩了點飯就放下碗來。尹把自己的飯菜全吃光了，連我剩下來的東西也一掃而空。

尹只值三圓的私食一個禮拜不到就被停掉了，尹不時吹牛保證身為堂叔的面長一定會寄來的三十圓，也一直沒下落。尹老是說，自己如果死在獄中，堂叔就不得不來，如果來的話，就不得不為自己辦喪事，這麼一來，至少也得花三十圓。比起自己死後花三十圓，不如在他還活著的時候就把三十圓寄過來。如果自己能吃到想吃的東西，說不定就不會死，堂叔也不必以面長身分到監獄來。再說，就算自己死在監獄裡，既然已經收下了辦喪事的三十圓，也就不好意思再麻煩親戚，直接在監獄裡火化就行，所以現在要求三十圓也不為過。尹給堂叔面長的信裡就是這麼寫的，所以他相信三十圓一定會寄過來。

我也真心希望尹的堂叔面長會相信他的理論，給他寄三十圓來。而且自從尹的私食被停掉之後，尹和閔就互相爭奪我吃剩的飯菜。不知道是不是我給閔的一匙飯成了禍根，閔每頓都來跟我要一匙飯，於是尹就會對他破口大罵，嚴重的時候，甚至還打翻飯碗。有一次尹和閔吵得太厲害，彼此用一些不堪入耳的髒話來咒罵對方。那時正好看守經過，聽到兩人爭吵的聲音，就罵了尹一頓。看守走了之後，尹把自己被看守責罵的事全都怪在閔頭上，就更用力地欺負閔。他所用的方法也就是諷刺閔沒幾天就會死啦，閔十九歲年輕婆娘早就跟別的小伙子乾柴烈火好上了啦，閔的那些兒子豬狗不如之類的辱罵。

我又再度向看守要求中斷私食，然而這兩人的情緒並沒有因為我中斷私食而得到緩解。反而原本沉默寡言的閔，自從我中斷私食之後，也開始對尹不甘示弱，口出惡言。

「你這傢伙，不要臉的強盜！光天化日之下為了搶人家土地，竟然敢偽造法院印章？你以為你那刻過印章的髒手不會爛掉？」

閔這麼攻擊尹的話，尹就會反擊說：

「你這個在別人家放火的混蛋又好到哪裡去？你恨那個人就乾脆拿刀殺了那個人算了。你以為把那一家子都燒死了，自己就可以推卸責任？像你這種傢伙，就該連你的崽子都抓起來弄死！你的孩子活著的話，又會到別人家放火。」

有一天看守拉開我們房門喊了一聲：

「九十九號！」

不知道是不是把九十九號聽成了十五號，尹一蹦跳了起來說：

「在！我的信來了嗎？」

尹太期盼堂叔面長的來信，才會把九十九號錯聽成十五號吧。

「你是九十九號嗎？」

看守吼了一聲。

真正是九十九號的閔，一副「天地間怎會有人喊我」的模樣，躺在那裡用他凹陷的眼睛望著八月天空裡的白雲。

隨著一聲：

「九十九號你聾了嗎？」

以及尹的提醒：

「你在睜眼做白日夢嗎？沒聽到看守大人在喊你？」

還躺著的閔這才抬頭望向開門站著的看守。

「九十九號，把你的東西全帶上出來！」

閔這才清醒過來，坐起來問：

「您是要領我回家嗎？」

骸骨一般的臉龐上露出難掩的喜色。

「叫你出來，你就趕緊出來，出來不就知道了！」

「我們家有人來探視我嗎？」

閔掛在臉上的喜色去了一半。

站在看守身後的高個子看護說：

「轉房啦，轉房！連那個藥瓶也一起拿上，趕緊出來吧！」

閔拿著藥瓶、面巾，以及他常用的枕頭蹣跚地朝門口走了出去。不知道閔是否聽清楚了「轉房」的意思。看護說：

「枕頭放著，人出來！只是去隔壁牢房而已。」

閔這才發覺自己要被帶到哪裡去，無力地丟下枕頭，一時充滿喜色的臉孔又再度如骸骨般變得面無表情地走了出去。隔壁的二號牢房響起開門的聲音，隨即又傳來關門上鎖的喀嚓聲，我在腦海中想像閔不知所措地在陌生人之間尋找棲身之地的模樣。

「哼，那傢伙走了最好！該死的，髒得讓人受不了，連個澡都不洗。早上有看過他洗臉刷牙嗎？真不知道這傢伙怎麼回事，叫他換件乾淨的衣服他都不要。」

尹嘴裡說著，順手把閔沒拿走的枕頭塞到自己的枕頭下，又繼續說閔的壞話。

「陳桑，您知道姓閔的為什麼會放火嗎？因為他姓閔，所以在首爾閔XX大人家裡當了數十年的二地主[7]。您也看到了，那傢伙生得就是一副狠心腸、吝嗇鬼的模樣，他下面的佃農哪受得了？他說的打作分到八十石，還不都是從佃農那裡壓榨來的。佃農們心有不甘，就拿著訴狀到地主家告狀。所以他去年就被免去了二地主的職務，換成一個金什麼的人擔任二地主。姓閔的那傢伙卻認為，自己被免去二地主職位都是因為那個新任二地主的金某害的。今年陰曆正月初一，他倆在哪個地方碰上了，一看到對方他就破口大罵，兩人吵了老半天。然後這個傻呼呼的傢伙一生氣，當晚就跑到金家放火。幸虧正好是正月初一的晚上，附近的人在外面玩到深夜回來看到，連忙大喊『失火了！』，趕緊抓住了他，不然金家一家人差點就被全部燒死。」

尹說完這番話之後，又說了好一陣子縱火罪有多惡劣什麼的，直到一名看護走了進來才突然住嘴，因為這名看護也是縱火犯。

看護又走了出去之後，尹又接著把那些看護的縱火罪行說了老半天，最後才說：

「全是一些罪大惡極的傢伙，怎麼能在人家家裡放火呢！那些混蛋讓他們死光光最好！」

說完後彷彿為世上無限感慨似地深深嘆了一口氣。

自從一號房裡只有尹和我兩個人之後，就再也沒必要大小聲。晚上進來我們房裡睡覺的看護喊尹「老尹」，尹極端不滿，但他知道和看護傷了和氣對自己沒好處，所以也盡量不和看護正面起衝突。只是在白天和我一起相處的時候，他才斜著眼問我說：

「首爾話喊人家『老什麼』是敬語嗎？我們全羅道對著年長者喊人家『老什麼』的話，會被當成在喊長工或下人。」

我知道他問這話的意思，但覺得實在很尷尬，遲疑片刻之後才笑著說：

「當然比不上喊『先生』嘍！」

尹這才像拾回了一點信心說：

「就是嘛！我們全羅道也是尊稱人家『先生』。可是陳桑您也看到了，那個看護小子竟然口口聲聲喊我『老尹、老尹』的，難道那該死的傢伙也對著自己父親或叔叔喊老什麼嗎？論到年齡，我都可以當他父親了。哼，真是可惡的傢伙！」

尹一副不可一世的模樣，彷彿被他指責的人就站在自己面前似的。

就因為尹似乎對「老尹」這個稱呼感到極端憤怒，因此有些日子當傍晚看護進來的時候，他只瞟了對方一眼，連句「回來了嗎？」這種日常招呼都不打。於是有天晚上，當看護又喊他「老尹」的時候，他終於逮到機會和對方起了正面衝突。

「你把我當成什麼喊我老尹啊？」

面對尹的正式抗議，看護似乎感到有點意外，坐在那裡瞪大眼睛看著尹，呵呵兩聲語帶嘲

---

7 代替地主監督佃農耕作、收租的人，算是地主的代理人。

諷問：

「那你要我怎麼喊你？你的職業是刻圖章的，要我喊你圖章師傅？罪名是詐欺，喊你詐欺犯？一天到晚拉屎，喊你尹拉屎？對喔，還是要喊你尹先生？但是為什麼看起來沒有先生樣呢？喊你老尹，你就該感謝我了，都一把年紀了，還能有多少年可活？再計較就喊你尹混蛋。」

說完還對著尹的鼻子作勢揮了揮拳頭。

尹一開始時的盛氣全都消失，慢慢平靜下來。因為看護不是閔老頭，沒那麼好欺負，而且尹也領悟到和看護吵架，搞到最後自己想拿包藥吃都很困難。

尹保持沉默，但看護到躺下來睡覺之前都一直沒有停止攻擊。

第二天早上，診療全都結束後，我們房間的高個子看護就帶著隔壁房間的看護過來，用下巴指了指尹說：

「哼，就是那人，說我喊他老尹，他很不爽！」

矮個子看護看了一下尹就嘲弄地說：

「喂！老尹，頭轉過來一下。那你要我們怎麼喊你？喊尹同志嗎？還是喊尹前輩？反正都不值錢，你隨便挑一個吧！」

尹眼光閃爍，就是不回答。

原本就沒給看護什麼好印象的尹，自從發生「老尹事件」之後，就更被嫌棄了。那兩個看護沒事就會過來喊著各式各樣的諢號嘲弄尹，看護們走了之後，尹才對著我破口大罵他倆，詛咒地說：

「那兩個混蛋就爛在監獄裡吧！」

就在尹一天天過著快快不快的生活之際，又發生了一件更令他不爽的事情，那就是鄭的到來。這個同樣以詐欺犯的身分和尹關在一棟八號房的人，因為腹瀉的緣故，進了我們牢房。我從尹那裡聽到好幾次關於鄭的事情，像是明明腹瀉嚴重卻還拚命喝牛奶、吃雞蛋啦，說話不算話啦，不管自己怎麼勸就是不聽話的死傢伙啦等等。有一天尹和我出去運動回來一看，一個身材高大、臉色蒼白的人，一臉笑咪咪地坐在糞桶上。尹不以為然地回頭看看我，就撇了撇嘴坐到自己鋪位上打著扇子說：

「鄭桑，腹瀉到現在都沒停嗎？人啊，就該聽朋友的勸告才對！當初在一棟八號房的時候，我不是告訴過你好多次吃東西要注意嗎？可是我都來病牢三個月了，你還在拉肚子？」

說完話就瞟了一眼坐在糞桶上的人。聽了尹的這番話，我才知道他就是尹常提到的鄭某。從糞桶上下來的鄭某裝出一副不在意的樣子，臉上堆滿笑容握住尹的手說：

「尹桑，我們多久沒見啦？你還在預審中嗎？」

然後又對我行跪拜禮說：

「鄙人姓鄭、名興泰，您受苦了！」

他的口才相當好，我從他的口音聽出他是平安道人，卻故意學著首爾人說話。然而等到傍晚和住在仁川的看護寒暄的時候，他又說自己故鄉是仁川。之後和住在江原道鐵原的看護自我介紹時，又說自己故鄉是鐵原。再來當平壤人囚犯過來互相認識的時候，他又說自己故鄉是平壤。這時坐在我身邊的尹瞪著鄭嚴厲地批評他：

「怎麼不說海州也是故鄉啊？你到底有幾個故鄉？」

看來只要是鄭住過一、兩個月的地方，每次他碰到那地方的人，就會說那裡是故鄉。

鄭來了我們房間以後，就順勢喊了一聲：

「房間這麼髒還得了？」

於是便打著赤膊又是擦地板，又是洗碗的，還把鋪位掀開來看說：

「你們從來不打掃這裡嗎？怎麼這麼髒？」

主張要給房間來次大掃除。

「我說，你少裝出一副乾淨人的模樣，煩不煩啊！」

尹出聲反對撢草蓆。從此以後，尹和鄭的意見衝突就開始了。

吃晚飯的時候，鄭起身接過水的動作還在尹可以忍受的範圍內，但當鄭要接過飯和湯的時候，尹就跳起來推開鄭，自己強硬地接了下來。站在窗口邊接過飯食飲水的事情，被視為牢房裡的一大權利。

鄭被尹推了一把，掃興地站到一旁說：

「你幹嘛推我？所以說你到哪裡都討人厭。像我這樣的人就不跟你計較了，對別人你可別這麼做，會被賞耳光喔，賞耳光！」

說完就轉頭看著我笑，彷彿想表示自己不是會對那麼點事情就發火的人，但他的眼裡洩漏出難以隱藏的憤怒。

吃飯的時候仍持續著暴風雨前的寧靜，一直到吃完飯要洗碗，兩人又再度起了衝突。鄭以尹露著胯，又先把自己的碗洗好後才洗我和鄭的碗，以及對著洗碗桶咳嗽的藉口責罵尹，把尹洗好的自己碗用水壺裡的水又洗了一次，才盡量不碰到尹的碗另外晾著。尹攻擊鄭說：

「喂，你就只想到你自己，沒想到別人吧？水壺裡的水都被你用光了，晚上喝什麼？早上四個人拿什麼洗漱？做人啊，就要懂得為別人著想！」

但鄭充耳不聞，幾乎全倒光了水壺裡的水，把自己的飯碗、湯碗和匙筷清洗得乾乾淨淨。

尹和鄭的衝突就像這樣沒完沒了，但鄭對看護和我卻必恭必敬到近乎阿諛的程度。而且他對於農業、礦業、中醫、西醫，甚至連法律在內，無不涉獵，加上口才又好，談笑風生，看護們都很喜歡他。

沒多久他就巴結上看護，原本每人一碗的粥或湯，他可以拿到兩碗，就連消化劑或藥膏這類的藥品，也能額外多拿到一些。只要鄭堆著滿臉笑容央求，看護們通常都不會拒絕。有時多分到一團飯的時候，他就用筷子攪一攪，自己挑著好的吃了，剩下來的渣滓包在揩桌子的抹布裡撒點鹽，再像捏麻糬一樣，揉揉捏捏成一團麻糬之後，就這邊一口，那邊一口，把看起來比較美味的部位都咬下來吃掉，最後才把剩下沒吃完的包起來，送給晚上過來睡覺的看護吃，給自己掙點面子。有一次鄭拿粟米飯做成的一團麻糬，轉頭對我說：

「看護那些傢伙們，就是要這樣餵養，有時候買點雞蛋、牛奶給他們，他們就很高興。年輕小伙子一天到晚吃不飽，就是要這樣子軟化他們，才會好好聽話。和看護們翻臉的話，只有壞處沒有好處，他們討厭誰，就會向看守們說誰的壞話。」

鄭這麼說著的同時，還這裡兩口、那裡兩口地咬著捏揉好的麻糬吃。

「喂，你也太假了吧？你面對看護的時候，就彷彿對待十年未見的叔叔似地，諂媚得恨不得割肉給他們吃。他們一離開，你就這小子、那小子的喊，做人不能這麼表裡不一。我們可不是那種人，就算是面對面坐著，也是該說的說，不該說的就不說。男子漢大丈夫這麼阿諛奉承可不行！還有喔，你要送人家麻糬，就該用乾淨的飯來做。拿在你嘴裡進進出出的筷子攪來攪去，每粒飯都沾了你的髒口水。而且把自己吃剩不想吃的東西送給別人，你以為就能掙到面子？這種事情要不得啊！就算給了人家，也是會遭報應的。你還專門幹這種事情！如果真想給看護什麼，就用你的錢買個雞蛋送給他們。哼，不花錢的飯自己吃得高興，不想吃的就拿去做面子送給別人吃……你還好意思笑得那麼開心？我說錯了嗎？要想做個人，別人的忠告就要聽進去。我看到你那笑得開心的模樣，就噁心得連腸子都要吐出來了。笑什麼笑？有什麼好笑的？」

尹就這麼大聲斥責鄭。

鄭一臉莫名其妙的模樣坐在那裡聽，等尹說完才回了一句：

「我要說的都被你說了，掩上你那肚皮坐好！」

當天晚上，當看護結束一天工作，打著赤膊跑進來的時候，鄭馬上問候他說：

「哎呀，您今天辛苦了！但過去一天，離您出獄的日子不就又近了一天？您就這麼想來安慰自己吧！才三、四年而已，轉眼就過去了。啊，對了！您是不是和一百號吵架了呀？」

鄭擺出親切的態度，說了這番慰勞的話。一百號就是隔壁牢房裡的矮個子看護的囚號，我剛才也聽到兩人「傢伙來、傢伙去」的爭吵聲。

看護穿著已決犯的棕色囚衣，坐在自己鋪位上說：

「我本來想砍死那混帳傢伙的，勉強忍了下來，簡直噁心透頂。他算什麼東西？他跟我一樣都是勞改犯，一樣都是看護。哼！只不過比我早來幾天，就想要我聽他的命令？狡猾的東西！論年紀，我都能當他兄長了，就算世上只看社會地位，我也是在面事務所[8]當過書記[9]的人，哪會像他那麼斤斤計較？該死的東西，我今天是忍下來了，看他下次還敢不敢跟我耍嘴皮子？到時我一定會撕爛他的臭嘴，打斷他的腿。就算刀架在脖子上，我也是該說就說、該做就做的人！」

他故意大著嗓門說，想讓隔壁牢房的矮個子看護聽到，藉以發洩心中的餘怒。鄭一臉同情嘖嘖了好幾聲才對著看護說：

---

8 「面」為韓國的行政區域之一，在郡之下，里之上，相當於臺灣的「鄉」，面事務所就相當於鄉公所。

9 書記是政府派遣的公務員，面事務所書記就類似臺灣的鄉公所職員。

「好了好了，您就忍忍吧，您總得顧一下自己的面子，和那種乳臭未乾的小子有什麼好吵的。唉喲，真是個混蛋！那小子的狗眼、鳥嘴都長得一副凶狠模樣，哪裡談得上端正？那小子哪天出了獄，八成會跑到誰家放火，馬上又會被關進來。唉，那傢伙，怎麼可以在別人家放火呢？」

看護聽到鄭最後一句話，就瞪大眼睛，指著鄭的鼻子罵：

「怎麼，我也在別人家放火了呢！所以怎樣？像你這種騙人家錢的就無所謂，在別人家放火的就是壞人，對吧？說什麼鬼話！喂，我放了火，怎樣？你笑什麼笑？一百號和我都在別人家放火了，怎樣？」

鄭的臉脹得通紅，之前一直特意討好看護，這下不小心越軌才倒了大楣。但鄭的臉上重新浮現笑意辯解說：

「哎喲，我哪是那個意思？申桑您誤會了。」

但看護還以一句：「誤會？我還六會呢？」反駁他的辯解。

「我不是那個意思，我是說申桑您雖然也玩火，但您是酒醉之下才玩了火。如果不是因為醉了，您這正人君子哪可能玩火？如果您性情粗暴，或許一氣之下有可能打死人。但您天生就是男子漢大丈夫，不屑幹詐欺、縱火這種罪，所以您犯下的縱火罪其實很無辜。我要說的就是這個！不過呢，一百號那傢伙才真的是在腦袋清醒的情況下放了火，不是嗎？那才是真正的縱火罪。我要說的就是這個，現在您聽明白了吧？」

鄭看姓申的看護聽了自己的話後消了氣，就拿出藏在碗桶裡的粟米飯麻糬，伸長手臂遞給看護說：

「來，吃點這個吧！」

看護接了過來，嘴裡卻還推辭：

「每天都吃你的東西，這怎麼好意思？」

看護起身觀察看守有沒有來之後，就咬了一口麻糬。從剛才就一直眼帶興致斜睨著看護和鄭爭執的尹突然開口說：

「哎喲，申桑，那個您可別吃。」

光說不夠，尹還猛搖手。

看護似乎有點不安，嘴裡還咬著麻糬問了一聲：「為什麼？」邊回到自己的鋪位上坐下來。

我就躺在看護的下個鋪位，再下來是鄭，後面才是尹，我們的鋪位順序就是這樣。尹盤腿坐正，扇子搧得啪啪響。

「我讓您別吃，您就別吃了！我哪時騙過您？我可是刀子架在脖子上也直言不諱的人喔！」

就在尹說出這話的時候，看護已經吞下嘴裡的那一口麻糬，然後就把剩餘麻糬包在草紙裡，放到背後去，問了一聲：

「奇怪了，你為什麼叫我別吃？」

「那有什麼好知道的？反正吃了不好，所以才讓您別吃的。」
「真是的，快說啊！別這樣吊人胃口。說話說一半，讓人心裡忍不住發火。」
這時，鄭一臉不快地說：
「中桑，您別聽他亂說話，快吃吧！我怎麼可能會給您不能吃的東西？」
儘管鄭這麼說，看護似乎沒有因為鄭的話就放下心來的樣子。
「老尹，還不快說！」
看護又問了一次，聲音裡已經隱隱帶上怒氣。
「您想知道什麼？您只要知道那東西不乾淨就行了，反正我不是會說話害您的人！」
「唉喲，就不能閉上你的臭嘴嗎？」
鄭忍不住跳起來，瞪著尹罵。
尹絲毫不為所動，依然左右晃動身體接著說：
「可能在你們平安道把人嘴說成臭嘴，可是在我們全羅道斯文人不會這麼說。虧你還當了二十年的宗教家，說話怎麼這麼粗？當了二十年的宗教家，所以只在給別人吃的東西裡糊口水，如果只當十年的話，是不是就糊鼻水了？我剛才不是勸過你嗎？給別人吃的東西，就該乾乾淨淨地留出來才對。你用沾著口水的筷子攪，還把看起來比較好吃的黃色粟米全都挑著吃掉，連黃豆也是這裡撿一顆、那裡撿一顆、放在嘴裡的又拿出來塞進去。黃色的好豆就全挑出來吃，發青的粟米、爛豆才留下來。把抹布在洗過飯碗、粥碗、筷子的洗碗桶裡沾溼，又用沾著鼻水的手捏來捏去，就捏出一個什麼麻糬。然後這裡咬一口、那裡咬一口，把好吃的地方都啃掉，剩下的才留下來給人家，叫人家吃。你這麼做就不怕被雷劈嗎？那種東西給人家，會有報應的，這就是我要告訴你的！我們這種人最討厭說人壞話，所以這些話我本來也不想說的。申桑，我第一次說這種話吧？那位陳桑也是證人。我早就勸過他不知道多少次了，而且就算我替他遮掩，平安道那該死的傢伙也不會跟我道謝。人啊，臉皮不能這麼厚！」

尹說完話，就見鄭一副不知所措的模樣，一臉鐵青，隨即又掛上氣憤、譏諷的表情說：

「真是太可笑了，怎麼說得出這麼恬不知恥的謊言？我是為了把砂礫、老鼠屎、爛豆、乾草碎葉這些東西從飯裡挑出來才用筷子攪。再怎麼說，我哪像個會把自己吃剩下的殘渣讓申桑吃的人？說謊話要割舌頭的！申桑，您別聽他亂說，快吃吧！如果我說謊，就遭天打雷劈！」

鄭一副自己該說的都說完了的樣子躺了下來。聽到鄭的誓言，我感到毛骨悚然，明知身旁就有兩個證人在，他怎麼還敢發誓說遭天打雷劈？這讓我深深感受到人心是如此險惡。諒我也沒膽子站出來作證，鄭對我的性格做出了這樣的判斷之後，才會這麼放心地扯謊瞎說。我沒有勇氣說出「尹某說的是真話，鄭某說的是謊話」，而鄭也正好看穿了我沒有這種勇氣。尹對鄭的天大謊言也是氣到說不出話來，只能轉頭望向別的地方。

看護似乎想從我這裡得知真相，所以盯著一動不動地躺在那裡的我看，大概也很難開口直接問我的樣子。看我不作聲，看護就慢慢地撿起麻糬，放到鄭枕頭邊。

「哎，鄭桑自己吃吧！我不想讓兩位再吵下去。」

說完還咂了咂嘴。我心裡讚了一聲「幹得好！」，對看護聰明的判斷感到佩服。

然而這事件也造成了鄭極端痛恨尹，只要尹一咳嗽，他就會叫尹轉過頭去啦，嘴巴遮起來啦，咳小聲點啦，再不然就說尹心眼壞，連咳嗽也咳得噁心等等。只要尹睡午覺打呼，鄭就會用手肘撞尹的側腰，說他心眼壞，睡個覺也讓人不得安寧，說他扇子不要搧得啪啪響啦，擠眉弄眼看了就討厭啦，動不動都要把尹罵一頓。尹也不甘示弱地頂撞鄭，但要論口才，尹萬萬不是鄭的敵手。加上尹是個急性子，吵到最後乾脆倒頭大睡。說到打呼，鄭也不遑多讓。而且鄭是個齙牙，嘴脣外翻，最容易打呼，但鄭聲明自己不打呼。原本就愛睡的尹，似乎不知道鄭會打呼，而看護也是頭一沾枕就睡著的人，所以深受鄭、尹打呼之害的，只有我這個難以入睡的人。只要尹以女高音、鄭以男中音打起呼來，我就只能睜著眼睛，眺望窗外天空裡的星星。而且鄭討厭尹的呼氣，非得把頭朝著我這邊睡，而我因為是個只能平躺的病人，所以鄭等於是對著我左耳打呼。身為胃擴張病患者，從他嘴裡呼出帶著食物酸腐味的氣息，中人欲嘔，而這難聞的氣息一整晚就呼呼地吹拂在我的左臉上。我心裡希望鄭能躺平了睡，卻說不出口。我也曾經拚命幻想這氣息芳香如蘭，如果這呼氣來自一個年輕美女口中，我大概不會感到不快吧？但美女肚子裡難道就不會有糞便，不會有酸腐的食物嗎？人人平等，不是嗎？我試著靠想像來遺忘鼾聲和難聞的呼氣，但這工夫不可能一朝一夕就練成。我不斷想著要不要拜託鄭轉過身去，很多日子我都是一夜未眠直到聽見後面佛寺傳來的木鐸聲。黎明木鐸聲響起的話，就代表清晨三點半。黎明木鐸咄咄咄的聲響，頗有種清心的力量。

「願此鐘聲響遍法界」或「一切眾生當即頓悟」，像這樣的黎明鐘聲句子總是發人深省。若說人生是苦海、是火場，那麼監獄就是其中最煎熬的地方。而且還在獄中患病，必須無止境地待在病牢裡，這真是三重煎熬。當苦海眾生互相看著彼此的煎熬時，我不由得想起「眾生難以擺脫因果報應」這句話。

聽到黎明木鐸聲後，才剛剛入睡，尹和鄭又會開始輪番坐上糞桶。而且自私自利，完全不考慮別人的鄭，只想到自己已經睡飽了，就大聲讀書，或者打定主意要在別人起床之前，搶先隨自己高興用水。又是洗漱，又是擦澡，然後還擦地板說正好運動，胡搞瞎搞得讓人根本沒法睡覺。鄭在起床時間前幹這些事情，後來被看守逮到，挨了好幾次罵，但他還是照做不誤。

麻糬事件發生後的第二天，矮個子看護跑到我們牢房前面，不知道是對著誰開始說高個子看護的壞話，是關於昨天他們爭吵的事情。

「高個兒昨天說了什麼？挺生氣的吧？那傢伙神經病！頂撞我有什麼好處？可以多得一碗飯，還是多拿一塊獎牌？失去我的信任，他什麼都別想！不管是看守還是部長，只會信我的話，難道會信他的話？他連這個都不知道，動不動就頂撞我。真是個放肆的傢伙！他再怎麼胡鬧，我難道是會跟他計較的人嗎？不理他就算了。時不時挖苦他兩句，氣死他，然後又不理他，他就只能像隻被插了屁眼的牛一樣，獨自在那裡哞哞叫。我就等他叫到喉嚨啞了稍微安靜下來的時候，再說句難聽的話，撓他兩下。這麼一來，他又會氣得跳腳，大吵大鬧的。我當然還是不理他，他能怎麼辦？再怎樣也不敢動粗吧？真的動粗了，被看守或部長發現，他逃不了一頓毒打。」

矮個子看護說完話，一臉暢快地笑了起來，看來高個子看護到總獄舍跑腿去，不在的樣子。

「九號（高個子看護）就是個蠢貨，和一百號桑吵架，像話嗎？一百號桑是主任，本來就該服從主任的命令才對。」

這是鄭說的話。

「他完全就是頭牛，給他講道理也聽不進去？他一天到晚拿自己當過面書記的事情炫耀，一百號桑您心裡也一定很不好受！」

這是尹說的話。

「他有什麼能耐啊？什麼都不會。而且他做事馬虎，懶得要死，還沒眼色……」

這是矮個子看護說的話。

「可不是嘛！我都知道，事情都是一百號桑在做，九號桑做了什麼？只會在那裡吹牛而已！」

這是尹說的話。

「那傢伙算什麼，跟看守說說把他趕走不就好了？我也使喚過許多下屬，但沒有默契的人怎麼使喚？要是我，三天內就把他趕走了。」

這是鄭說的話。

「人情上沒法那麼做，我忍忍就算了，反正都忍了這麼久。不過下次他要是敢再那麼沒規矩的話，我絕不饒他！」

這是矮個子看護說的話。

這時高個子看護拿著藥瓶和藥袋過來。

矮個子看護說：

「今天大家可能要轉房了！」

然後就解釋說因為有一名傷寒病患者要住進我們牢房，所以把我們全部移轉到下一間牢房去，要我們趕緊準備，然後就匆忙離去。

高個子看護玩笑似地點名「尹參奉」、「鄭柱四」，把裝在藥瓶裡的藥水和裝在紙袋裡的藥粉，從鐵窗櫺縫隙中遞了進去。

尹每次拿到藥總會念叨：

「這點藥再怎麼吃會好嗎？如果能吃三、四帖好的中藥，馬上燒也不發了，嗓子也不咳了，浮腫也消了⋯⋯」

但還是起身接過藥，再走回來坐下。緊接著鄭站起來走近窗櫺，接過藥水和藥粉正想退回來的時候，高個子看護又給了鄭一個藥袋說：

「這個是我說自己想吃苦苦哀求才拿到的東西，你省著吃。別想著吃多了更能見效，人家三天吃的藥，你一天就全吃光，那可怎麼得了，以後誰會給你拿藥？」

「太謝謝您了！九號桑，幫我弄點酒精棉吧，這次多給一點，或者能不能直接給我點酒精？一杯就好。出了社會，我不會忘了您的關照的！」

「你說這話是想讓我闖大禍嗎？」

「我知道！可是我只要看到那個一百號吊兒郎當地走過來，我全身就起雞皮疙瘩。他算什麼，敢那麼蠻橫地斥責年紀足以當他兄長的九號桑？要是我就絕不饒他！」

「哼，我一拳就可以把他打倒！」

看著鄭這麼奉承高個子看護的尹突然開口說：

「九號桑還真能忍，那麼難聽的話我在旁邊都聽得咬牙切齒，您真能忍啊！……性子這麼急的人還真有本事忍下來！」

說完之後一副萬分佩服的模樣嘖嘖出聲。

過沒多久，高個子看護就帶了一團酒精棉遞進來說：

「三位分著用吧！」

鄭連忙起立說了一句：

「ありがとうございます（謝謝）。」

他接過酒精棉之後，先放在鼻端深深吸了一口氣，再把浸潤酒精最多的三分之二左右的部位扯下來自己留著。還以為他會把剩餘的三分之一分成兩份給尹和我，沒想到他卻分成三份，其中一份給尹，一份給我，剩餘一份又分成二份，一份塞進最大團的棉花裡，用油紙小心翼翼地包起來收好，另一份拿來擦臉、擦手、擦頭髮，連腳底板都擦了之後才丟掉。他得到了這麼多的酒精棉包在油紙裡，一天要擦臉、擦手、擦脖子好幾次，他說這是為了讓皮膚光潔柔嫩。

還以為吃完晚飯才轉房，沒想到快到傍晚時，一名矮胖的看守就過來，嚓啦開了鎖，敞開房門大喊：

「てんぼう，てんぼう。」

接著矮個子看護就過來翻譯說：

「轉房嘍，轉房。」

鄭收拾了自己的枕頭和鋁飯碗正想走，看守大喊：

「不行，不行！」

鄭只好一臉可惜地放了回去，好不容易才剛剛把酒精棉團塞進看守沒看到的地方，我們就戴上套頭簍[10]，一個接著一個從牢房裡走出來，進入下一間病牢。「喀啦」一聲門又再度上鎖，閔就坐在炕頭上，看到我們進來，笑得像個孩子一樣。在我們彼此分離才不過二十多天的時間裡，閔消瘦得厲害。臉上彷彿只有凹陷的眼睛，連眼珠子也似乎無法轉動自如。攤放在袍子上的手臂和手背上，只有血管猙獰地突起，小腿自膝蓋以下還沒有腳腕粗。我心想他這副模樣是怎麼維持這一口氣沒死的，看著瘦成骷髏的閔，我大聲問他：

10　戴在罪犯頭上遮擋面部用的竹簍。

「最近吃了什麼？」

這是因為我覺得，以普通的音量，他的耳朵似乎聽不到了。

閔指著枕頭邊還剩下大概三分之二左右的牛奶瓶說：

「首爾的姊夫給我送了五圓，我就每天買一瓶牛奶喝。可是我只喝一口就喝不下去了。味道很香醇，但總要吞得下去才行。我姊夫是個有錢人，大概有七百石的收入，日子過得很富裕。只要我一出獄，應該就會去姊夫家。他們家寬敞舒適，因為有我姊姊在，我姊夫人也很好。到時候弄點肉膾，一人一盞溫熱的白乾，多快活！」

閔似乎是為了炫耀他姊夫有錢，才說了這番話。

占了閔旁邊鋪位的尹，又啪啪搧著扇子嘮嘮叨叨地說：

「你姊夫人還不錯的樣子？這麼說，家裡到現在還是一點消息都沒有？我跟你說，你就照著我的話做，請求和看守長見面，把家裡的家什都賣掉，買些你想吃的東西，請個律師申請保釋。都快死的人，哪有不讓人保釋的道理？現在連顴骨都發紅了，再這樣下去，我看撐不了一個月。丈夫都快死了還裝著不知道的十九歲臭婆娘，你還想留錢財給她？還有你那什麼孩子，要是我的話，就擰斷他的脖子丟了算了！我跟你說，你這氣喘吁吁的，出氣多入氣少，快死了，快死了！」

「你這傢伙，這麼久才見面，你好歹也問個好吧。怎麼馬上又說這麼難聽的話？幾天不聽你小子的惡言惡語，我覺得心裡舒坦多了，沒想到你就來了這裡。你也是手腳腫得厲害，沒幾天好活的樣子，唉喲，那些難聽的話就別再說了！」

閔這麼說完之後，嘆了口氣在鋪位上躺了下來。

這間牢房裡除了閔之外，還有個姓姜的高大健壯年輕人，下腹部纏著繃帶，靠牆坐著。後來聽說他是某家報社分社的記者，以恐嚇一個和守寡媳婦有染的富翁，得手一千六百圓的罪名被關了進來。這人個性粗暴，碰上自己看不順眼的事情當場就發作，偶爾也會蠻橫地斥責尹和鄭。尹把閔欺負得讓人看不下去的時候，他就會責備尹；鄭把尹欺負得太過分的時候，他又會痛罵鄭。鄭和尹都對姜恨得牙癢癢的，但姜精明得很，根本瞧不起這兩人。尹下一個鋪位是鄭，鄭旁邊是姜，姜再過來就是我，以這樣的排列順序，姜和鄭衝突的機會自然就多了起來。姜因為是專科學校畢業，知識相當淵博，每次鄭大放厥詞的時候，姜就會毫不留情地呵斥他。

「從哪裡聽來一、兩句話就胡說八道？鄉下地方騙騙無知農民的習性，也敢到處耍？在你堆滿笑容的嘴臉上，清楚地寫著『我是個騙子』。都四十多歲的年紀了，死前好歹稍微盡點做人的本分吧！你懂個什麼醫學，動不動就給人家開處方？你騙什麼都行，就是不要裝自己不太懂的醫生樣。針灸也懂，中醫也懂，西醫也懂，哪有人什麼都懂啊？你靠這個騙了那麼多人，肚皮怎麼可能沒事？你太貪心了，一頓要吃兩、三人份，藥亂吃，水亂喝，然後又是放屁，又是拉屎、打飽嗝，還經常吐，那該死的臭味讓旁邊的人怎麼活？大吃大喝的，胃袋怎麼可能不拉長？而且你還一天到晚說謊⋯⋯樂呵呵地笑什麼笑？有誰誇你好看嗎？你以為拿個酒精棉猛擦，臉就會變好看？那酒精棉也是國家的錢啊，你在家何時用自己的錢買過一瓶酒精？你這德性一輩子就不是人，拜託在我面前，你就閉上你那張臭嘴。」

姜對著比自己年紀大了將近二十歲的鄭，這麼痛罵一頓。

有一次，中飯時送進來了一碗鹽炒小魚乾，這是要平均分配給整個牢房裡的每個人吃的。說是小魚乾，就沒一條完整的，全都是魚尾、魚頭這種碎屑，而且裡面還混了亂七八糟像乾草、枝條的東西。但好歹在監獄裡，這是一星期一次或兩星期一次才吃得到的美味，所以只要有這樣的小菜送進來，所有人都高興得像過生日或過年一般。因為仍舊由鄭負責接飯，所以他一接過這碗小魚乾，就拿筷子在裡面翻揀，挑出肉多的先放到自己碗裡，剩下只有魚頭、魚尾碎屑才端出來給其他四人吃。在我看來，鄭拿走的就算不到一半，至少也超過三分之一。但在鄭眼裡，那分量看起來只有全部小魚乾的五分之一罷了。

我已經預料到姜一定會爆粗口，就故意做出想緩解的模樣對鄭說：

「喂，小魚乾好像分得不平均，再分配一次吧！」

然而鄭只是從盛在自己碗裡的小魚乾裡挑出三、四條看起來不怎麼好吃的分到這邊的碗裡，然後就有滋有味地揀著自己碗裡的小魚乾吃，而且還是從其中看起來比較好吃的先吃起。閔彷彿一點也不貪心似地，端著洗米水般的清粥，喝一口放下來，再喝一口又放下來，顯出一點也不在意小魚乾的樣子。尹卻一臉不以為然，一直對鄭翻白眼，一邊還挑揀著小魚乾吃。只有姜一雙筷子碰都不碰小魚乾，吃完一團粟米飯之後，就端起盛著小魚乾的碗全倒進了鄭碗裡。我也不知道怎麼了，沒拿筷子動過小魚乾。鄭猛然抬起頭看著姜問：

「怎麼，你不喜歡吃小魚乾嗎？」

「我們不喜歡吃，你放到晚上吃吧！」

這句話說完之後姜就默默地喝水，再回到自己的鋪位上躺了下來。我不知道姜肚子裡又有什麼算計，覺得有點好笑，也有點好奇。

鄭還是很怕姜的算計吧，不過依然把五人份的小魚乾，而且一半還是鹽粒的小魚乾幾乎全吃光，剩下一點他說要留著晚上吃，就藏到散熱器下面去。

鄭一臉滿足地笑得開心，回到自己鋪位躺下來，沒多久就打起呼來，我想他的飯後嗜睡症又犯了吧。就算是腸胃再怎麼健康的壯丁工人，吃掉一整碗鹽炒小魚乾之後，也不可能一點事都沒有。姜八成也看出來了，解開肚子上的繃帶，用扇子給手術的部位搧風，還一面偷笑。他突然站了起來，過來放水壺的地方拿起水壺晃了晃，然後打開蓋子看了一眼。姜給我和尹各倒了一杯水要我們喝，自己也喝掉了兩小缽水之後，再用剩下的水洗了面巾，擦拭自己的肚皮。最後把滴水不剩的水壺匡噹一聲甩在地板上，就回到自己的鋪位坐下。

一直盯著姜這一連串動作的尹開口說：

「姜先生，幹得好！哼，等到他一覺醒來，喉嚨就要著火了！」

接著又打開水壺蓋，確認裡面的水連一口都不剩，才回來自己鋪位坐好。

鄭打呼打得快斷氣似的，過了一個小時左右才突然睜開眼睛，一醒來就跑到水壺前面去。但看到水壺裡連一滴水都沒有，大發雷霆，一把甩掉水壺，斜眼瞟著尹挑釁地說：

「哼，竟然把水喝到一滴都不剩？我剛才明明看到有水才去睡的，你就是這樣只管滿足自己貪心，都沒想到別人，才會一天到晚拉屎。」

「這話該我說才對！這叫作繭自縛。」尹故作斯文地說。

「水是我喝光的。」

姜挺身而出。

「小魚乾都被你吃光了，我們至少也得拿水填飽肚子，不是嗎？你一個人把小魚乾全吃掉，水也全喝掉的話，心裡會痛快嗎？」

鄭什麼話都沒說，但看得出來口渴得要死。他一下躺一下坐，坐臥不安的樣子，偶爾也會起身透過鐵窗望著走廊，似乎是想向看護要水。但看護都不知道跑哪兒去了，一個也看不到。中間看守和部長也經過一、兩次，但鄭怎麼也不敢開口要水。彷彿過了很長的時間似的，終於看到矮個子看護走來，鄭趕緊提起水壺站起來，逕直走向鐵窗。

「一百號桑，拜託給我一點水。我什麼都沒辦法吃，肚子空空的，口好渴。水連一滴都沒有！」

說完，一臉堆笑滿是阿諛的神色。

「你把這裡當什麼地方？在監獄裡待了一年，還不懂監獄裡的規矩嗎？又不是晚飯時間，哪來的水？」

一百號就這麼笑了出來。鄭高高提起水壺晃了晃。

「所以才拜託您啊！您沒聽人說嗎？給口渴的人一杯水，也是一樁給水功德。給我一杯就好，從水桶裡趕緊倒一點過來不行嗎？」

「你就是得餓個肚子、口渴一下才行。既然騙了人家的錢，被人逮住了關進來，連這點苦都吃不了？」

大概是看到看守過來，看護說完話就趕緊走掉。鄭洩氣地把水壺放到房間地板上，坐回自己的位置。正在照顧隔壁牢房傷寒病患的高個子看護，從禁止通行的繩索另一端探過頭來瞧著我們所在的牢房說：

「鄭柱四，要不要給你點水？給你點冰水？」

然後就撈起一把放在病患額頭降溫用的冰袋裡面的冰塊放在手上。鄭一躍而起，走到鐵窗下，伸出手說：

「九號桑！丟一塊那個過來吧！」

「這怎麼回事？你就不怕傷寒病嗎？我手上可是有滿滿的傷寒病菌在蠕動喔！」

「我知道，您就在那消毒水裡洗洗，丟一塊過來吧。我的喉嚨好乾！不然幫我舀一勺水放在這個水壺裡吧，我的胸口有一團火在燒。」

「剛才聽了一下，你一個人把小魚乾全吃光了才會這樣。那就要等吸收啊，喝了水還不是變成尿排出去？吸收了之後，你的臉才會變得油光水滑。」

高個子看護把一塊小指頭大小的冰塊丟給鄭，但怎麼剛好就撞到了鐵窗櫺，掉落到走廊上去，然後高個子看護就帶著冰袋進了牢房。

鄭走回自己鋪位低頭坐下。

「吃鹽巴啊！消化不良就該吃鹽巴。」

這是姜的處方。鄭滿懷怨恨轉頭飛快地看了姜一眼，咂了咂嘴。

「那痰盂裡不是還有點水？你不是漱個口都要用別人三倍的水？那些水不是都還在那個痰盂裡？不然就喝那個吧！」

這是尹說的話。

「剛才您鹹的吃太多了，腸胃不好的人，那樣吃怎可能沒事？」

閔說完這話，就把放在自己枕頭邊還剩下一半左右的牛奶瓶給了鄭。

「喝點這個吧！」

「謝謝您，希望您早日康復，早點無罪釋放。」

鄭這麼說著還真的向閔合掌行禮，然後才接過牛奶瓶一口喝光。

「你們這樣子做人不行的，要懂得為他人著想才對。欺負別人，嘲笑別人的話，會遭天譴的。人在做，天在看！」

鄭這麼說教了好一陣子之後，就放棄討水喝的念頭，直接躺了下來。

「你真不是個人，胡吃海塞一頓，口渴了又喝牛奶，你是想怎樣？哼，要鬧肚子了，太貪吃就是這個下場。你如果照著該吃多少就吃多少的話，怎麼會拉肚子？這也吃那也吃的，你的腸胃有一天完蛋了，你連清粥都吃不下去！你不是什麼都懂嗎，為什麼就不懂得好好照顧自己的身體？還敢說別人會遭天譴。我看今天夜裡，你才會遭天譴呢！」姜冷嘲熱諷地說。

就這樣又到了吃晚飯的時間，只有晚飯時間才吃私食的鄭，明明晚飯應該別吃才對，但他接過來一看，竟然是白米飯、烤肉餅、鹽漬青花魚和牛尾湯，想來他是不會放過的。

「晚飯少吃一點吧？」

我這麼勸鄭，他卻生氣地說：

「我中飯吃了什麼要你這麼說？怎麼大家都把我當成不懂事的孩子呢？」

鄭不只把私食晚飯全吃了，連中飯時剩下來的小魚乾也全舔食一空。而且還咕嘟咕嘟猛灌了三小缽他念念不忘的水。

聽到「就寢」的喊聲，大家都躺在鋪位上等著入眠。鄭似乎肚子很不舒服的樣子，起來吃鹽巴喝水兩、三次。然後又討要我藥袋裡還剩下的消化劑，要了三包之多，全都吃了下去。

隔壁房裡轉移過來的傷寒病患，不斷發出難受的聲音和囈語，一下子喊著「放我回家」，一下子大聲哭喊「大嫂、大嫂」。被這年輕傷寒患者的呻吟聲所刺激，大家都沒辦法睡覺，躺在我旁邊的看護貼著我耳朵悄悄說起那個病人的事來。

「那人聽說出身自X專校，現在才二十七歲。在黃金町[11]開店做生意，不久賠光了本錢，

11 現在首爾市中心乙支路一帶。

就想詐領火險理賠金的樣子，一把火燒了自己的家，最後被檢察官求處十年徒刑。在法庭上聽到被求處十年徒刑後就昏了過去，醫生說大概活不了多久。家裡雙親早逝，是由大嫂一手扶養長大的，所以才會像那樣一直要找大嫂。人是不錯，怎麼就想著要放火呢！」

傷寒患者依然在喊大嫂。

鄭夜裡起來吐了三次之多，整間牢房充斥著散發小魚乾腥味的酸腐臭味。尹和姜都數落鄭「這讓人怎麼活？」，但鄭大概連反駁的力氣都沒有，吐完之後就一副暈船的模樣，搖搖晃晃地回到自己鋪位上一頭栽下去。這也成了病因，鄭出現三天兩頭就吐一次的症狀，但依然每頓要吃兩人份的分量。然後在他吐的時候，只要被看守發現，他就辯稱自己什麼都沒吃，肚子自己冒酸水吐了出來。如此這般之後又對著我們說：

「我還真有本事吧？什麼都沒吃，肚子裡竟然還積了這麼一痰盂的水。只要兩個禮拜別管我，我吃了藥一次就會痊癒。」

他就這麼嚷嚷著誰都不會相信的話。

閔的狀態明顯一天天變差，最近不知道已經第幾天了，無論尹怎麼損他，他一句話都不回嘴。就算只是從糞桶上下來，還會摔兩、三個跟頭，他似乎連眼珠子都沒法轉動，嘴也沒力氣闔上。我們晚上睡覺有時還會抬頭看看他是否還有一口氣在，即使如此，有時他會說想吃口白米飯，得了一匙後放進嘴裡嚼了半天又吐出來。

「現在連米飯是什麼滋味也嘗不出來了，不知道喝一杯白乾會怎樣？」

說完這話，他眼中流露出深切的哀傷。閔就靠著一天兩、三匙清粥和兩、三口水來維持生命。有一天醫務課長過來診療，從他的腹膜抽走膿汁之後，過沒兩、三天，都過了就寢時間，閔就被保釋出獄了。聽到可以出獄回家，他笑得很開心，提著包袱蹣跚地走了出去。

「哼，那傢伙這一出去大概就要翹辮子了！」尹冷笑著說。

沒多久扶著閔出去的看護走進來笑著說：

「走得很穩，好好地走了出去，連蹦帶跳地！」

「我如果也能被保釋出去，病馬上就好……」

鄭浮腫的臉上笑咪咪的，咂了咂嘴。

「我早就說過了，你鼻頭紅通通的，沒多久好活了。而且脾氣那副德性，病會好嗎？醫生交代的，你死都不聽，叫你吃藥可沒叫你亂吃藥，你那叫作冥頑不靈。」尹這麼說。

「哼，五十步笑百步，你還好意思說別人？一天到晚拉屎，還老是狼吞虎嚥的。」

這是鄭罵尹的話。

「呵呵，呵呵，真是什麼話都敢說！別人都還沒說他呢，他就先說別人。哎，真是的！」

這是姜說鄭的話。

閔保釋出獄的當天晚上，我睡得正熟時突然被什麼聲音給驚醒，這才發現是隔壁牢房的傷寒患者快死了。呻吟聲和痰卡在脖子裡的呼嚕聲，在寧靜的黎明空氣中響起。那間牢房裡的看護也沉沉入睡的樣子，只聽到重病的人拚命吸氣的聲音，除此之外沒有任何聲響。我搖醒就睡在我身旁的看護，告訴他這件事情。看護喊來了看守，看守按下警鈴之後，看守部長、看守長飛奔而至，沒多久醫生也跑了過來。但就在醫生打完針走了不到半個小時，傷寒患者終究還是死了。

第二天清晨，我們從縫隙裡看到死去年輕人的屍體從他的牢房裡被抬了出來，頭部纏滿繃帶看不到臉，只露出一撮又長又黑的頭髮，顯得十分淒涼。他似乎相當珍惜自己的頭髮，即使入獄好幾個月了，也盡可能留著頭髮不剪。還是個未婚的年輕人，應該也曾經在頭髮上抹上香噴噴的髮蠟，照著髮線一分，清爽服貼，刮淨鬍鬚後，也會在臉上搽粉才出門吧。他為了擁有享受人生的本錢，開始了他的生意，沒想到竟然失敗。失敗之後，對金錢的貪欲最終導致他生出縱火燒房詐領火險理賠金的念頭，起因於貪念所造成的重大罪刑，其結果自然就是先被抓到警察局拘留所，然後被關進監獄，最後就在這裡結束了他令人難以置信的人生。我想像著他在某天晚上下定決心燒了自己家的樣子，覺得對這個已經死掉的年輕可憐的靈魂感到抱歉，便朝著他被從後門抬出去的屍體合掌低頭致意。在那具屍體後面，是他囈語時一直喊的大嫂，和她的丈夫不停抹著眼淚，默默地跟隨在後。照顧過他的高個子看護說，年輕人在死前兩、三天，一有精神就以基督教的方式祈禱，而且晚上說夢話也會喊著「天主、天主」，喃喃自語因著耶穌在十字架上的救贖，赦免自己這個罪人。聽說他從小就在基督教家庭長大，中學、專科學校上的也都是教會學校。我想，他不相信在貧窮中長大的耶穌的教誨，反而掉進了魔鬼的誘惑裡，試圖在金錢中追求世上榮華，直到自己瀕臨死亡之際，才重返本心。

那天，烈日驕陽，死者牢房裡的草蓆、床墊、棉被和枕頭都被攤在我們做日光浴的廣場上。枕頭表面微溼，應該是死者生前最後留下的汗水。高個子看護嘴上戴著藥用紗布口罩，正在收拾、消毒屍體待過的牢房，他邊在甲酚水裡搓搓撓撓地洗著手和手臂，邊開口說：

「他媽的，哪有人會在半個月的時間裡覺都沒睡好，那麼用心地照顧他？我命苦，沒能為自己老母送終，反倒為一些不相干的人送終，呵呵！」

說完苦笑起來。

自從那個年輕人死了之後，好幾天的時間裡不管是尹、鄭，還是我，都顯得十分鬱鬱寡歡。

尹咳嗽咳得愈發厲害，每天下午甚至發燒燒到三十八度七左右。他咳嗽以後就把痰吐在草紙上，隨手亂扔。發高燒的時候，整個人變得昏昏沉沉的，睡覺睡到一半醒來就猛喝冷水。「痰不要亂吐，要吐在痰盂裡」，鄭這麼說，我也這麼說，但尹始終不聽，還擅自拈走我放在鋪位下的草紙，一天多達四、五十張，吐了痰之後就亂扔。在他咳嗽咳得整個人都蜷曲起來，咯咯個不停的時候，躺在旁邊的鄭就會大聲要他轉過頭去咳。但尹故意對著鄭的臉，咳得更用力。

「你以為我得了肺病嗎？我這咳可不是肺病咳，我咳嗽很乾淨的，你就不要再哇啦哇啦叫了，拜託……」

尹反而當面斥責鄭。

下。

鄭最後對看護說了尹咳嗽厲害，還隨意吐痰，強調痰裡面不知道有沒有細菌，應該檢查一下。

「檢查就檢查，以為我得了肺病嗎？別看我這樣，以前我也是鋼筋鐵骨的。我這是排痰咳，不是肺病咳。」

尹瞪著鄭說。因為這個問題，那天尹和鄭之間一整天都是劍拔弩張的態勢。到了第二天早晨診療時間，鄭就當著醫生和看護的面，說尹咳嗽得很厲害，一直咳痰，還隨地亂吐，想藉此引起醫生的注意，讓尹難堪。回來房間的路上，尹對著鄭嚷道：

「你和我有仇嗎？你每頓飯吃得比人家多，枕頭要枕三個，每天晚上吐，如果我把這些事跟看守說，你不知道會哭成什麼樣子。你那狗都不吃的心眼，吃了也長不了肉，爛在肚子裡，沒從屁眼出來，都從你臭嘴裡出來了。看看你這張臉，一臉蠟黃，怎麼可能不死？要不要賭賭看誰先死了從這裡出去？」

痰檢驗結果四天後才出來，聽矮個子看護說，上面寫著「＋、＋、＋」三個加號。尹茫然地瞧瞧看護，瞧瞧我，擔心地問：

「＋是什麼，三個加號又代表什麼？」

「表示肺病細菌擠成一團。」鄭搶著回答。

「我沒問你！」

尹罵了鄭一句，又瞅著看護問：

「我的痰裡什麼都沒有，對吧？三個加號到底代表什麼？」

看護笑了起來，回答一句：

「還好啦！痰裡面有什麼，只有醫生知道，我怎麼知道？」

他就走掉了。

鄭把自己的鋪位拉開離尹的鋪位有五尺左右遠，往我這裡挪動。

「你就移到靠牆的地方睡吧，咳嗽的時候就對著牆咳，痰就吐在痰盂裡。不要人家說話你都不聽！你的痰裡啊，有肺結核菌會傳染肺病，而且還非常多。一個加號是有一點，兩個加號是很多，三個加號就是非常多。現在你聽懂了吧？你也要為別人著想啊，不要隨便亂吐痰。」

聽到鄭這麼說，尹一臉煞白問我：

「陳桑，他說的是真的嗎？」

他的聲音顫抖著。我只回答一句：

「明天聽醫生怎麼說。」就不再說話。

都已經到了晚飯時間，矮個子看護過來。

「老尹！轉房喔，轉房。真好，那麼寬的牢房你一個人包，以後也不用跟老鄭吵架了。這下好了！快點收拾行李。」

聽到這番話，尹一下子坐了起來，斜眼瞪著看護咬牙切齒地說：

「喂，你跟我有仇嗎？幹嘛把我的痰拿去檢查？而且還要把我一個人放到死過人的牢房裡去？是要我去死的意思嗎？我不去那牢房，哪個傢伙敢把我拖到那個房間去，我絕對跟他拚個你死我活。哼，怎麼可以放著滿口噴糞的骯髒病人不管，反而叫我這個好好的人去死過人的牢房？一百號桑，你把我送到死過人的牢房裡，就不怕遭到報應嗎？」

「你幹嘛針對我，我有權力決定把你送到哪裡嗎？而且自己有傳染病，就算沒叫你走，你也應該自己到沒人的地方去才對，難道你想傳染給別人嗎？心眼這麼壞可不行，死到臨頭了，你就好心一點，鬧什麼鬧啊！」

看護冷笑一聲掉頭就走。

看護走了之後，尹對著鄭破口大罵，一直埋怨他，都是鄭要求把自己的痰送去檢查，他發誓鄭一定會比自己先死，他要親眼看著鄭被抬出去。萬一自己不幸先死的話，他做鬼也饒不了鄭。鄭什麼話也沒說，一臉痛快地笑著。過了一會兒才調侃尹：

「哼，別這樣！你就是心存惡念，才會患上那種惡疾。你啊，之前就是太欺負閔老頭了，現在閔老頭死了變成鬼回來報仇。哼，我怎麼可能死？我可是會好好地活著出去的。沒多久我就要公審了，只要舉行公審，一定無罪。怎樣？」

說完又躺了下來，開始大聲讀佛經。

鄭和矯正官見面時，拿到了一本《無量壽經》，已經開始讀了有一、兩個禮拜了。他似乎沒有足夠的漢文實力來讀懂純漢文的經文意義，但還是這裡加個助詞，那裡加個助詞，認真地讀著。有時他也會把自己有所領悟的句子，一副很了不起的樣子解釋給旁邊的人聽。他用著連隔壁牢房都聽得到的聲音，像在私塾裡教孩子認字的模樣大聲朗誦。而且他想讀就讀，根本不管是就寢時間後，還是起床時間前，旁邊的人是不是在睡覺。有一次，經過的看守訓斥他不要出聲，他還得意洋洋地回答自己讀的是佛經。聽他不時講解的內容，似乎大致理解《無量壽經》裡的意義，但似乎沒有付諸實現的想法。佛經都讀了超過一、兩個星期了，他卻從來也沒有為別人著想過。有一次尹冷嘲熱諷地說：

「哼，死了想去好地方，以為光讀經就有用嗎？要改改你的行為才行！」

這時，旁邊的姜就這麼頂了回去：

「別這麼說，那人一輩子第一次做好事呢！就算只用嘴讀一讀，下輩子、下下輩子一定能依靠佛祖之力，變得好一點喔！」

「唉喲，聽說在讀佛經的人身旁這麼誹謗的話，將來會下地獄的。」

鄭這麼不可一世地說完之後，又繼續拉開嗓子大聲讀經。擔心自己得去死過人的牢房，心裡一直很不安的尹，聽到鄭讀經的聲音，火氣更大，嘛了幾次嘴之後終於按捺不住罵道：

「吵死了！你也該為別人想想吧，拜託不要再發出聲音了！」

然而鄭依然置若罔聞，反而更提高聲量多讀了幾行字才闔上書。

尹躺在鋪位上把頭轉向我這邊問我說：

「陳桑，如果有人第一次到死過人的房間裡睡覺，這個人是不是也會死？」

「哪裡有沒死過人的炕頭？醫院裡剛死過人的病床，馬上又有新病患住進來。人各有命，不是想死就一定會死，想活就一定能活。你就別再那麼害怕了，躺著安心念一念佛經吧。」

我覺得這或許是我最後一次有機會和他說話，所以故意起身坐好，說出這番話。在我還沒來得及確認我的話會對尹的想法有什麼影響之前，牢房門就「喀啦」一聲打開了。

「十五號，轉房！」

看守下令。笑咪咪地站在看守身旁的矮個子看護大聲說：

「快出來吧，把東西都收拾好出來。」

尹從鋪位上騰身坐起。

「看守桑，我的病不是肺病，我雖然咳嗽，但咳得很乾淨……」

尹還想說些不像話的藉口為自己辯白，最後在還不快出來的喝斥中，把心一橫，顫抖著轉往一號房去。尹獨自咒罵看守和看護的聲音，以及他刺耳的咳嗽聲傳來，鄭嘀嘀咕咕地說：

「哎，那傢伙走了最好！哪有人長得那副德性，簡直就是毒蛇啊，毒蛇！而且他從來不顧別人死活，到處咳嗽，隨地吐痰，這房間該好好消毒才對，不是嗎？」

但看到尹蓋過的夾被顏色比自己的稍微新一點，鄭又趕緊和自己的換過來蓋。還有尹用過的鋁飯碗也疊在自己的飯碗上，顯出怕被別人先搶走的神色。姜坐在那裡，出神地看著他的動作，突然開口呵斥鄭：

「喂，你不是說連房間都該消毒，怎麼還拿病人的被子和餐具用，你想幹什麼？你不是最擅長揭他人之短，你對老尹說過的話，也該對你自己說吧！」

鄭訕訕地說：

「棉被明天放到太陽下晒，餐具用酒精棉好好擦拭消毒不就得了。」

接著又開始搖頭晃腦大聲誦讀佛經。

鄭讀佛經的目的，比起死後去西方極樂世界，或許他更希望公審時能獲判無罪吧。因此當他被宣判一年半徒刑回到牢房之後，他就沒有那麼勤快地讀佛經了。不過也沒有因此不再讀佛經，大概也是為了上訴吧。之前他一直很有自信地說自己無罪，檢察官和共犯們也同情自己，這樣的話不知道重複了多少次。結果接到有罪判決之後，他又一口咬定原因出在主審法官不是山田法官，而是一名好像叫中村的不怎樣的人。看守勸他，上訴對他沒好處，但鄭再三對看守解釋上訴一定會判自己無罪。他無數次說自己冤枉，強調自己不是害怕一年半的徒刑，而是為了自己人生的名譽，不得不站在法庭上奮戰到底。他的語氣悲壯，似乎連他自己也被自己的話給感動了。

過沒多久，姜被判了兩年徒刑，鄭半是阿諛地建議姜提出上訴，姜卻說：

「我不打算上訴，一個學歷到專科學校的傢伙，做出恐嚇取財的事情，兩年徒刑都算便宜了。」

那天晚上，當看守詢問姜是否要提出上訴時，姜回答：

「ふくざいします，ふくざいします！（我伏罪，我伏罪！）」

後來他放棄了上訴。而第二天清早他一邊擔心年過七十的雙親，一邊發誓服刑期間一定會重新做人之後，便轉回總獄舍去了。

「這傢伙真乏味！」

這句話是鄭送走姜之後所做出的評語，看來對姜好幾次斥責自己的事情仍舊懷恨在心吧。和姜放棄上訴伏罪形成對比，鄭的詐騙取財罪證確鑿，但他仍堅稱自己無罪，這模樣實在很難看。因此，不管是看守還是看護，在態度上明顯都瞧不起鄭。而且看到鄭說要寫保釋申請書到寫信室去的矮個子看護，站在我們牢房鐵窗外說：

「詐騙人家東西的傢伙都是不要臉的混蛋，明明沒有土地，騙人家說有；明明拿到五千圓訂金，自己還剋扣一千圓下來。這樣判一年半徒刑還喊冤枉，哼，還想申請保釋！那種傢伙檢察官討厭，監獄裡大家也討厭，所以不到快死的時候，不會讓這種人保釋的。」

過去鄭靠著口才和巴結奉承所獲得看護的青睞，如今不僅都失去了，連他的健康也愈來愈糟，鄭如今孤單又可憐。

尹轉房過了大概二十天左右，就到了大理花花季將盡、菊花開始盛開的時節。有一天，我和鄭一起到監獄廣場運動。鄭穿著一條內褲跑步，不能活動身體的我只能趴在沙土上，望著幾乎凋零殆盡的松葉牡丹做日光浴。早晚涼風習習，尤其今天早上就連遲開的大波斯菊也結了霜，變得軟塌塌。但一過了中午，陽光又炙熱得灼人。這時，突然傳來一聲「陳桑」，我轉過頭一看，尹的腦袋從一號房鐵窗中冒了出來。他的臉蠟黃浮腫，原本就狹長的眼睛顯得更長。我點了點頭代替寒暄，但這樣的行為也是不合規定的，被警戒的看守逮到的話，就免不了挨一頓罵。

「陳桑！我死定了，我的臉都腫成這副模樣了。昨晚我夢到自己穿著土黃色粗麻祭服，頭戴屈巾[12]在鍾路走來走去。這是不是快死的夢啊？」

他的聲音柔軟得讓人想掉淚。

應該是第二天吧，我和鄭又出去運動的時候，和前一天一樣，尹又從鐵窗往外看。

「我堂叔的錢寄來了，買雞蛋吃好呢？還是買牛奶喝？但不管吃什麼，我都吃不下去。」

他說。

又過了幾天。

「今天醫生問我，家裡有沒有人全身浮腫死掉的？先父也是腫得跟我現在一模一樣去世的。」

尹說完之後，絕望地嘆了口氣。之後彷彿不想讓鄭聽到一般，趁著鄭到另一端去的時候問我：

「念佛的時候，只念南無阿彌陀佛就可以了嗎？」

我一下子坐了起來，雙手合十，微微低下頭，念了一聲「南無阿彌陀佛」給他看。

尹照著我的樣子雙手合十，看到鄭走過來，就趕緊放下雙臂，等鄭走遠了才又說：

12　祭服屈巾是韓國傳統的喪服喪冠。

「陳桑！念南無阿彌陀佛的話，死了以後就不會下地獄，而會去極樂世界嗎？」

他把細長的眼睛睜得大大地望著我問，我這輩子還沒被人問過如此重要、如此責任重大的問題。其實我自己也沒有足夠的信心回答，但面對現在的情況，就算我得說謊，就算我自己犯了得下地獄的罪業，也不能稍有遲疑。我用力地點點頭，點了三、四次。

「只要您誠心誠意地念佛，佛祖的教誨怎麼可能騙人？」

我以自己聽來都感到十分響亮、十分具有決斷力的聲音回答。

尹不斷點頭，還對著我深深彎腰行禮，然後就從鐵窗邊消失了。

這件事情發生之後，就聽到尹訂購牛奶雞蛋的聲音。過了幾天，又聽到他連牛奶都喝不下去，不再訂購的聲音。到了最後，聽到的就只是偶爾一句表示他愈來愈衰弱的聲音而已。當我們到外面去運動的時候，再也看不到他透過鐵窗向外窺探的身影。聽看護說，他的病情益發惡化，嚴重的時候高燒超過三十九度，連醫生也束手無策，大概彌留的時候就會被保釋出獄吧。

有天晚上，都已經過了就寢時間，走廊上傳來噠噠的腳步聲，透過鐵窗一看，胖部長和黑臉看守帶著一個穿灰袍服的人站在尹所在的一號房外面。沒多久，換上白色夾褲短褂的尹，就在高個子看護的扶持下走了出來。矮個子看護貼著鐵窗看了一會兒之後，就回到自己的鋪位躺下來說：

「那人被保釋出去了，就算出去了據說也撐不過一個月。」

穿著灰袍服的人，不用說，必然就是尹的堂叔面長吧。

「如果我也能被保釋出去的話，該有多好！」鄭說完話就長長地嘆了口氣。

在我出獄三、四個月之後，與假釋出獄的矮個子看護見面時聽到他說，閔死了，尹也死了，姜正從事木工的工作，鄭的消化不良變得益發嚴重，又有腎臟炎、肋膜炎，所以以重病患者的身分被送到總獄舍病牢去，完全沒有可能站上公審法庭了。

《文章》第一期（一九三九．二）；《李光洙短篇選》（博文書館　一九三九）

韓國「托爾斯泰」

李光洙，號春園，一八九二年出生於平安北道定州邑的小農家庭。一九〇二年父母雙亡後被親戚收留，在親戚家中他開始接觸多種文學創作形式，拓寬了文學發展的道路，可以說這段經歷是他日後走上文學之路的契機。

影響李光洙文學思想的轉捩點，是接觸了「東學」。「東學」是帶有宗教色彩的民間組織，追求改善世界，改造人類，提出「嚴懲貪官汙吏」、「斥倭斥洋」的口號，當時在底層階級間影響極大。李光洙也很快接受了「東學」的影響，並加入了東學黨擔任書記，但因朝鮮官吏的壓迫，於一九〇四年前往首爾。一九〇七年李光洙進入日本明治學院就讀，以日語在明志學院同窗會報《白金學報》第十九期發表了〈這是愛嗎〉一文，正式開始文學創作。一九一〇年高中畢業，李光洙回到朝鮮，一九一五年再次渡日，進入早稻田大學哲學系就讀。

李光洙在日本留學的青年時期，是文學思想形成的重要階段。他大量閱讀歐美各國的文學作品，文學創作思想也因此受到偉大作家和作品的影響與啟發。此期間影響較大的是達爾文的「社會進化論」、托爾斯泰的「批判主義」、拜倫的「惡魔主義」、尼采的「本能主義」等，其中對李光洙文學觀點影響最大的當屬托爾斯泰。托爾斯泰的文學作品主要批判人類社會的各種不合理現象，李光洙從托爾斯泰那裡受到的最主要影響就是批判主義和人道主義精神，這種精神表現在其長篇小說〈無情〉、〈開拓者〉等作品中。

一九一七年在《每日申報》連載的長篇小說〈無情〉，被評價為「韓國近代小說之始」，李光洙從此聲名大噪，同年連載的小說〈開拓者〉，也深受好評。一九一九年，李光洙加入日本留學生在日本成立的「朝鮮青年獨立團」，共同起草了〈二八獨立宣言書〉。之後流亡上海，參與大韓民國臨時政府，並擔任臨時政府的機關報《獨立新聞》報社社長。一九二一年自上海返韓，之後歷任《東亞日報》編輯局長、《朝鮮日報》副社長。此期間他發表了如〈再生〉、〈麻衣太子〉、〈端宗哀史〉、〈革命家之妻〉、〈李舜臣〉、〈泥土〉等作品。

一九三七年因修養同友會事件與安昌浩同時被逮捕入獄，六個月後因病保釋，但李光洙的政治立場，已經由原先的反日轉為親日。一九三九年李光洙成為親日御用團體「朝鮮文人協會」的發起人，並被推選為會長。同時為了響應日本皇民化「創氏改名」政策，將自己的姓名改為香山光郎。一九五〇年六月二十五日韓戰爆發，七月李光洙被劫持到北韓，生死不明，後確認已於該年十月二十五日病逝於北韓。死亡後，一九六二年二月，其傳記《春園李光洙》出版，一九六三年十一月《李光洙全集》發行。

鼠火

李箕永

1

連續好幾天的低溫，今天終於稍微緩解，垂掛在飛簷下的冰柱也開始融化。寒風刺骨。

雖說是年初（農曆新年），山裡和馬路上卻杳無人跡，就連在冰層上鋪草薦釣鯉魚維生的老車，最近也不見蹤影。

結凍的江面上，早就積了一層不知何時下的雪。盤繞著笠帽峰險峻峭壁底下，又流向遼闊原野的K江，耀眼得彷彿鋪開了一匹白練。間歇從平原上吹起的風，形成了一股旋風向空中扶搖直上。狂風掀起了江上漫天白雪撲向對岸，如銀雨般在陽光下閃閃發亮，向天空飄揚，天空猶如琉璃般湛藍。

「以年初的天氣來說，難得有這麼好的天氣……但雖說是年節，卻無聊得很。」

正哼著歌的乭釗[1]突然抬起頭來，太陽晃花了他的眼。遼闊的平原另一端，綿延天際的遠山上，堆積著皚皚白雪，恍似神祕莊嚴的世外天地，就連一向感覺遲鈍的乭釗也有如此感受。

黑鷲飛來笠帽山頂，在江面上空盤旋。

乭釗就喜歡這山脊，每次上來這裡，遠近山川盡收眼底。從山嘴下去，就是踏上江岸懸崖的入口。

乭釗掀開長袍向後一甩，騎坐到岩石上。他點燃一根菸銜在嘴裡，這是昨天在紙牌桌上贏來的。

額頭上有個棗核大小傷疤的乭釗，扁平的臉上有張稍大的嘴。但他熱情十足的眼睛，和他健壯的氣魄相稱，給人一種很有威望的感覺。有些年輕女人會迷上他，或許看上的就是這點吧。

他吃完早飯之後，想著不知道哪裡可以賭個錢，就慢慢晃到上村。但那裡也和其他地方一樣，都顯得很冷清，只聽到孩子們賭火柴擲柶棍[2]的聲音，像嘶啞的鵝叫聲般從守山人老曹家裡傳了出來。年輕人大概都出外賺錢去了，每個人都忙著養家餬口。

後來乭釗去了賣草鞋的南師傅家裡閒話了一整天，才無聊地走了出來。在南師傅家裡喝了一碗馬格利酒，嘴裡還殘留些許酒氣。日落西山，夕陽染紅了天際，夕照在雪山上流連忘返。

然而突如其來的火光從山腳下明明滅滅地冒了出來，就像地面上升起了一顆太陽似的……眺望之際，火焰益發熾旺，鬼火般的火星密密麻麻地到處飛濺。

「那是什麼火？」

乭釗心生疑惑地注視著，瞬間他的腦中閃過一個想法。

他順勢站了起來，邁開步子飛快下山回家。

原先臉上憂鬱的表情此刻已不存在，他又顯出一副生氣勃勃的樣子。

乭釗吃完晚飯，追著先出門的成先背後出去的時候，夜幕已低垂。鐮刀似的一彎新月，就掛在西邊朦朧的天空裡。短短的時間裡，情況有了很大的變化，火勢已經竄過遠方的田野，圍住了山腳，紅彤彤的火焰十分壯觀。彎月彷彿也嚇得皺著細眉顫抖，星星閃閃爍爍十分耀眼。

然而，火場並不局限在那一處而已，以遼闊的田野為中心，此刻東西南北全都燃燒著熊熊烈火。天愈黑，火光顯得愈紅熾，群眾們的吶喊聲也在火光中破空而出。

「起火了，鼠火[3]啊！」

---

1 「乭釗」韓文讀音為「돌쇠」，是韓國傳統史劇或小說中常見的名字，就像英文的「Peter」一樣。「乭」是韓文吏讀字，為韓半島自創的文字，中文讀音同「石」，也是石頭的意思。「釗」為「金」與「刀」的合體字，在這裡為「鐵」的意思。這個名字有「如石頭一樣健壯，如鐵一樣剛強」的寓意。鄉下人通常只有小名，沒有大名，後來韓國政府推動改名運動時，不是用發音相同，就是用意思相同的漢字取代。

2 用在柶戲裡的四根半圓形木棍，柶戲按照韓文音譯又稱為「尤茨」，是韓國的傳統遊戲。

3 陰曆正月第一個子日，也就是鼠日，燒田埂上的雜草，意在趕走雜鬼，迎接春天。雜草燃燒起來，也會燒死害蟲和蟲卵，趕走老鼠，還可以造肥。

乭釗忍不住扭著屁股跳起舞來。

「沒錯！今天是鼠日！快看那火！哈哈，老天爺的鬍子都要燻黑了！」

事實上野火燎原，火焰沖天，連天空都燒成赤紅一片。

沿著K江支流而上的半溪內外村莊，也有孩子們放著鼠火成群結隊地下山。

「起火了，鼠火啊！」

過去鬥鼠火時一爭高下的情況非同小可，各村莊的壯丁都在腰裡插上六角棒子，俐落地纏緊裹腳布上場。當己方火勢減弱的時候，就會突襲對方陣營，彼此展開肉搏戰，妨礙對方放火。如此一來，雙方都會出現不少被打傷或被火燒傷的傷者，嚴重的時候，甚至還會死人。無論如何，在火場裡彼此糾纏滾成一團，棍棒交織，石頭亂飛。不僅如此，情急之下還有人脫了衣服赤膊上陣，互相想撲滅對方火頭，真是萬分危險。乭釗額頭上那塊棗核大小的傷疤，也是小時候放鼠火時被石頭砸傷留下的痕跡。

毛頭小伙子們在村口河堤上放了火就下來了。他們手凍得僵硬，火柴劃了幾次都劃不著。好不容易點著了火，一陣風彷彿就等著這一刻的到來，又把火給吹熄了。因此他們只好跑到田埂下，緊趴在那裡用衣角遮擋，才終於點著了火，有個小丫頭拿裙襬為他們遮風。

大人們卻沒閒工夫那麼做，他們在包了棉的棒子上澆石油，點燃後拿著火把跑來跑去，四處點火。

半溪前的田野瞬間成了火世界，乾草一碰到火就熊熊燃燒起來，劈里啪啦燒得正旺。

往下游而去，還有成堆成堆分成好幾股燃燒的火焰，是城鎮那邊的人放的火。左邊密密麻麻像雁群排成一列的火焰，是田野這邊放的。再過來忽明忽暗遠遠就能瞧見的火焰，是村野這邊放的。倭將邑、亭子村、共棲地、院址一帶也全都是火！火！……

遠方隨風傳來一陣鑼鼓喧天的農樂聲。

「鏘鏘！鏘鏘！鏘咚鏘……」

年輕女人和甩著長辮的少女們來到村口前，望著四方烈焰沖天，吵吵嚷嚷地喧鬧著。就連干蘭[4]家的、應三的妻子、阿只[5]家的、又順[6]也夾雜其間。

乭釗和成先領頭，半溪村民十餘人看到城鎮人這邊的火焰燒得更旺，就追了過去。乭釗的妻子背著干蘭，隱隱擔心他會不會又跟人打架，因為半溪村民自古以來每次鬥鼠火都會和鎮裡人打起來。

但乭釗一行人沒多久就失望而歸，他們追過去看了之後，發現放鼠火的人只是一些毛頭小伙子和孩子而已，實在沒什麼好對抗的。

---

4 「干蘭」為純韓文간난이的同音漢字名，간난이一般用來指稱剛出生的嬰兒，有時也成了孩子的小名，一直叫到大。

5 「阿只」為純韓文아기的同音漢字名，아기一般用來指稱小孩，在此也成了孩子從小叫到大的名字。

6 「又順」為純韓文名또순이的漢字化。또순이一般指「聰明伶俐的女孩」之意，為女孩常見的名字。改名運動時則取「또」的「又」之意，加上「순」的漢字「順」，成了「又順」。

乭釗對這種勝負之爭一年不如一年感到十分鬱悶，但說不定鎮裡人有更強烈的失望之情。說到農村的娛樂，除了每年一次的例行活動之外，還有什麼？但今年比不上去年，見不到幾個大人的蹤影，鼠火也只有放了那麼一點點。

從三、五年前開始，正月十五的拔河比賽就已經廢除了。柶戲也不像過去一樣那麼計較輸贏，所以乭釗心裡想，除了賭博之外，還有什麼好玩的？

他不知道這到底出於什麼原因，原本官府裡不是也很鼓勵放鼠火嗎？不知道是不是真的，聽說放鼠火能把藏在田壟裡的蟲子全部燒死，有益莊稼，然而，就是沒有大人出來放鼠火。但又何止鼠火，村裡人的生活似乎也是一年不如一年。

坦白說他們也都沒有這種閒工夫，總要先填飽肚子才能談體面吧，貧窮的兩班還談什麼體面。今年正月也沒有多少人家有餘錢磨米打糕，所以鼠火算什麼？人家都說，世上變得愈來愈開明，人們的生活卻一年比一年貧困。到底怎麼一回事啊？

大概只有二地主的家裡，還活得有點滋味吧。

夜漸深沉，各處火勢也慢慢熄滅。還殘留著明滅星火的地方，想來該是最後燃放的火花吧？人們放了火之後就置之不理，各自四散歸家，到剛才都還能聽到的吶喊聲，現在也全都消失了。

「真沒意思，早知道我就不白白追下去了。」

「就是嘛！啊，好冷！」

乭釗和成先跺著凍僵的腳回來，寒風中乭釗還掏出一支菸點了銜在嘴上。
「喂，來一根？」
乭釗邊問邊給了成先一根菸。他們在偏僻的小酒館裡喝的酒有點醉人。
「找個地方玩兩把吧？」
正對著菸頭燃菸的成先一副感興趣的樣子。
「找應三、完得一起……」
「應三會來嗎？」
「當然，我叫他，他就會來。」
「走吧！」
成先的眼中映出明滅的菸頭。
「到誰的家裡玩？」
「這個嘛……到上村去看看。」
乭釗歪著頭，他在琢磨可以賭博的場所，一個誰都想不到的地方。他想在一個抽紅人不會追過來的僻靜地方好好賭個痛快。
月已落山，群星密布，凜冽的寒風如刀鋒般颳過耳垂，江面在黑漆漆的夜裡依然閃閃發光。村子裡「汪！汪！」的狗叫聲——風拐了個山彎吹過來，變得沒那麼寒冷，走進酒館街，就聽到酒館裡鬧烘烘玩柶戲的喧囂聲。

「狗[7]啊，開走，給你買糕！」

「看我的！來啊！幹你娘……」

「摞著走的三個子兒死掉啦，哎呀，我們就剩最後一個子兒了！」

兩人來到酒館前，停下腳步側耳傾聽，完得似乎也夾雜在其中的樣子。

「好吧！那你去喊完得出來，我去把應三逮來。」

乭釗戳戳成先的側腰，悄悄吩咐。

「嗯，好！」

「小心不要讓人看出來！」

「知道了。」

成先點點頭走進了酒館，乭釗順著路就走回自己家，他得先弄點本錢才行。打開柴門進來，睡在院子裡的小花狗聽到主人的動靜，高興地搖著尾巴跑來迎接。乭釗悄悄地打開裡屋的門。

乭釗妻子順任背著千蘭出去看鼠火，冷得受不了才剛剛進來。她邊進家門，邊擔心丈夫會不會闖什麼禍。順任十二歲就嫁過來做童養媳，如今已過十年，她是個臉上冒著雀斑、有點麻子模樣的小個子女人，她很畏懼自己的丈夫。

「今晚是不是也不回來了?……不知道他最近究竟睡在誰家！」

回到自己房間，鋪好被褥躺下來的順任，嘴裡嘟囔著。干蘭銜著奶頭睡睡醒醒，又啪啦啪啦吸幾口奶。

作為童養媳，順任從小就飽受婆家的折磨，後來懂得靠丈夫庇蔭，丈夫卻開始過著放浪不羈的生活，一個月在家裡睡覺的時間沒幾天。干蘭都已經三歲了，她的肚皮還是沒半點消息，順任只想早點生個兒子出來。

有一天，她瞞著婆婆，一個人偷偷跑去問村裡常請的神婆。神婆掐著手算了老半天，說他兩人彼此帶煞才沒能得子。神婆說：「妳丈夫命帶草鞋煞，所以喜歡到處瞎晃。若想去煞，就得到大嶺城隍廟去，大大地做一場神祭才行。」

「又跑到哪裡去賭博了，唉……還真是命帶草鞋煞吧！」

「應三老婆的眼神怎麼有點怪怪的？」順任腦中突然浮現這樣的想法，驀然感到孤寂，心中一陣悸動。

她輾轉反側難以成眠，內心的焦慮無人理解，好不容易才終於睡著……

夜裡順任被一陣突如其來的冰涼驚醒，睜眼一看才發現是不知何時趁隙而歸的丈夫，正手拄著她的額頭晃來晃去。順任伸了個懶腰，摸摸索索地握住男人強勁的手腕，那是自己一向熟悉的丈夫的手。

7　柶戲的彩名之一，彩名有豬、狗、羊、牛、馬。

「唉喲……手好冰！坐著幹嘛？」

「我的袍子呢？」

「袍子？你又要去哪裡？」

順任睜大了眼睛，房間裡一片漆黑，昏暗中傳來男人如黃牛般粗重的喘息聲，嘴裡呼出的氣息掃過臉龐。

「快找給我！」

乭釗劃了一根火柴點菸。

「哎喲，真討厭！大半夜的又要去做什麼……剛才不是脫在了外屋嗎？」

順任提了提褲腰起身，劃亮了丈夫給的火柴，就到外屋去了。睡到一半醒來，她單薄的身子和髮髻鬆脫長髮散落的背影，彷彿還是婚前少女的模樣……乭釗趕緊拿起妻子枕邊上的銀髮簪，放入背心口袋裡，這是他趁妻子不在家的時候早就盯上的東西。

「喂，給你！大半夜的又上哪去……」

妻子把袍子放在棉被上，又劃了一根火柴，點亮了細長的桐油燈。螢光似的朦朧燈光，將兩人的身影映照在土牆上，黑夜顯得寂寥冷清。

乭釗趕緊站起來穿上長袍，妻子目不轉睛地望著男人，瞇起一隻眼睛閉上，他太耀眼了。

「不睡坐著幹嘛？」

乭釗在網巾上戴上風帽。

「我一直都沒睡，你這麼折騰是要去哪裡？」

順任怕自己埋怨的語氣會惹得丈夫生氣，說完輕輕笑了起來。

「吵什麼吵，妳管我上哪去！」

睡在外屋的母親像是聽到吵嚷聲醒了過來的樣子。

「干蘭她爹回來了嗎？又要去哪？大半夜的這麼冷！」

「到上村玩柶戲去！」

乭釗砰地一聲關上門出去。

順任呆呆地坐在那裡望著男人走出去的背影。

好不容易才睡著又被吵醒，她再也難以入睡，睡蟲似乎已經遠遠地跑掉了。外面呼地響起一陣風聲，她突然間感到一陣煩悶，難以言喻的惱怒在心中沸騰。

順任走進廚房舀冷水喝，口中咯吱咯吱咬著冰塊。站在院子裡一看，前方一望無際的田野上，還有殘火在燒。或許是因為從四面八方燒過來的緣故，火勢又熊熊燃起，田野中央烈焰沖天，紅色的火焰彷彿暴風中跳躍的狂浪般東傾西斜，火星直沖天際。

順任驀然有股衝動，想跳進那烈焰去，她死死按捺住這個難以忍受的念頭。

回到房裡，順任才發現髮簪不見了。

2

上村崔召史家的裡屋，朦朧的石油燈下有四個人頭對頭圍坐在一起。旁邊一個盤著髮辮的老媼，露著大齙牙坐在那裡收東錢[8]，老媼正吸著一管長煙袋。

乭釗手裡抓著一副鬥牋[9]，刷刷刷洗牌之後，嘩嘩嘩一字攤開在另外三家面前，一人發一張牌之後，就抽回自己的牌。

「來吧，我進！」

喊了一聲之後，就把牌倒蓋在紙牌上，對著其他三家問：

「下注，多少？」

「我下一圓！」

成先倒蓋一張牌，並掏出了兩枚五十錢的銀幣。乭釗也同樣下注一圓，接著又問完得：

「你下多少？」

「我下五十錢。」

「你呢？」

「我的牌不……不太好……管他的，我下一圓！」

應三猶豫了一會兒，隨即掏出了一張紙幣。乭釗確認了每個閒家的下注金額之後，又把紙牌發給成先，同時眨眨眼睛。
成先抽了一張牌，和之前那張重疊之後，猛地拿起來，雙手捏緊。
「可以了！」
完得抽走下一張捏在手裡看。
「我進！」
他又抽了一張捏在手上看了之後，蓋在自己面前。
輪到應三。
他哆嗦著手抽了一張牌，笨拙地捏在手上看了一眼。
「我也進！」
這麼喊了一聲之後，他又抽了一張牌。
乭釗抽了兩張牌之後，癟著他的大嘴，緊捏著牌看，捏到紙牌發出咯吱聲，然後又進了一張，突然歡天喜地大喊：
「大家翻牌！」

8 出借場地賭博時，房東收的場地費。
9 朝鮮的一種紙牌遊戲，亦稱數鬥牋或數千。朝鮮從十九世紀起，各地開始玩鬥牋。牋上畫人、魚、鳥、雉、星、馬、獐、兔各九張；畫皇、龍、鳳、鷹、極、乘、虎、鷲各一張；共八十張牌。亦有用六十張或四十張牌或二十五張牌的。

「六點！」

乭釗一把攫走成先放在面前的錢。

完得翻開的三張牌分別是一、六、八，五點。

「我七點！」

應三喊，一邊翻開三張牌，一邊搔了搔頭，但乭釗就如老鷹抓小雞一般，毫不留情地攫走他面前的錢，嘴裡邊念著：

「青山萬里一孤舟，七、七、五，九點！」

啪地一聲牌翻出來，那明顯就是五、七、七，九點啊！應三雙眼圓睜，以他的七點都還吃不下來，讓他感到很氣憤。

「幹！根本就是在騙人。」

「什麼騙人，誰他媽的騙人！那不然你來做莊！」乭釗大聲數落。

應三又搔了搔蓬鬆散髮，他連網巾都沒戴，單單頂著一個髮髻在廂房裡睡覺就被揪了出來。在乭釗的誘騙下，他帶著大年三十賣牛錢的一半出來，現在差不多輸掉了一大半。他心中驚慌忐忑，眼前陣陣發黑，早就連紙牌也看不清楚了。

「大嬸，做點什麼來吃吧，還得喝一杯呢，肚子有點餓了。」

「也沒什麼下酒菜。」

老嫗把收到的東錢放進口袋裡，張開齙牙笑了起來。在外屋睡覺的孩子們打著呼嚕睡得死沉，後山松林裡響起貓頭鷹的叫聲。

「煮一束雞蛋[10]，煎一方豆腐……下酒菜的錢我來付。」

乭釗從咯啦作響的口袋裡掏出雞蛋錢和豆腐錢之後，又開始給每個閒家發牌。

「多少！」

「他媽的！」

應三又沒拿到好牌，心裡一急就一個人神經病似地嘀嘀咕咕。這怎麼回事，牌面不是有「獐」字，就是有「鳥」字，不能兩張一起出，如果出三張的話，分數肯定更少。一開始他還拿到不少分，但後來愈拿愈少，他也覺得奇怪卻不知道原因何在。

這期間女主人已經把剛買回來的酒整瓶燙好，擺了一桌酒菜端上來。蘿蔔根泡菜的莖葉懸垂在短腿小飯桌上，平底銅鍋裡漂著豆腐塊。暖炕腐臭的塵土味、濃濃的草葉燒焦味和微酸的醬油味混在一起，散發出一股奇妙的惡臭。

成先拿起酒瓶斟酒，先給老嫗勸了一碗之後才說：

「你也來一碗吧！」

乭釗接過一碗發澀的馬格利酒，一口飲盡。

「啊，痛快！口正渴著呢！」

10　當時雞蛋都是用草繩捆成一束販賣，一束十顆。

他拿起腕大的蘿蔔根，連著莖葉卡滋卡滋地嚼了起來。

應三卻沒有心情喝酒。

「來，應三！」

完得喝了酒，又倒了一碗勸應三喝。

「我不喝！」

「你這人真是的，就喝一杯吧！難道輸了點錢就連酒都不喝了！」

「你們這些人根本不懂人家的心……想到明天要受的罪……都不知道該怎麼辦才好！人家明明說不要了，還故意拉著我來……」

應三還是猛搔頭，像個神經病一樣，嘴裡喃喃著不知所云的話。

「你小子真沒出息，賭博不是輸就是贏！哪有人像你一副老娘們兒樣，輸了錢連酒都不喝！」

乭釗臉紅脖子粗地大喝一聲。

「那我不賭了！」

「你啊，快喝吧……你這算什麼？」

應三不得已只好接過酒碗說：

「又沒什麼大不了的，幹嘛發脾氣……我只是因為自己輸得很慘……所以才……才……才那麼……那麼說的……」

應三突然像鯁到了什麼似的，聲音有點嘶啞，還不停吞口水。他哆嗦著手接過酒碗，像喝藥一般猛然灌進嘴裡。

「這小子怕被自己媳婦拿燒火棍揍才這副模樣吧，呵呵呵！」

「哎呀，如果那樣的話，就騎到她身上去！」

「哈哈哈……說不定這小子不會幹！」

「你們這群該死的傢伙！……」

天知道抽紅人順七是怎麼發現的，竟然找上了崔召史家來。他剛才在下村的酒館裡擲柶戲的時候，就看到成先走了進來，沒多久看到兩人一起走出去，心裡就想：

「那些傢伙一定是要到哪裡去玩一把吧！」

他隨後就跟了出來。然後就從下村稍微有點嫌疑的人家開始，像獵犬一樣全都找過了一遍，沿路上來，終於在崔召史家裡找到他們的藏身之處。

他毫不猶豫地推開柴門走進來，從門外開始就嘮嘮叨叨地喊：

「哎呀，好冷好冷……你們這些人怎麼跑到這裡來了。」

「那該死的傢伙終於還是找過來了！」

「所以我才讓你不動聲色地喊人出來啊……大叔還真是精力旺盛！」

乭釗接過成先的話頭，看到打開房門進來的順七就笑了起來。

「你們竟然跑到這麼隱僻的地方玩？哎，冷死了！先讓我喝碗酒吧！」

他先摸了摸掛著冰柱的半白鬍鬚，再往棉襪底搓了搓，才抓著筷子坐到桌邊去。

「哎，您還真厲害，怎麼連這種地方都找得到！」

屋主老嫗邊倒酒邊看著他說。

「就是嘛！不愧是千里眼崔順七，哈哈！」

順七抓著酒碗，膽子也開始大了起來，吹著酒沫說：

「大家都喝過了嗎？」

「是的，大叔！您快喝吧！」

順七之前在清州兵營待過，當兵的時候學會了喝酒賭博。他至今還常把年輕時吃喝嫖賭的經驗掛在嘴上，一方面拿來炫耀，一方面也念念不忘。

「唉，那時節日子過得真好，穿衣吃飯都不用發愁。酒肉多到膩得不想吃……哼！女人就更不用說了……」

只要一提起當年勇，他就來了興致，嗤著鼻子對年輕人吹噓起來。

笠帽山另一側地主李參事家，那時剛好飽受義兵團和強盜團夥的威脅，清州兵營便派了順七過去保護。他在李參事家裡住了三年，這段期間他的工作就是夜裡巡邏一回，白天持槍打獵。

那個時候在這山村裡，兵丁在人們眼裡還是很新奇的人物。因此村子裡的人對他心存敬畏，又帶著好奇心看待他。而且他不是還住在李參事家嘛！不得不說，當時他過得真的很享受。

然而隨著清州兵營的解散，他又落回一介平民之身，輾轉四處，一事無成，最後靠著李參事的關係，才帶著一家人搬來這裡。過往如此的順七，自然聞賭必至，雖然他也幫李參事家種點地，但其實只是把種田當副業，賭博才是他的主業。他在賭博上，不管是哪個局，只要被他知道，都能橫插一腳。

酒桌拿下去之後，賭局重新開始。

因著這番喧鬧聲，睡到一半起來撒尿的鄰居們一個接著一個聚攏過來。賣草鞋的南師傅、守山人老曹的兒子群三，還有誰誰誰誰的。公雞都鳴了三回，狗也吠得震天響。

「我也參一腳！」

順七也加入了賭局。

「大叔有錢嗎？」

「當然有！」

「拿出來瞧瞧！」

「我說有就有！」

「好吧！賭注不能少於一張（一圓）。」

「沒問題。」

這次應三搶著做莊，他覺得剛才輸了不少錢可能是因為做閒家的緣故，於是新的一局又重新輪起來。

「翻牌……」

「看我橫掃千軍……」

順七挽起手臂用力甩下牌，合起來只有九點。

「一、二、六，九點！」

乭釗翻出了一、二、六……通吃閒家。

「他奶奶的……這還怎麼賭啊……」

應三就像拿耙子鋤草一樣，手噗噗地刮搔著散亂的髮髻，嘴裡嘀嘀咕咕地說個不停。

「誰要做莊，我不做了！」

「你這傢伙真善變，給我吧，我來！」

乭釗一把搶過整副紙牌。

因此應三又做回了閒家，他張大眼睛，打起精神來對付。但他原本就不太會打牌，再加上膽子又小，慢慢地眼睛開始惺忪，精神也變得恍惚，根本就沒法賭下去了。他捏著紙牌，偶爾會像個失了魂的人一樣呆呆地坐著不動，直到挨了旁邊人的罵。沒出息的人，不管怎麼做都會挨人罵！

最後，他一氣之下就掏出了身上所有的錢，衝著乭釗說：

「我倆單獨來一局吧……只賭那麼點小錢，何必賭一整夜？」

「這敢情好啊！」

乭釗拿著整副牌，刷刷刷洗好牌，嘩嘩嘩一字排開。

「發牌嘍！」

「發牌！」

「抽牌！」

「抽了！」

因為是一局定乾坤的大賭局，房間裡的氣氛也顯得十分緊繃。想抽紅的人們全都圍了上來，目不轉睛地盯著。進了三張牌的應三，抖得跟神婆請神時用的樹枝一樣，緊捏著紙牌的手也哆嗦個不停。他心急如焚，口水落得老長，額頭也直冒汗。

「六點！」

「小子！我十八點！」

乭釗一翻開牌，就飛快地攫走堆積在自己面前的一疊錢，一下子站了起來。

「哎呀！這可恨的紙牌！」

應三一把撕了紙牌，拿拳頭捶了幾下胸，仰面倒了下去。

在座諸人紛紛哇地一聲喊，伸長手跑到乭釗跟前來。

「抽紅，抽紅……我也要，我也要！」

乭釗雙手深深地揣在背心口袋裡，用手肘推開擁擠過來的人群，讓他們站好。

「抽紅沒問題，但都給我站好！全擠過來，叫我怎麼給啊？」

他從口袋裡隨手掏出銀幣，掏多少算多少，邊放在每張攤開來的手掌上，邊奪門而出。轉眼間，他又是踢又是甩地推開人群跑了出來。

「怎麼這麼貪心，都攤著雙手要錢！」

除了順七、成先之外的幾個人，緊跟在乭釗屁股後面出來。對著年輕力壯的乭釗，他們也不敢隨便挑釁。

3

乭釗直到傍晚才頂著鵝毛大雪回家，昨天天氣還那麼好，今天從一大早開始，大雪就紛紛降了下來。他喝得爛醉，進了房間就一頭栽了下去。

妻子在廚房煮晚飯，聽到動靜就跑了進來。一進來就先伸手進男人的口袋翻找，找到了髮簪，她高興得不得了。

「我就知道！娘，髮簪找到了！」

「在哪裡找到的？」

盤髮的朴氏嘴裡銜著長煙管走了過來，每到冬天她就開始咳嗽，現在也咯咯咯地咳個不停。

「從孩子她爹口袋裡啊！」

突然間乭釗睜開了雙眼看著她們。

「幹嘛隨便翻人家的口袋？」
「誰隨便翻了啊！倒是你為什麼拿走人家的髮簪？」
「拿走又怎樣！」
「你說都不說一聲就拿走，我才會翻你口袋的。」
「唉喲，找到就好。不過你去了哪裡現在才回來？咯咯！哎呀，這要命的咳嗽……」
「我還會上哪裡去，最近是新年，我到處玩玩而已。拿水來！口渴死了。呸！」
他一口痰吐在牆壁上，趁著媳婦出去舀水的空檔，母親貼近兒子坐了過來。
「你昨晚和應三去賭博了嗎？」
「賭博？賭了……怎樣？」
「唉喲，剛才應三他娘過來說是你誘騙他去賭博，把賣牛的錢都輸掉了，鬧了好一陣子才走，所以我才問你的。」
「真是的，哪有這麼鬧的。」
順任也不滿地在一旁幫腔。
乭釗咕嚕咕嚕喝了一碗水之後說：
「什麼誘騙，誰誘騙他了……是他自己想賭才去賭的。」
「可是人家就鬧著說是你引誘的……所以你爹擔心得不得了。」
「那、那該死的老太婆，唯恐天下不亂……她是多不會生孩子，才會生出人家一引誘就跟著去賭博的孩子！嘖，我還真怕自己也有那種孩子呢……她要是給我生出那種孩子來可怎麼辦？」

乭釗轉著血絲密布的眼珠子，指著順任罵，身體卻不由自主地打起瞌睡。

「別說這些瘋話了，難道孩子還能順著自己的意思生嗎？」

「說的這是什麼話，種瓜得瓜，種豆得豆，還不都長得像自己！照這麼說，那裡小得可憐的人也就……呵呵。」

「你沒事幹嘛扯到我身上來，你也好不到哪裡去……」

順任氣呼呼地噘起嘴。

「唉喲，吵死了……那個，應三輸了很多錢嗎？聽說輸了三百兩。」

乭釗摸索著新買的毛背心口袋，突然大喊：

「我看看！」

「誰拿了我的錢包？咦，錢包呢？」

「誰會拿你的錢包，你好好找找！」

「嗯！在這裡。說話跟馬蜂螫人似的。」

乭釗打開錢包，掏出一疊紙幣炫耀，嘴裡還說：

「她高興鬧就鬧，拿挨頓罵換錢，多少我都願意……反正挨罵又不會痛……娘，是這個道理吧！」

母親看到錢，忍不住靠近一步說：

「她嚷著怎麼說大家都是鄰居，你這麼做不合情理，一副氣得直跳腳的樣子……」

「呵呵……現在這世道講情理活不下去，沒有眼睛也能把鼻子割下來吃。」

乭釗上身不穩，搖搖晃晃地用凍僵的手指數錢。

「一、二、三、四、五……說是我引誘？就算是我引誘的又怎樣……一、二、三……我不去引誘他，也會有別人先去引誘他。一、二、三……那與其讓別人先下手，不如身為鄰居的我先吃掉，這目的不是理所當然的嗎？……等等，我數了幾張了？一、二、三……」

乭釗一邊數錢，一邊嘮叨；一邊嘮叨，又一邊數錢，數了多少錢都忘光了，只好重新再數。母親又坐得更靠近一點問：

「孩子啊，全部有多少吶？給我吧，我幫你數。」

「別急，我來數就好。娘您哪懂得數錢，真是的！一、二、三……要給您一些錢嗎？」

「好啊，給我點吧！我沒錢快活不下去了！」

「呵呵呵……那您還罵我去賭博，沒去賭的話，像我們這樣的人錢要從哪裡生……娘啊，一整天砍滿滿一擔子的木柴挑去賣，也賣不到十五錢，去打零工也沒人要。可是賭博的話，一個晚上來來去去的就有幾百圓吶！一整年給人家種地，還能有什麼剩下的。我以前也老老實實種地……可是我想了又想，愈想愈覺得沒有比種地更愚蠢的。不管怎樣，在世上錢最重要，無論做什麼，賺錢第一！所以我也跟順七叔學賭博，誰敢說不行！哎呀，又忘記了。一、二……」

「干蘭她爹，也給我一張吧！不小心掉了怎麼辦？」

妻子也想要錢的模樣站在那裡探頭看了看，突然笑嘻嘻地坐到男人身旁這麼說。

「妳要錢做什麼……哼！我就說嘛，錢最好！我贏了錢的消息傳開之後，遇到的每個人都會想撩撥我吧！平常對我視而不見，瞧不起我的傢伙們，也會變得很親切地黏著我不放，有的說：『喲！乭釗有錢啦，請我喝一杯吧！』有的說：『乭釗兄！聽說你贏錢啦！讓我抽點紅吧！』還有的說要給我磕頭拜年，讓我給壓歲錢，甚至有些傢伙一開口就跟我借錢。哎呀，會被煩死！不只如此，酒館老闆娘也會諂媚地要我放開膽子吃吧……呵呵呵……」

「是嗎？原來你覬覦那女人啊！」

「我覬覦那種貨色，那種大胖子？哈哈哈……」

乭釗對母親的問題嗤之以鼻。

「不是嗎？你在那睡到現在的吧！」

「妳說什麼？妳現在也學會爭風吃醋啦！」

「誰爭風吃醋了？還不是因為你把錢花在那種女人身上，我才這麼說的。」

「哈哈哈，所以不是爭風吃醋，而是因為捨不得我花錢，是吧？哈哈哈，妳這麼說還挺像回事的……要不要來親個嘴！」

「你這人瘋啦，幹嘛這樣！」

妻子羞澀地甩開乭釗扯著她耳垂要親的手。

「呵呵呵，娘，您看我像醉了嗎？所以，錢多好啊！世界上只看重有錢人，所以看到別人有錢，就會想盡辦法盜竊那人的錢。我一個晚上的時間就有了幾十圓錢，所有人一定會撲上來想分一杯羹，娘在先，那傢伙在後……那麼我贏了應三的錢，又有什麼錯？娘，您說對嗎？」

乭釗開始說起醉話，撐不住身體了。

「哈哈……還真是這樣！原來世上的人都對金錢上了癮才這樣啊！」

「應該大概還剩個二十圓左右吧……怎麼回事？一張、兩張……」

乭釗把剛才怎麼數也沒數清楚的錢，現在一張張攤放在房間地板上。母親和妻子的眼睛，在散放得像雜貨店一樣的紙幣場上來回梭巡。乭釗放完所有一圓紙幣後，又揪出五圓紙幣說：

「這麼一來，十三元加上這個就是十八圓……」

「兒子啊，十八圓是多少吶？」

母親聳動著屁股看向自己的兒子。

「十八圓的話呀！不就一百八十兩嗎，還能是多少？來，還有零錢！」

乭釗又翻了翻口袋。

「我的天啊……還真不少！我說，你都醉成這樣了，難道就沒有弄丟的錢嗎？」

乭釗把五十錢面值的銀幣和紙錢、銅錢混在一起，又攤出了兩、三圓。

「什麼弄丟，怎麼可能弄丟，您以為我是那麼糊里糊塗的傢伙嗎？那我憑什麼去賭博？」

妻子與母親的臉色顯得更緊張。

「你要不要吃點什麼？給你煮點黃豆芽湯？」

「黃豆芽湯？不用了，您去買點肉，再沽點酒回來吧。這時候就該多喝一杯！也給爹喝一點。來，這五圓拿去買糧食，還有這個拿去買酒買肉……還有呢……家裡幾口人啊……每個人給一張的話，就是五張嘍？」

「怎麼是五口人啊？連千蘭在內是六口人！」

「妳還真滑頭，好吧，六口！還有這個得拿來當本錢，做生意總得有本錢才行。」

乭釗把錢分一分之後，就把剩餘的錢又塞回錢包裡，放進背心口袋……

「記得帶錢，我得睡一下！」

「你睡吧！」

等母親哆嗦著手撿起錢，走到外屋去，乭釗馬上拉過妻子的膝蓋枕在頭下，躺下來就睡。千蘭則睡在炕頭上。

「給你點根菸？」

「好！」

「唉喲，滿身酒氣……」

「酒氣！妳哪時候給我沽了酒啊？」

妻子點好菸，又解下丈夫的網巾，伸長手臂掛在門前的木掛鉤上，再扒開丈夫的髮髻根部，邊在剃光部位[11]的頭髮裡面翻來翻去，邊抓蝨子。

滿頭白色的頭皮屑，如蝨卵被妻子用指甲弄死時一般，發出啪嚓啪嚓的聲音。

「這全是蝨子？哇，好舒服！」

「全是蝨子吶！」

妻子笑了起來。

她從承載著丈夫沉重身軀的雙腿上，感受到溫暖體溫所帶來的暖烘烘觸感。

沒多久，丈夫手上還夾著點燃的菸，就開始打起呼來。

老金一回家吃晚飯，乭釗他娘久候多時才終於精神一振，把兒子賺錢回來的事情告訴他。坦白說，她這輩子活到現在五十歲了，還沒摸過這麼多的錢。

所以她不顧自己是個咯咯咯咳個不停的病秧子，突然變得活力十足，一下跑到這裡，一下跑到那裡，嘴中念念有詞地說：

「人都上哪裡去了！乭伊就是個在家裡待不住的人。總要有人在才能去跑腿啊！如果我有力氣的話，我就自己去了，可惜我就是死了也去不了。咯咯咯咯……唉喲，冷死了！雪怎麼下得這麼大？今年會是個豐年吧，大年初一下了那麼多的雪……孩子她娘！在幹什麼啊？別待在

11　朝鮮時代的人為了綰髮髻時好看，會把頭頂中央部分剃光，這樣綰起來的髮髻才不會高高突起，根部會很平整地落在頭頂上。

裡面快出來吧！」

就在這時，老伴進來了。她今天終於有了向老伴誇耀的事情，於是就把兒子的事嘮嘮叨叨地說了半天，又貼到老伴耳邊竊竊私語說：

「說是有兩百兩這麼多！」

爛糊糊的眼睛上沾滿眼屎，雙頰乾癟的老嫗蠕動著下巴，厭惡地搖搖頭。這也隱約向老伴暗示，別罵兒子的意思。

老金有一雙凹陷的眼睛，一張古銅色閃閃發亮的大臉盤，頂著花白的小髮髻，雙手揣在長袍袖裡蹲坐著，一聲不吭地聽老妻說完話才開口問：

「那他到哪裡去了？睡了嗎？」

「現在大概睡得昏昏沉沉的吧。」

老金不滿地嘖嘖兩聲。

老妻哪知老伴的心思，一個老是為了兒子不好好賺錢跑去賭博而生氣的人，現在兒子賺了這麼多錢回來，臉上卻毫無喜色，反而表露不滿，這算怎麼回事！雖說賭博贏來的錢，沒什麼好向別人誇耀的，但也不能因此就不讓人自得其樂吧？老妻張大眼盯著老伴的臉瞧，彷彿在猜老頭該不會心裡明明很高興，表面上卻偏要嫌棄吧？

「錢好是好……但鄰里之間這麼做，難道不會讓人覺得太無情無義了嗎？還不如去借錢算了……」

老金年輕時玩過骨牌，也玩過紙牌，贏過別人的錢，也輸過一屁股爛帳。但他覺得那個時候和現在這個時候，時代不同。他認為，以前那個時代生活過得沒那麼困難，賭博只是一種消遣，而現在，所有人眼裡只有錢，彼此帶著巧取豪奪的賊心賭博，這種想法本身就已經錯了。

「老伴，這種沒門兒的話就少說點吧！誰會把錢借給像我們這麼窮的人家呢？而且又不是只有那孩子在賭，聽說就連李參事老爺那種了不起的兩班人家也賭博呢！咯咯，咯咯！」

「哼！那種名人就算賭博，也會因為本身出類拔萃，掩蓋住這個缺點。可是像我們這種窮人子女去賭的話，就會被人在背後指指點點！」

老金掏了掏長煙袋，窸窸窣窣往裡塞菸葉。

「人啊，還不是都一樣……唉，一提到窮就煩，只要能讓我有口飯吃，活得下去，我什麼事都敢做，除了當盜賊之外！」

「妳這麼說是要我教孩子賭博嗎？沒見過像妳這種愚蠢如牛的笨女人！」

老頭斜眼看著老妻，突然吼了這麼一句。

「誰叫你教了，我只是要你裝作沒看見而已！咯咯咯……」

老妻因為咳嗽本來就喘不上氣來，一時怒火中燒，更是氣得咻咻直喘。

「盜賊哪是憑空冒出來的，俗話說『小時偷針、長大偷牛』，再繼續賭下去，心會愈來愈不實在，人就很容易變壞，一不小心就會被關進監牢。妳還要叫我裝作沒看見？」

「唉喲，就算是不賭博的人也好不到哪裡去……這一切……還不是要看自己！你一年到頭給別人種地有什麼用，還不是欠了一屁股債，讓我吃都吃不飽了，有什麼好大聲嚷嚷的。」

「妳說什麼……妳這欠揍的女人！」

老金突然抬高銜在嘴裡的長煙袋，用菸鍋抽打老妻的背脊。

「唉喲喲喲……不敢了，不敢了……」

老妻當場發出刺耳的叫聲，像個爛樹樁一樣倒在地上。

「死老賤貨不要以為孩子是用妳那骯髒的屁眼生出來的，就使勁偏袒。賤女人！事不成怪祖先啊，為什麼要把窮怪在我身上？妳這該死的女人不知道八字有多差，才有我這種不堪的男人當妳丈夫。像妳這種女人就該用大刑好好伺候伺候！」

老金勃然大怒，如虎嘯般高聲怒罵，又倒持煙管，再度撲向老妻。

「唉喲，爹啊！別再打了，別再打了！」

正在廚房裡煮晚飯的順任一口氣跑了過來，手哆嗦著扯緊老金的袖子。

「爹！您就忍忍吧！」

她肝膽俱裂地橫身插進兩人之間，站在那裡用著哽咽的聲音哀求。

老金就像貓瞪老鼠一樣，狠狠地怒視老妻，之後突然轉身打開門，頭也不回地出去了。而這時，乭釗還在拚命地打呼。

老金是租借李參事家十畝水田的佃農。

事實上，每年耕田種地有什麼用，繳完賭租[12]，繳完官府租稅之後，還要償還種田欠下的債務，根本就是一樁賠本生意。不管怎樣，過去官府租稅只要繳納四擔五捆就行，但這還不到五擔的稅如今不知翻了多少倍，就連賭租也從原本不到五石的量，到現在要繳十一石了。

現在賣地的時候，每每連同賭租一起賣，於是購得土地的新地主，往往就會把便宜的賭租全都調高。因為是自己的土地，他們隨自己高興抬高賭租，再向佃農們徵收。才因為土地荒歉哭哭啼啼的佃農們，這下真的有苦說不出，然而即使是這樣的土地，不耕種也不行。

老金耕種的那十畝土地，每次易主，賭租就被調高一次，所以才會變成現在的局面，那地是李參事家數年前新買的京人田[13]。

老金今年雖然已經五十出頭，但依然精力充沛，乭釗也是個可以下田的壯丁，所以再多種幾畝地也沒什麼問題。但是每年土地歉收的情況愈來愈嚴重，對佃農來說，也是對老金來說，總是等不到好收成。

因此老金對於一年生計幾乎泰半不足的部分，就想以其他副業來補貼。他跟著老車下江釣魚，上山砍柴，拿到縣城裡賣掉，但即使如此，那些東西也賣不了多少錢。夏天砍葛藤剝葛莖皮賣，冬天編蓆子拿到集市去賣。有些年種瓜（香瓜），有些年也試著養豬，這幾年期間，每

12 朝鮮後期佃農每年向地主上繳的定額田租。
13 專指京城人在鄉下買的農田。

年還都養幾框蠶。但到底怎麼回事啊，這一切最後都落得徒勞無功，全都變成一文不值。

老金雖然罵乭釗成了賭徒，但事實上對於身在這種環境下已經窮怕了的年輕人來說，一般很難控制住自己的意志。

老金一路走到老車家，兩個老頭聊著這讓人咳聲嘆氣的世道。老車編著草鞋說：

「這世界不知道會變成什麼樣子？」

4

乭釗靠賭博贏走了應三賣牛的數百兩錢的消息不脛而走，第二天上午就傳遍了半溪裡裡外外的村子。

這個傳聞給了附近村民們不小的衝擊，他們只要湊在一起，就把這件事拿來當話題。半溪上、中、下村的百餘戶人家，大都是貧窮的小佃農，幾乎全都租借住在笠帽峰另一側李參事家田莊的土地耕種，乭釗也是其中一人。

無論如何，與自己家一樣貧困的乭釗，一個晚上的時間就入手好幾百兩錢的事，不可不說是奇蹟般的驚人事件。好幾百兩的錢，算得上是一筆大錢，自己家得一整年拚命耕種才勉強賺得到。這麼大一筆錢才花了一個晚上就賺到，這真是不可思議。想有錢，竟然還能用這麼容易的方法弄到手，他們心中格外生出對金錢的貪欲。

因此他們表面上罵乭釗是惡棍，心裡卻暗中垂涎那筆錢，羨慕乭釗的橫財。在「如果自己會賭博的話，也想嘗試看看」的心態下，突然就有人想去學賭博。

幾年前附近也曾經有過一陣金礦石熱，聽到山溝裡的一個村民發現了金礦石，原本窮得三餐不繼的人一下子有了一百圓錢的消息之後，整個村子裡的人全都扛起錘子，在高山裡遊蕩尋找金礦礦脈。只要看到黃色石頭，心裡就怦怦跳，哎呀！那該不會是金塊吧！

就像那時候一樣，在村民的眼裡，成疊的紙鈔就映在眼簾中，十圓面值紅紙——上頭畫著一個戴紗帽的老頭像——的紙幣，彷彿正在哪個沒人知道的地方翻滾！他們眼見只有每逢集日到縣城裡的中國人商店、大商販，或者是銀行、富人家裡才看得到的東西，現在輪到和自己家處境相同的乭釗也看到了，這就彷彿自己家裡也有了一絲得到那種幸運青睞的希望似的。他們如此的幻想、豔羨、焦躁，再加上貪婪的惡魔如影隨形的威脅，讓他們又走回了過去絕望與哀怨的老路。如此一來，他們就開始妒忌、咒罵乭釗。

「那小子真不是人，贏了那麼多錢連一分紅錢都不給……」

擔任面書記的金元俊，今天也是早上出勤、傍晚回家，面事務所就在離這村莊只有五里路的笠帽峰另一側。

元俊吃晚飯的時候，不知在什麼話尾，聽到了那個傳聞。

元俊是賭博高手，他原本也在想，應三賣牛有了錢，該怎麼誘騙他去賭花牌，暗中正在觀望機會，沒想到被乭釗捷足先登，這讓他感到十分憤怒。不過他一方面又很高興，這下終於有機會滿足自己的另一個貪念，他忍不住感到心跳加速。

應三的妻子梨芬[14]，是個今年才剛過二十的清秀女子。她娘家就在附近村莊，父母親如今依然住在那裡。他們明知應三就是個白痴，但因為他家裡有幾畝薄田，想沾點女婿的光——果然還是得歸咎到貧窮——硬是把如花似玉的女兒送人當童養媳。梨芬十一歲時，就被父親領著，來到了這個陌生的村莊。

梨芬人如其名，愈大愈漂亮，因此到了十四歲和應三舉行婚禮的時候，已經成熟得嬌豔欲滴，而那年應三也才十七歲而已。

全村人都在笑話應三是白痴，梨芬年紀雖小，但那種話聽多了，就覺得自己帶著一個白痴丈夫過日子，處境有夠悲慘。他就是那個樣子，一點也不懂得生氣，整天咧著嘴，總是垂著長長的一絲口水。梨芬到現在只要一想起初夜所經歷的事情，就羞臊無比。應三已經十七歲了，到那時為止，他似乎對女人一點都不了解的樣子……

然而，不知道怎麼搞的，從那天之後，他就日夜需索無度。這人白天也不出去村裡逛逛，就一直在裡屋窩到天黑，這副模樣讓梨芬更加厭惡他，所以只要應三過來招惹，她就毫不留情地諷刺他。每當這時，應三依然像個白痴一樣嘿嘿笑，睜著凹陷的眼睛看著她，用著遲緩無力的聲音問她：

「妳幹嘛這樣諷刺我？」

「諷刺什麼諷刺啊……你是發情狗嗎？……唉喲，那該死的東西早晚要翹辮子。」

梨芬嘖嘖兩聲瞪著他。

「我死了，妳好去改嫁是不是？」

「改嫁又怎樣！神經病說什麼瘋話……真是的，你還以為我會在你家裡住一輩子？」

不知道是因為梨芬太討厭自己男人，還是怎麼回事，她到現在都還沒生下一子半女。

有天早上，應三早飯吃到一半，突然喊起自己母親，愣愣地看著母親問：

「娘，我們家為什麼不生孩子呢？上村的甲成都生了兒子……」

「你這該死的混蛋！為什麼不生？我怎麼知道啊！」

梨芬正把湯匙往嘴裡放，一下子笑岔了氣跑出門外去。她抱著肚子放聲大笑，笑著笑著就突然哭了起來，那一整天都過得很憂鬱。

「唉！那冤家怎麼辦才好呢……」

因為如此，她益發痛恨自己的丈夫，不管吃得再多也長不出肉來，如果這是個沒有法治的世界，她早就用毒藥毒死應三了。

14　梨芬為純韓文名이쁜이的漢字化，이쁜이有「美女」的意思，通常指長相甜美、舉止端莊、心地善良、令人喜愛的女子。

會有這樣的想法，也是因為她鍾情於乭釗。乭釗因為應三家有廂房，所以常常過來玩。他帶著活計過來，從白天待到晚上，和應三一起有時搓揉草繩，有時編草框。

雖說這村裡全都是這樣，但因為男女之間不用迴避，所以乭釗可以隨意進出裡屋。乭釗見到梨芬的婆婆會喊一聲大嬸，這時梨芬就會向乭釗送去秋波，但心中的焦慮無人知曉。

乭釗的男子漢風采，以及他的好口才，讓梨芬從此迷戀上他。

雖然公公早已過世，但婆婆總是窩在家裡，再加上應三不輕易離開裡屋，所以梨芬的相思之情只能如片片白雲般飄蕩在空虛的心中。

就在去年秋天！

村民們都忙著在田裡秋收，應三一家人也全部下地去了，只剩下梨芬一個人看家。小叔應龍去上學還沒回來，鄰居孩子們也都到地裡去……剛好這時，不知道因為什麼事，乭釗喊著應三的名字走了進來……梨芬就看著乭釗笑了起來……那時他正在吹燈籠果[15]。

直到現在，每次想起那時的情景，梨芬心中總是一陣悸動，因為那對她來說，就是一杯初戀的毒酒。

從那之後，兩人之間的緋聞就傳了開來。乭釗常去應三家，梨芬只要找到藉口，也會去乭釗家。她對乭釗的妻子順任十分親切，也很尊敬乭釗的父母，同時非常疼愛干蘭。

「妳也趕緊生個兒子吧，這怎麼回事啊，到現在都還沒消息？」

就在梨芬抱著干蘭，又是貼臉，又是親嘴的時候，乭釗母親看著她問。

「唉喲，大嬸您也真是……哪有什麼消息不消息的！」

梨芬滿臉通紅，乭釗母親這時雖然是一臉笑容，心裡卻想：

「那小子難道真的不中用嗎？會不會是天閹？……」

不過會這麼懷疑的人也不只乭釗母親而已，她十分同情梨芬，白痴就該找個白痴才對，這也太不匹配了。這就像給頭該死的驢子，配上一匹好馬一般，不是嗎？……乭釗母親想到這裡忍不住又笑了起來。

梨芬每次去乭釗家，就會插上銀髮簪，戴上銀指環，元俊也因此看出了兩人之間的這種關係。

梨芬如成熟櫻桃般嬌豔欲滴的雙脣，也是他想摘下來放進嘴裡品嘗的。

元俊吃完晚飯就去找應三，應三在家。

應三今天被家裡人折磨到天黑，不然一個白痴也不會像個失魂落魄的人似的。

「應三在嗎？」

「誰啊？」

---

15 將燈籠果中間的果實取出，去掉果肉保留小燈泡狀的完整果皮，吹漲後放入下嘴脣和上牙之間以巧勁擠壓，會有聲音發出來。

應三母親一看是元俊，喜出望外，趕緊迎了過來。

「唉喲，稀客稀客！剛從面事務所下班啊？」

照理來說，應三母親看到元俊，用比平素稍微客氣點的說話方式就行了。但自從元俊成了面書記，是個「官」之後，她就改用半尊稱的方式。

「是的。您吃過晚飯了嗎？」

「請進請進，很冷吧！」

元俊走進裡屋，他抬起白淨的臉，首先就掃了一眼房裡的景象，梨芬坐到了裡屋門檻後面。

元俊把毛皮外套衣襬向後一掀，一坐下來就先拿出一根菸就著火爐的火點燃。

「聽說應三昨晚輸了很多錢？」

「就是啊！唉喲，那該死的傢伙不要命了還是怎樣，竟然跟乭釗那種賭徒賭博。」

彷彿被刀剜了傷疤似的，應三母親又氣得肚子痛。

「你這人啊！瘋了不成？你以為和乭釗賭錢，可以贏得了那人的錢？」

元俊一本正經地說，憐憫地看著應三。

「他、他說就……就……就當消遣玩一玩，我才去的……那……那……那人平白無故……」

應三就像個白痴一樣，撓著頭結結巴巴地說話，說完咧著嘴笑。梨芬真想用泥腿一腳踢裂他那副嘴臉，在他的臉上吐口水。

「哈哈哈……你也真是的。不過大嬸您也有錯，為什麼把錢交給他。」
「誰把錢交給他了，是他半夜摸進來偷拿錢的。」
「哈哈，不會是乭釗吧？是他引誘你的，嗯？應三！」
元俊狠狠地吸了一口菸，從嘴巴、鼻子噴了出來，回頭看著應三。應三正搔著草草綰起的髮髻下散漫的亂髮，他似乎不知道該怎麼說才好，只知道咧著嘴笑。
「這個笨蛋還不是人家說什麼他就怎麼做！可是乭釗這傢伙也真差勁，大家都是鄰居，看到應三和別人賭博就該阻止才對。他可好了，反而找應三去賭博，搶應三的錢。」
應三母親愈想愈心痛，說話的聲音都在顫抖。她只想攀附元俊，藉由向他訴苦來尋求什麼方法。
「那種人說了有什麼用，他還擔心找不到人一起賭博呢！總之我們村裡這下糟糕了，每年賭博的人愈來愈多，連善良老百姓也不自覺地被這股風氣汙染了。」
「就是嘛……難道不能把那些該死的賭徒全都抓光光……大侄子[16]您不就在面事務所上班嘛，您說這該怎麼辦才好？」
「哪有什麼好辦法，去舉報他的話，應三也要受罪，最好就是別去賭博。你啊，下次別再去嘍！」

16　對子侄輩的人一種親暱的稱呼。

「所以說嘛，那麼大的一筆錢……怎不叫人生氣。那當口乭釗那傢伙在的話，我就跟他拚個你死我活，可是也得那傢伙在家才行吧！所以我就對著他家的人破口大罵一頓，但又有什麼用？」

「說的也是，就算去舉報，錢也找不回來。但就算如此，好歹也要殺雞儆猴，狠狠地教訓一頓！嘖，可惡的人！」

「要是能這麼做就好了！」

在裡屋聽他們說話的梨芬，愣愣地望著元俊的臉孔。聽說他——雖然現在不在村裡賭——在城裡也是個賭博高手，還一天到晚跑料亭、酒家，只要碰上吃喝嫖賭，他往往流連忘返。所以領了工資有什麼用，連一分錢都沒拿回家裡。這麼一個自私自利的傢伙，還好意思在背後說別人壞話，真是恬不知恥。

「對了，大侄子您是村裡最有學識的人，還在面事務所上班，以後就請您多管管我們應三。只要您能多關照，別人就休想拐騙他了！」

應三母親像在提出不情之請似地向元俊訴苦。

「沒問題，聽我的話準沒錯！」

元俊看著應三，一隻眼睛卻瞟向梨芬。

應三母親聽元俊這麼說，面露喜色，換個位置坐下又說：

「那麼，就算麻煩，以後也請您多多帶著他玩，多開導他。唉喲，如果能這樣，我也會安心多了！」

應三母親突然眼淚在眼眶裡打轉。

「就算大家是鄉里鄉親，卻找不到可以相信的人。這孩子原本就是個傻子，再加上又是個沒父親缺人管教的孩子，一直都被捧在手心上長大，所以他總要學到點什麼才能有出息啊……哎，應三啊，以後你就別聽其他人的話，好好聽這位書記的話就行，知道嗎？」

應三母親張著乾癟的嘴心疼地說，應三卻不花半點力氣，母親話一說完，他馬上回答：

「知道了！」

然後又開始搔頭。

梨芬突然轉過頭來，捂著嘴無聲罵道：

「這個笨蛋！早點死了算了！」

從這天開始，元俊就時常進出應三家，他每次進門喊的是應三，但總是一隻眼睛瞟著梨芬。梨芬被他用那雙眼尾上挑的小瞇眼目不轉睛地緊盯著看，不知為何感覺苗頭不對，心裡七上八下的。元俊不尋常的舉動，也讓梨芬隱約有些害怕。一看就知道，全身上下沒一個地方厚道的元俊會時常來自己家拜訪，一定有什麼目的。那會是什麼呢？

水鳥常到水田口，是為了抓小魚吃。每次元俊來，梨芬都很害怕，他總是用陰險的眼光盯著自己，彷彿要從自己身上找出什麼似的，臉上一副欲言又止的表情。

彷彿會有什麼不吉利的事情發生的預感，隨著時間過去益發強烈，讓梨芬心裡發慌。但元俊依然持續在她家進進出出，她與亙釗之間似乎也因此變得疏遠。亙釗自從和應三賭過之後，就再也不曾上門來，不知道是不是擔心會被婆婆責罵，還是有其他原因？

所以梨芬就像走在獨木橋上一般，感覺到一股危險氣息。

她時刻提心吊膽，擔心元俊和亙釗之間不知道會發生什麼事情。

就在這樣的擔心受怕中，元宵節到了。

5

亙釗家中也因為元宵節的到來，妻子與母親一起磨高粱，攤煎餅，舂米蒸糕，又順就在一邊打下手。又順今年十四歲了，個子一下子拔高，人也變得成熟起來。她的眼睛明亮動人，臉上有著大眼睛、高鼻梁，而且她的嘴型長得十分可愛。又順濃密的辮尾紮著長長的紅綢帶，每當她跑跑跳跳的時候，綢帶就像鯉魚一般翻騰。

村裡飄來陣陣蘇子油香氣，有錢人家的小孩換上新衣在街上邊走邊吃，到處都瀰漫著年節氣氛。

元宵節是孩子們的節日，也是女人們的節日。

小女孩就不用說了，就連年輕女人到了這一天也塗脂抹粉，換上新衣服。即使是窮人也盡量張羅，若家裡存有婚禮吉服的話，今天和八月中秋一年兩次，一定會拿出來穿上。

她們的模樣五花八門，有大紅長裙配淡綠赤古里[17]，湛藍長裙配黃色赤古里，淡綠長裙配粉紅赤古里……顧名思義就是穿得花花綠綠地出來。她們像鴨子一樣左搖右擺，成群結隊地玩耍。穿著漿洗得硬邦邦的粗布衣服的人，每走一步身上就沙沙作響。

她們玩翹翹板，剝了木皮玩柶戲，節日氣氛從十四日開始就很濃厚。到了元宵節當天，家境寬裕的人家就想好好過元宵，早早到年節集市上採買。住在茅草屋或單間房的人，就算砍柴來賣，也要買條明太魚乾和碎昆布條回家。

過去每到元宵節還會宰頭牛，但現在就算是上、中、下裡裡外外百餘戶的大村莊，也吃不了一頭牛。其實今年過年的時候也宰了一頭牛吃，那也是因為中村的二地主家和面書記元俊家要了大部分的肉，這才宰牛的，還有很多人家連一刀切出來的小塊牛肉都沒見過。

從十四日清晨起，孩子們就用高粱稈做成大麥，插在灰燼上。聽說傍晚的時候會把那東西脫粒，敲敲打打用來占卜今年農事豐凶。這天每個人都要吃九碗飯，負責的事情做九次。樵夫要砍九擔柴，學字的人要把字寫九次。有錢人家的孩子要咬碎堅果，老人家們要喝清耳酒，用青紅絲拉長了，倒在盞臺[18]裡喝。

17 韓服的短上衣。
18 盛放酒盞的小皿。

乭伊上學回來以後，就和又順一起用高粱稈做大麥，插在灰燼裡。

聽說這天夜裡睡著的話，眉毛會變白，夜裡草鞋老爺爺會從天上踏著繩子下凡來，把睡著的人吊起來，所以孩子們小小的心靈都很擔心，拚命忍著不敢睡。乭釗小的時候，整個村子都盛行這樣的風俗，果然他睡了一覺起來，發現眉毛都變白了。其實是現在住在公州的姑母偷偷用粉抹白的，所以當時他還被大人們取笑眉毛變白了呢。不知道是哪一年——有一次這天上午他不小心買了暑[19]，氣憤之下放聲大哭回來，因為聽說這天買了暑的話，整個夏天會一直中暑，這是乭釗小時候的事情。夜裡，孩子們成群結隊在外面遊蕩，玩騎馬打仗、草人遊戲。大人們疼惜他們，會保護他們，跟在後面看他們玩，該年一整年的避邪消災都在這天夜裡進行。

但是這樣的風俗，也如同鼠火和拔河一樣，現在只有在孩子們那裡還殘留形骸，村民們早就已經失去了活力，全都頂著一張張蠟黃的面孔，像老頭子似的窩在房間裡。也有愈來愈多的人感嘆命運，嘆息不已。

乭釗在這樣的氣氛包圍下感到十分鬱悶，就像被獵人追逐的野獸一般，只能窩在洞穴裡。為什麼這些人再也沒了過去那朝氣蓬勃的生氣呢？以至於連這樣的年節也沒法像過去一樣充滿活力地度過。

日子一天天地過去，乭釗也變得愈來愈鬱悶。要消解這份鬱悶，酒和賭博就是最好的藥。

「就是因為大家都過得這麼窮困，才會提不起一點力氣！」

乭釗吃了晚飯以後，就慢吞吞地朝著上面拐角處走去。他到現在還覺得心裡空盪盪的，就算夾雜在眾人之中，心情依舊感到孤單。

拐角處書記家院子裡已經聚集了許多鄰近村民，老人們銜著長煙桿蹲踞在石階上。自己的父親和老車也面對面蹲著，不知說了什麼話，兩人都笑了起來。父親也不再像以前那樣精力充沛，他年復一年變得益發沉悶，所以在家的時候，難得看到他的笑臉，他也厭倦了貧窮。

這村裡宅地最寬廣的，就數書記家。能蓋上兩間廂房的，也只有這家而已。屋主金學汝是村裡富農，租用的耕牛有五頭左右，土地也有兩、三石[20]。雖然他也是一個目不識丁的賤民，但因為他的兒子很早就從小學畢業，擔任面書記，所以村民們才把這座宅子稱為書記家。

接近望日的圓月，從笠帽峰後山緩緩升起。鱗狀雲如一層面紗般，遮掩了半邊圓月。月亮現在慢慢剝掉了面紗，從山上往下俯視。又大又圓的月亮噙著霜花，嫩紅得就像女孩剛哭完的眼瞳。

哪家的狗吠了起來。

孩子們彷彿被月亮迷住了一般，在下面拐角的地方吵吵鬧鬧的。但要說活力，也只有在孩

19　元宵節的一種民俗，當別人呼喊自己名字時，如果回答的話，對方的暑熱就會轉移到自己身上，於是整個夏天會一直中暑。

20　可種一石稻秧的土地。

子們身上才看得到。

「匡噹！匡噹！」

內院裡傳來玩跳板[21]的聲音，年輕女孩圍成了一圈。

梨芬和阿只——這家主人的女兒——正在玩跳板。梨芬穿著白色素衣，在月亮下跳跳板的兩個人，看起來風姿婉豔。面朝月亮站的梨芬，每當她全身躍上半空中的時候，月光就照映在她清秀的臉龐上。她露出石榴籽般的整齊牙齒，笑得十分開懷。阿只身上穿著一件綢緞衣裳，仙女下凡說的就是這種女孩吧？

乭釗如痴如醉地望著她們。

元俊也盤坐在內院裡，他似乎喝醉了的樣子，不知道吃了什麼東西，發出嗝嗝的聲音。

「我也想跳跳看，嫂嫂和我一起跳吧！」

阿只不想再跳，才一下來，乭釗就扯住了成先妻子的袖子。

「唉喲，真丟人！你一個男丁玩跳板像話嗎！」

「為什麼男丁就不能玩跳板，隨便找個人一起跳不就行了！」

「呵呵，我總得懂得怎麼跳才行吧！你去找厲害的人玩。」

成先妻子回頭看著梨芬說：

「妳就和這小叔[22]跳一次吧！」

梨芬害羞地往後退。

「嫂嫂討厭啦！」

梨芬輕聲細語地喊了一聲。因此成先妻子把支墊移到離梨芬更遠一點的地方[23]，兩個人就組隊跳起了跳板。梨芬先跺腳，乭釗差點跌了下來，勉強用笨拙的雙腳在跳板上發力，但他沒能躍起多高。看熱鬧的觀眾們發出大笑，這會兒輪到乭釗跺腳，梨芬高高地躍向半空中。觀眾們提心吊膽地注視著，但梨芬一點也沒有偏離位置，以美妙的足姿穩穩地踩在跳板上。乭釗又弓著腰像走索藝人一樣騰躍起來，觀眾們再次發出爆笑。乭釗落了下來又跺在長板上，這次梨芬比剛才蹦跳得更高。

「哇，好可怕喔！」

「跳得真好！」

如飛燕穿堂的動作，讓眾人忍不住讚嘆。其實梨芬是在乭釗充滿力量的跺腳動作下起了勁頭，才蹦跳得如此高超，她集中精神在跳板上的同時，心中也在吶喊：「他的精力還真充沛！」

元俊在院子裡看了半晌之後，突然走下來說：

---

21 韓國傳統民俗遊戲，類似翹翹板，兩人各站一邊，一跺一跳，互較高下。

22 已婚女人把丈夫的朋友也視為丈夫兄弟一般，自降一輩的稱呼。

23 離支墊愈遠，蹦得愈高，下墜時愈有力，才能讓站在木板另一端的人蹦起來。

「讓我也跳跳看！」

就站上了乭釗跳過的位置，梨芬不知該如何是好有點猶豫不決。

「哎呀，就隨便和一個人跳一次吧！」

梨芬無奈之下只好和元俊組隊跳起了跳板。元俊使勁跺腳，但梨芬蹦起的高度連剛才和乭釗跳的一半都不到。梨芬落下來腳踩在跳板上，元俊騰空而起，落下時卻偏到了支墊的旁邊，害得跳板歪歪斜斜地打起轉來，兩人雙雙滾落到地上。

「哈哈哈！」

看熱鬧的人群一下子全都發出爆笑，梨芬羞臊得滿臉通紅，對著元俊翻白眼。

「支墊放那樣不行啊……哈哈哈！」

「我不玩了！」

梨芬惱羞成怒，看著成先妻子。

「呵呵，一直想跳一次看看，沒想到丟臉了！」

元俊拍拍屁股站起來，自覺沒臉再待下去，就悄悄朝外走掉了。

「小叔你力氣真大，怎麼有那麼大的力氣呢！」

成先妻子看著乭釗再次目瞪口呆。梨芬敗了興，看熱鬧的人也失去了興致，她藉口衣服髒了，就走到一旁站在人群裡，於是又有小孩們輪番上陣。

乭釗看到是又順和阿只上去玩跳板，便不想再看擠了出來。

乭釗自從被父親責罵之後，有好一陣子都不再去賭博。但即使那麼嚴厲責罵他的父親，還不是吃著、喝著用自己賭博贏來的錢買回來的酒、飯和肉。萬一沒有用那筆錢買回來的糧食，那陣子要吃什麼過日子？……想到這裡，乭釗突然覺得自己的父親很可笑。世道很反常。

然而，靜下心來再想想，他才醒悟到自己對不起應三。不，或許對不起的不是應三，而是他的妻子梨芬。梨芬是自己的情婦，不是嗎？自己卻誘騙她的丈夫，搶走了她家的錢，就算她來跟自己計較，自己也只有臉紅的份。所以乭釗其實覺得自己無顏面對，從那之後就不敢再上應三家去了。

然而今晚意外地在書記家遇上了她，還一起跳了跳板。一想到剛才還和梨芬面對面站著跳跳板，他突然感到心潮洶湧，眼睛裡熱淚盈眶。不經意地抬頭望著月亮，月光破雲而出，比剛才更加明亮。他想喝酒，或者和哪個人打一架，乭釗感到自己渾身的力氣無從發洩。

「上哪去好呢？……」

乭釗心結難解，慢悠悠地朝著上村小徑邁開腳步，才剛渡過小溪，正要走過水井的時候，有人從後面喊住了他。

「喂！」

乭釗猛然轉身，沒想到月光下看到的臉孔竟然是梨芬，乭釗心裡無端感到一陣心寒。

「上哪去？」

乭釗搖搖手，小聲喊：

「噓，別讓人聽到了……」

「喲，怕什麼怕！」

梨芬一路尾隨而來，此刻嫣然一笑，挽著他走上小溪裡側。

冰層下溪水潺潺，他倆往上游走，在小丘底下大石的背人處坐了下來，從冰上吹來的寒氣沁涼沁涼的。

四周寂寥無聲，面朝明月相對而坐，只聽到悠悠水聲，莫名地心情也變得淒涼起來，兩人一時之間也不知道該說什麼好。

乭釗突然感到心裡有很多話湧上了喉頭，他用顫抖的聲音說：

「啊！我做了對不起妳的事情，真的沒臉見妳……」

「你神經病啊……說那什麼話！」

梨芬抬起乭釗愈來愈低的下巴。

「那個……請妳……原諒我，我就是個該死的混蛋！」

乭釗握著拳頭抹掉淚水。

「突然間你是怎麼了？誰說你對不起我了？」

梨芬迷迷糊糊不知道發生了什麼事情。

「……不是的，是我自己好好想了一回之後，覺得很對不起妳……就像俗話說的，若要人不知除非己莫為，我做了那樣的事情……嗚。」

「唉喲，現在才發現你還真沒出息，傻呼呼地哭什麼哭啊？」

梨芬心疼地撩起衣襬為乭釗擦眼淚。

「我也不能說你做得好，但我才不會為了那麼點事情怪罪你呢！」

梨芬想到自己的委屈，聲音也變得尖銳起來。

「那妳也不對……好歹他是妳丈夫。」

「我也不是不知道，可是做得不對和活不下去，是不同的兩回事吧？……我……無論如何想活下去！」

梨芬突然撲到乭釗的膝蓋上嗚嗚地哭了起來，腦中浮現應三蠢笨的模樣。

「這怎麼回事？剛才還對我說哭什麼哭……」

「嗚！嗚！……我爹娘就該被天打雷劈，怎麼把我嫁給了那種東西！……」

乭釗扶起梨芬說：

「妳爹娘也是不得已，看來妳都忘了當初餓肚子的事情了！」

「還不如餓肚子的好……」

「哼，妳不懂才會這麼說。看來妳還不知道我和應三賭博的內情吧！」

「賭博的內情？」

梨芬皺著眉頭一副不明就裡的樣子看著乭釗。

「是啊！妳以為我就是一個愛賭博的人吧！但我不是那種會把全副精神花在賭博上的人，

我到現在都不想成為一個賭徒……家裡沒東西吃，木柴雖然可以到山上去砍，但米從哪裡來？年年種田，但糧食不足，連稅都繳不起。每年都是債臺高築，寒冬臘月這麼冷的天，年幼的妻兒和爹娘弟弟都快餓死了，我不能眼睜睜看著這樣的情況……所以我心裡想，好吧，除了盜賊之外，不管什麼事我都幹！不，就算是盜賊，只要幹得了，我也幹！……所以我就誘騙了應三！可是妳……」

「好了，別說了……別說了……」

梨芬一手捂住乭釗的嘴，嬌喊一聲，乭釗緊張的表情讓她感到害怕。

「……我也知道那是不對的。」

乭釗好不容易才把中斷的話說完。

「像笠帽峰那頭李參事那種有錢人玩的賭博，和我們這種窮人玩的，種類不同。他們是拿賭博當消遣，我們是活不下去才賭博。」

「李參事也賭博？」梨芬吃驚地問。

「當然啊……日前他和有錢人一起玩花鬥牌，贏了好幾百圓，順七叔不也因此最近有了十圓錢嘛。」

「啊……該死的貧窮……對了！我喊住你是有話一定要跟你說……」

梨芬這才提起那話頭。

「什麼話？」

「啊！月亮真亮！嗯，我想說的是，你以後要小心元俊。」

梨芬把聲音壓得更低說：

「我仔細觀察了一下，他可能會跟蹤你，所以萬一你有什麼把柄被他逮到，他不會放過你的。」

梨芬從乭釗的口袋裡翻出一根香菸點燃後銜在嘴裡，把元俊頭次到家裡的那天晚上，和自己婆婆之間的對話，以及那之後每天進進出出自己家不尋常的舉止，都語帶驚慌地說了出來。

「像他那樣的東西還想害人，要是敢亂來的話，看我不打斷他的腿。」乭釗突然勃然大怒地喊。

「妳別擔心我，比起我，那傢伙貪圖的是妳，我怕他會耍陰招，所以妳也要小心提防。」

乭釗不知為何深感不安，又再度提醒梨芬，心中的妒火突然竄升。

「他才不敢對我怎樣！」

「搞不好他看上妳了，誰知道？」

「或許吧！」

「你那麼了解我嗎？」

梨芬冷冷地看著乭釗……淚水在月光下閃閃爍爍。

「唉喲，冷死了！」

「走吧！」

梨芬茫然自失。

她不想就這麼離開。

她數度回頭，望著乭釗走在往上村而去的山脊路上，才沒精打采地往下走。

經過井邊的時候，她真想跳井自殺算了。當梨芬走進通往自己家的巷子時，背後有人大聲咳嗽，她心一驚，是元俊！

元宵節就這麼稀里糊塗地過去了，村子裡的人又得再度面對冰冷的現實，各自尋找生路，這真可說是自謀其生。他們就像在積滿雪的山中挨餓受凍的野獸求生一般，朝著四面八方尋找賺錢的路子，村子裡也一家家陸續斷糧。

乭釗也不得不瞪大眼睛，追著賭場跑。老車也開始去釣魚，他釣到了魚，就會拿到縣城賣掉。

老金也勤快地編蓆子，每年他都會剝葛莖皮來賣，剩下的殘渣就搓成細繩放著，等到冬天再編成蓆子拿去賣。

然而，元俊跟他們卻像生活在兩個世界的人一樣，過得逍遙自在。他去面事務所上班回來，就吊兒郎當地玩耍，像一隻獵犬般這家逛逛、那家逛逛，想嗅出點味道來。同樣地他也時常到應三家去。

二月初，寒冷的氣息依然持續，但已經沒有了冬天的氣象。就連涼颼颼的風也散發出春天的氣氛，投入了春天的懷抱。向陽的山坡底下，野草已經露出綠油油的嫩芽，這是在暴風雪中凍結了一段時間，在陽光出現時就再度甦醒過來。就連野草也和村裡的人一樣，奮力和殘忍的寒冬交鋒。

田埂上早就有許多小孩帶著籃子走來走去在掘野菜，麥田裡的無心菜、山芥菜、薺菜、野蒜也都冒芽了。

應三家吃了早飯之後，母子倆就到上村二地主家的水碓房春米去了。自從應三輸掉了賣牛的錢之後，他只好春米賣了來貼補那部分的錢。今年如果還想種上幾石的田地，沒有大牛是不行的。應龍和乭伊明明就在廂房院子玩，這會兒不知道又跑到哪裡去了，連點聲響都消失了。

這時梨芬一個人對著針線筐，正給布襪邊角打補靪。她連看到丈夫的一雙布襪都覺得討厭，現在也因為胡思亂想，好幾次停下來，嘆了口氣。

然而，此時元俊喊著應三的名字走了進來，今天是休假日。

元俊一如既往地把脖子縮在毛皮外套的領子裡，腳上穿著光可鑑人的黃皮鞋進來。

「不在！」

梨芬嚇了一跳站起來打開門探出頭去，她突然間心跳加速，滿臉通紅。

「去哪裡了？」

元俊笑嘻嘻地走進庭院。

「春米去了。」

梨芬靠著門柱，掩了半扇門小心地回答。

「大嬸也去了嗎？」

「是的……」

被稱為菸鬼的元俊，又掏出一根菸叼在嘴裡。

「有火柴嗎？」

「有……火柴跑哪去了！」

梨芬慌忙地在房裡看了一圈沒找到，只好走過元俊面前，到廚房裡去找火柴。她晃了晃放在灶臺上的火柴盒，小心伸長雙手，恭敬地遞給元俊，又羞澀地低下了頭，走進房裡像剛才一樣倚著門柱站著。

「……對了，我有話要問妳……」

元俊看著梨芬，遲疑片刻後才有點不自然地說出這句話。

「喔……什麼話……」

梨芬躲進角落裡，元俊不尋常的舉動讓她感到愈來愈不安。元俊依然面帶笑容地說：

「妳騙得了妳家的人，可是騙不了我。」

「……」

梨芬膽戰心驚，「到底是什麼事情？難道是十四日晚上的事？」這個想法在她腦中一閃而過。

「我全都知道了才會這麼問妳。妳如果不坦誠相告，只會害了妳自己。上個月十四日晚上，妳到哪裡去了？」

「我能到哪裡去！」

梨芬絕望下不自覺地聲音發顫，仔細想想原來那天晚上他就在後面跟蹤！

「哪裡都沒去？……妳如果不想說，我也不會繼續追問，妳想也知道……我這麼問也是為了妳好。只要我透露一句給妳婆婆，妳不會不知道自己有什麼樣的下場吧？」

「……」

元俊不知道什麼時候坐到了門檻上。

「只要想到妳的行為，沒必要提醒妳，我也一定會透露給妳婆婆知道的。但這麼一來，前途光明的妳不就變得很不幸嗎？妳到底聽不聽我的話？」

元俊漸漸興奮得氣息紊亂起來。

「什麼話？能聽的就聽，不能聽的我才不聽……」

梨芬現在火冒三丈也不再害怕了，直直瞪著元俊頂了回去，但元俊依然嘻皮笑臉的。

「妳應該知道我指的是什麼！……」

梨芬突然頭靠著牆壁嗚嗚地哭了起來。她不是因為害怕元俊知道才哭的，而是因為對他的行為感到氣憤。

這個人如果真的是一個正人君子，就應該佯裝不知，不然就該訓誡自己一頓不是嗎？但他卻把自己的過失當成把柄抓著不放，只想以此代價滿足自己下流的欲望，實在太可惡了。「給你不如給狗」的痛恨想法，充斥在梨芬腦中。

「出去！光天化日之下，你這成何體統？」梨芬突然高聲大喊。

這出乎意料的回答，讓元俊嚇了一跳，猛然站起身來。

「啊，妳……確定要這麼做！」

他瞪大眼睛看著梨芬。

「對啊，你想怎樣！快點出去，再不出去，我就要喊了！」

梨芬大為動怒，她心裡也暗自驚訝，不知道自己的勇氣從何而來。

「妳說什麼？妳真的覺得無所謂？不會後悔？」

「你想怎麼做就怎麼做，你去告狀，頂多我被趕出去而已，還能怎樣？大不了我死了算了！……你這麼做真是全天下最下流的……別以為你擔任面書記，就可以這麼瞧不起人。有點學識的人都是這副德性嗎？」

元俊就像是頭頂冒火般臉紅耳赤，他惡狠狠地站在那裡斜睨著梨芬好一陣子，才無可奈何地掉頭離開。

梨芬就地倒了下來，哭了老半天。她哭了又哭，心裡卻一點也不痛快。

他以為自己是村裡過得最好的，就可以隨便指使別人嗎？元俊目中無人的行為，讓梨芬愈想愈生氣。一想到這裡，梨芬就想把整件事都攤開來說，是死是活，總要試了才知道。到最後，她也只能把這一切恥辱怪到自己命不好，才會嫁給一個白痴男人，早早被人覬覦了才會這樣。

但是從氣憤的程度來看，元俊也不遑多讓，他萬萬沒想到會從梨芬那裡受到如此的侮辱。他還以為只要抓著這樣的把柄，大多數的女人都會屈服。然而那女人卻不輕易服軟，他暗中也忍不住感到驚訝。因此從那之後，他就不再踏進應三家。

元俊順路去了住在中村的村長家，曾在二地主家擔任教師的李生員，幾年前在笠帽峰另一頭的李參事斡旋下，擔任鄉校掌議[24]，因此現在也戴著紗帽[25]出來見客。

「咦，什麼風把你吹來了？」

村長將元俊迎到廂房去。

「今天沒去面事務所上班？」

「是的！今天是星期日。」

「對喔！瞧我這記性。今天是休假日呢！」

「我來是有事想和先生商量。」

元俊以前在學堂上學的時候，曾經受業於村長，因此才稱呼村長為先生。

24 鄉校為地方上的官學，掌議則類似校長一職，為鄉校運作的實際管理者。
25 朝鮮時代擔任官職者才能戴紗帽，一般人則戴笠帽。

「嗯！什麼事？」村長邊搓著細繩邊問。

「中村裡沒人賭博嗎？我們那村裡賭風日盛，快完蛋了！」

「沒聽說過，最近也有人賭博嗎？」

「看看他們做了些什麼？上個月應三因為賭博把賣牛的錢輸掉了三十圓，這事先生您也聽說過吧，就是放鼠火的那天晚上！」

「這事我聽說了。」

村長每次說話的時候，尖尖的下巴上幾綹山羊鬍子也跟著晃動。

「聽說那錢被乭釗給贏走了，那時應三母親還暴跳如雷說要去舉報，但好歹大家都是鄰居，總不好叫她這麼做，所以我就阻止了。」

「那當然，言之有理。」

「可是這些人到現在都還沒能悔過自新……最近甚至變本加厲。而且，豈止如此，他們根本就是敗壞風氣，對逐漸成長的孩子有很大的影響。再這樣下去，我們村子不就要完蛋了？」

元俊一副發生了什麼大事似的，一臉緊張地高聲喊。

「你想怎麼做？總得有一、兩個人出面講講道理吧。嘖，一群可惡的人！」

村長多少也有點生氣的樣子，把繩子擱到一邊，窸窸窣窣地裝起了菸葉。

「我們這些年輕人說的話，哪有人會聽，所以最好是請先生和振興會會長商量，盡速召開村民大會，給予某種懲罰。」

村長稍微斟酌了一下才回答：

「這倒不是什麼難事，只是……這麼做會有效嗎？」

「我確定有！把他們叫來嚴厲懲戒，並且制定日後若有人賭博，就處以罰金之類的規則，加以實施就行。如果還是想賭的話，就到別的村子去賭……」

「這個嘛，再商量看看吧……你們就定下心來，既然你已經當到面書記了，我也沒什麼可以交代的，不過呢……我們村裡怎麼有那麼多賭徒呀……真讓人心寒！」

「我們哪裡會再那麼玩呢，之前是因為不懂事才玩的……」

元俊一副難為情的樣子，低著頭，手摳著坐墊。

村長把長煙袋伸到菸灰缸上，坐下來啪啪吸了兩下又接著說：

「既然你都說了，我也來說兩句。賭博之所以如此猖獗，原因離不開李參事。村莊的風氣一向效仿城鎮，像李參事這種既有名望又有權勢的人都喜歡賭博，就更不要說一般無知老百姓了……再說，像如今這樣的世上，大家生活都很艱難……呵呵……」

村長不知道是不是被蝨子咬，突然解開褲腰，沙沙地搔起癢來，白花花的皮屑被搔了下來。

「正是如此，上梁不正下梁歪……」

元俊覺得有點搬了石頭砸自己腳的感覺，就住口不言，又低下了頭。

6

兩天後，下級職員來回奔波在上下村各戶人家，傳達傍晚在二地主家集會的消息。尤其是被指控為賭徒的人，一個不漏，一概親自過去通知。村民都在竊竊私語，不知道突然間發生了什麼事情。

太陽剛落山，村民便一個接著一個聚集到作為集會場所的鄭主事家。時鐘敲響八點的時候，裡外廂房都擠滿了人，甚至還坐到大廳去，可說上、中、下村幾乎一半的人都出席了村民大會。

這裡面除了今天集會的問題人物乭釗之外，還有完得、成先也到場。不知為何，賭徒老大崔順七卻沒來。

「不會再有人來了吧，那麼我們現在就開始今天的討論。」

和村長並排坐在炕頭的振興會會長鄭主事環視了在座的所有人之後說。原本各自湊堆坐在那裡、如鴉群般議論紛紛的人們，也暫時停了下來，轉頭看向對面房間。上村的南師傅和守山人老曹也來了。

鄭主事的兒子鄭光朝和元俊面對面坐在裡屋裡。

「是！請開始！」

元俊看著鄭主事和村長。

「先生您先發言吧？」

「哪裡哪裡，應該是會長您先發言才對……呵呵……」

「這是村民大會，理應由村長說幾句話……好吧，誰先說都一樣！」

鄭主事放下煙袋，整理了一下鬍鬚才開始說話。他曾經擔任稅務署主事，剃過的頭上戴了一頂紗帽。

「今晚請各位村民到這裡，主要是因為我們村子發生不好的事情，必須尋求對策，才舉行這次的會議。所謂不好的事情，稍後由下村金書記為各位報告，希望大家聽了之後，不要有任何顧忌，踴躍發表自己的看法。同時也希望各位能互相扶助，整肅村裡的風紀，讓我們村成為優良的模範村。」

鄭主事回頭看了看村長，接著說：

「就這樣嗎？還有什麼別的要說？」

「就這樣啊，哪還有什麼別的……」

村長身上還殘留著學究氣，上半身一頓一頓的。

「那麼接下來就由金書記報告！」

「是！」

鄭主事的話剛說完，元俊馬上回答，之後就站了起來。他拱手而立，開始發言。

「今晚要報告的緣由，正如剛才振興會長所說，是要『改良』我們村的紊亂風氣。各位也知道，我們村的賭風最盛，要說證據，首先是今年年初——就是放鼠火那天晚上——的一場賭博就足以證明。當天夜裡參與賭博的人，現在似乎也在現場，就算我不指名道姓，相信各位也知道。而且那天晚上輸掉不少錢的人，竟然就是附近鄰居像傻子一樣的可憐人。所以我認為就算同樣是賭博，在程度上也有所不同……」

元俊彷彿在享受勝利快感一般盛氣凌人，嘴裡振振有詞，眼睛卻偷偷瞟著乭釗。

乭釗早就知道今晚召開村民大會的目的，因此他一點也不感到驚訝。他昨天已經仔細聽梨芬說了元俊對她所做的行為，因此乭釗也已猜到今晚的聚會是元俊策動的，所以他只是咬緊牙關，下定決心，「大家走著瞧吧！」

元俊抬手遮在嘴前，虛咳兩聲之後，繼續說：

「可惜那些人在那之後卻毫無反省之意，至今都還繼續賭博，這是一件事。還有另外一件……」

「嗄，還有什麼事？」

「原本就賭得太凶了，真的該拿出點對策來才對！」

「那話說得對，那人真聰明……」

「那是當然，比他父親有出息，他家祖墳冒青煙了！」

聽眾們竊竊私語，村長抬起煙袋要大家肅靜。

元俊顯出更得意洋洋的樣子。

「嗯，還有一件事就是敗壞神聖家庭的風氣。我想大家可能也聽過這件傳聞，猜到是哪件事情，我就不多說了。最後我想問一句，如果放任這種醜事下去，三綱五倫的善良風俗就此消失，我們的村子就會滅亡，所以希望大家想想對策，懲戒當事人，好好整頓我們的村子。」

元俊結束他恍若演講般的發言之後，就坐回了自己的位子，多多少少有點興奮得喘不過氣來。

「那麼該怎麼做呢？請各位發表意見。」

鄭主事環視了周圍一圈。

元俊又站起來。

「嗯，我的想法是，要求有問題的當事人秉持良心，當場謝罪，發誓不會再做出這樣不體面的行為。為了保證他將來不會再犯，最好能制定某種罰則。」

至今一直不作聲，面帶微笑坐在那裡的鄭光朝，突然打破沉默。

原本眾人以為今天晚上的聚會既然是村民大會，他應該會先站出來說些話才對，沒想到他反而一直不作聲，還覺得有點奇怪。為什麼眾人會這麼想呢？因為他是留學東京的大學生，因為身體有恙，才會在去年年底（陽曆）暫時回國。

「現在這個聚會，我也有發言權吧？」

光朝問的是在座諸人，視線卻投向元俊。

他對元俊的什麼「三綱五常」、「神聖家庭」的說法，十分反感。

「是的，既然是村民大會，誰都可以發言。」

元俊這麼回答了，在座的人也同意他的話。光朝順勢起身，先低頭行禮後，兩手交叉在胸前站著說：

「聽了剛才報告的內容之後，我覺得第一條和第二條似乎都很抽象。古語說『明其為賊，賊乃可服』，我們應該查明他的罪狀之後，再決定他的處罰，不是嗎？我認為，現在這份報告有必要再詳細一些。也就是說，誰誰誰做了什麼違法亂紀的事情，除了告知本人之外，也必須明確告知第三者。」

光朝說完話坐下來，在座諸人因為這意外的發言，全都左顧右盼，面面相覷。

「對啊！說的沒錯！」

「嗄，那件事……」

元俊察覺在場的氣氛對自己不利，又站了起來，臉上隱約出現不安的表情。

「……那件事想來大家都已經知之甚詳，我才覺得似乎沒有非得指明的必要……再者，我也想效法古賢所說的『惡其意，不惡其人』，盡量從寬處分，才這麼簡單報告的。」

光朝再度起身。

「那麼，就當這份報告言如其實，在這個前提下，我想說說我的看法，這也是綜合我所聽到的傳聞。第一、說到賭博，據我所知，我們村子裡以年輕人來說，沒有不賭的。而且號稱是賭徒老大的那個人，今晚並未出席，實在令人遺憾（聽眾全笑了起來）。第二、對於敗壞神聖家庭風氣，似乎更模糊了問題焦點。所謂家庭，一般來說是以婚姻為基礎，但如今我們社會上的婚姻制度，又是如何呢？正如各位知道的，所謂『兩性之合、百福之源』這等人間大事，不是讓乳臭未乾連夫妻是什麼都不懂的小孩早早成婚，就是在父母的強迫之下，和自己一點也不喜歡的人結婚，這就是目前我們社會的婚姻制度，不是嗎？然而，如果我們回頭看看那些文明國家的話，就會發現青年男女各自挑選情投意合的人，組織理想家庭，才有可能成為『神聖家庭』。也就是說，婚姻就應該由當事人之間來決定，而非由第三者專制行事。因為我們社會婚姻制度的不合理，才會衍生出許多弊端，男人納妾、外遇，女人毒殺親夫，和姦夫私奔，這些都可說是強迫結婚和童婚所衍生的產物。因此，剛才報告中指稱的第二件事情，究其根本，也是來自於我們社會婚姻制度的缺點所導致必然會發生的弊端。我認為，在這個制度下的犧牲者，反而有許多值得我們同情的地方。」

這出乎意料的攻擊，讓元俊慌了手腳，他又站了起來。

「制度不是我們一朝一夕就能修正的，我想，我們有義務服從傳統的風俗習慣。」

「這話不對！我認為，如果我們在生活上發現了某種錯誤，就應該立刻修正，不然我們永遠也改正不了。」

「就是！這話說得對！」

聽眾當中有人叫好，他就是那天晚上從乭釗手上拿到紅錢的南師傅。

「那麼，為了簡單解決問題，我再詢問一次，各位是否認同剛才金書記的報告？」

光朝再度起身詢問。

一時之間房間裡一片鴉雀無聲。

這時乭釗突然站了起來，他從剛才就有很多話想說，只是沒有把握能有條有理地說出來，一直猶豫不決。然而，光朝的話讓他勇氣頓生。

「第一、說到賭博，當……當然是我的錯。但我本來就沒有成為賭徒的打算，可是這又該如何是好呢？種田種了一整年，還不夠自己吃，家裡人這麼多，也不能都餓死……放鼠火那天晚上和應三賭博的事情，其實不只是因為已經到了快瘋掉的地步，而且我知道應三賣了牛手上有錢，很多人都想誘騙他去賭博，沒道理讓別人先下手搶走，所以那天晚上我才會找應三去賭博，這件事現在當場把應三叫來問就能知道。而且難道只有我一個人賭博嗎？就連像笠帽峰另一頭李參事這樣的人，不也賭博嗎？」

「賭博一事就算如你所說，那麼對於敗壞家庭風氣一事，你要怎麼解釋？」

鄭主事鄭重地詢問乭釗。他因為是上層階級的兩班，對下層階級的人在言語上就有了差別[26]。

「嗄！……第二條說的是什麼？對於那條我並沒有犯什麼特別的過錯，那事我會據實以告，請把應三的妻子叫來，一問便知。」

在座的人對這個新的事實都感到驚訝。

「那到底是誰？」
對於鄭主事的詢問，乭釗的手指指向元俊。
「是元俊。」
「這人瘋了不成，我做了什麼？」
元俊滿面通紅，一臉嫌惡地回嘴。
「你難道沒有趁著誰都不在的時候，光天化日之下跑到應三家裡去？」
在座的視線全都集中到元俊身上，乭釗一緊張就喊了出來。
「嗄？」
「今晚這場聚會，我很清楚是誰的本事，目的似乎只為了指控我這個人是村裡最壞的人。但這一切都是一場構陷的陰謀，就如剛才這家少爺所說的，年輕人只要是還不錯的男人，誰不曾外遇過？是的，我罪有應得，但要懲罰，也應該公平的懲罰。」
乭釗的話讓不少人感到慚愧，果真有人敢先對著乭釗丟石頭嗎？
「哼！哼！」
轉眼就見村長拿著煙袋飛也似地走了出去，因為他氣自己竟然被元俊騙了。

26　韓語有尊卑之分，前面發言的人全都是兩班身分，彼此都使用敬語。但乭釗屬於下層階級的人，鄭主事詢問他的時候，用的就是毫無尊重之意的卑語。作者特地點出這個差別，不知道是否也暗藏對此的不滿。

「哎呀，怎麼要走了？」

「當然，不走要做什麼？簡直是亂七八糟！」

對於鄭主事的挽留，村長拋下一句話就走掉了。

他的鼻孔一張一翕的。

「哎哎，真是的！這都什麼事情啊！」

「不過是五十步笑百步罷了！」

在座視線都集中在元俊身上。

村民大會很快就變得一塌糊塗，好幾個人帶著若有所失的苦笑，一個個回家去了。元俊什麼時候溜走的，大家都沒看見。

光朝發出了會心的微笑。

主張敗壞神聖家庭風氣（？）[27]的人，最後變得無地自容，這讓他感到很痛快。自由戀愛萬歲！……

乭釗正要翻過後山山脊的時候，有人從後面氣喘吁吁地追了上來。

「誰啊？」

「我！」

他萬萬沒想到竟然是梨芬。

「哎呀，妳怎麼來了？」乭釗吃驚地喊了一聲。

「噓，我也來看熱鬧了！」

「哦，妳全都聽見了吧？」

「當然！我好奇是什麼事情，所以就追了過來。」

梨芬緊緊地握著乭釗的手腕。

「聽得懂鄭主事兒子說的話嗎？」

「這個嗎，我不是很清楚他說的話，但似乎很袒護你的樣子！對吧？我就躲在院子下方的稻草堆裡。」

梨芬又握緊了乭釗的手腕。

「沒錯！」

「原來世上還有人願意袒護我們！」

梨芬覺得就像死而復生一般的稀奇。

「對啊！原來世上還有人願意袒護我們！」

「他怎麼那麼會講話！」

「他不是去日本上了大學嘛！」

兩人的對話在黑暗中低低地響起，梨芬簡直把全身重量都掛在乭釗身上似的，黏著他走路。

27 原文即是如此。

「人世還有另一個我們不知道的世界吧？他（鄭主事的兒子）似乎很清楚那個世界！」

乭釗出神地想著什麼，不經意地說了這句話。

「如果我們也能生活在那樣的世界裡，該有多好……」

他們半晌不說話，就這麼向前走。

《朝鮮日報》（一九三三．五．三——七．一）；《鼠火》（東光堂書店　一九三七）

韓國普羅文學奠定者

李箕永，號民村，一八九五年出生於忠清南道牙山，一九〇四年母親去世之後，雖然家境貧窮，仍舊勉力在私塾學習漢文，喜讀小說。一九〇七年入私立寧進學校，一九一〇年畢業。一九二二年渡海至日本正則英語學校求學，次年因關東大地震返國。

一九二四年《開闢》雜誌舉辦創刊四週年徵文活動時，李箕永的短篇小說〈哥哥的密信〉獲選，以此契機踏入文壇。一九二五年任職於《朝鮮之光》雜誌社的同時，加入了剛組建的朝鮮無產階級文學家同盟（KAPF，簡稱卡普），活躍於文壇上。一九四五年八月朝鮮半島解放後去了北韓，擔任北韓最高人民會議副議長、朝鮮文學藝術總同盟委員長等職位，在北韓的文學政策上扮演著重要角色，一九八四年逝世。

李箕永偷渡到北韓之前，創作了九十多篇的短篇小說、三篇戲劇、四十九篇評論，以及十四部單行本，算是多產作家。他的作品大都以殖民地時代的朝鮮農村為舞臺，主要描述農村的現實以及克服農村現實中存在的矛盾，藉以暴露農村的黑暗。這可以說是因為李箕永生於農村，長於農村，對農村的本質有深刻的理解。

代表作有〈民村〉、〈鼠火〉等短篇小說，和長篇小說〈故鄉〉、〈新開地〉、〈春天〉、〈土地〉、〈豆滿江〉等，其中〈故鄉〉被譽為無產階級小說的顛峰之作。

痴叔

蔡萬植

1

說到我家那位叔[1]啊？唉喲，該怎麼說呢！就是當年幹了那個什麼該死的東西，是叫社會主義，還是什麼缺德的東西，被抓去服刑，出獄之後就因為肺病一直臥病在床的——我那堂姑父……

唉，別提了！這人啊，也不知道怎麼搞的……真是的！

1　這裡所提到的「叔」，以文中受日本殖民統治的背景來看，韓語「아저씨」對應日語「おじさん」的概念，再換成漢字就是「叔」，有些類似英文裡「Uncle」的用法，實際上是敘述者的堂姑父。而文中提到的「嬸」，也是以韓語「아주머니」對應日語「おばさん」的概念，再換成漢字就是「嬸」，類似英文裡「Aunt」的用法，實際上是敘述者的堂姑母。

可以說到了走投無路的地步喲！

看，十年苦讀好不容易上了大學，這下一點用都沒有，白白浪費了大好青春不說，身分還蓋上前科犯的紅色印章，身體也患了惡疾。

這樣的處境只能窩在洞窟似的單間出租房裡，一年四季不分晝夜閉著眼睛躺著。

說到財產呢，也沒有什麼財產，堪稱是家徒四壁的赤貧。

我家的嬸呢，好歹人又善良又溫順，為了照顧那沒出息的丈夫，給人家縫縫補補，幫人家洗衣服，到處賣化妝品，靠著這點微薄的收入才勉強餬口。

不管怎樣，那人死了最好，但他偏偏就不死。

我家嬸真可憐。啊！早知道就該趁著年輕改嫁，盼什麼該死的苦盡甘來，結果吃了這麼多苦，受了這麼多罪！

被冷落了大概將近二十年吧！

二十年的青春就在悲傷嘆息中度過，最後落得照顧一個名為丈夫、形同屍體的人，又要照護，又要養家，看她辛苦奔波的模樣，真的太可憐了！

這受的都是什麼罪啊？說是宿命，為什麼就不能改變呢？我們朝鮮舊式婦人們啊，都不懂文明，不敢打破現狀，才會過得這麼苦不堪言。

那人如果早點死了，我家嬸的處境還能好些。

嬸心地善良，手藝精巧，到哪裡不能一個人過著舒適的生活？

等等！嬸十六歲嫁到叔家，那時我三歲，竟然整整過了十八個年頭。十八個年頭的話，也差不多算二十年了。

那時我叔年紀還小，說要讀書，就到首爾、東京晃蕩了十幾年。年紀稍長，嘗到了媳婦的滋味，可能聽到有人說嬸長得漂亮吧，就鬧著要離婚，把嬸趕回娘家去，對她完全不理不睬……

學業完成回來以後，就使勁地幹那該死的事情，瘋狂地到處跑，還娶了另一個名目上說是學生出身的女人一起生活。那女人我見過幾次，五官長得也不怎麼樣，那種長相還能當人家的妾？俗語說「絕色有疏，薄色無疏」，女人能否受人喜愛，不在於長相，事實上被疏遠的我家嬸，長得比那女人漂亮多了。

後來，那人最終還是被抓走了，在監獄裡過了五年勞改犯的生活。那段期間不管是夫家還是娘家，一下子都沒落了，嬸變得無依無靠。

怎麼辦呢？一個不小心就要餓死啦！

無奈之下，就算上街乞討也得活下去，加上還要等叔出獄，只好把我當成依靠，來到首爾，這也就是叔出獄前一年的事情。

那時雖然我年紀小，還是能靠點關係找到門路，終於讓嬸進了倉田家當女傭。

那時候我好幾次都認真地勸告嬸，不要再撐了，改嫁吧！因為年少的我也覺得她的處境頗為可憐和尷尬。

正好這段時間，就出現了絕佳機會。有個在三越百貨公司[2]前面賣廉價香蕉的峰桑，人還不錯，和我家主人也很熟。他常對我說，想娶朝鮮女人，要我幫忙作媒。

這個人雖然沒能攢下什麼錢，但現賺的錢就足夠生活了。如果和這樣的人一起過日子，想來嬸的處境也會好很多，不是嗎？

但是不管我跟嬸提了多少次，她都充耳不聞，還要我別再說這種不吉利的話，那我還能怎樣？

反正除了這種事情之外，真的，我不是吹牛，到現在私下裡我還是一直很照顧嬸。說到底，我也是為了報恩。

我七歲時父母雙亡，成了無依無靠的孤兒。那時剛好嬸被丈夫鄙棄，回到娘家生活，就把我帶去扶養[3]。

因為當時嬸家過得還不是那麼拮据，不只是嬸對我好，曾祖母和祖父膝下沒有別的子孫，所以也頗為疼愛我。

我在嬸家裡長到十二歲，也上了四年的小學。

如果嬸家沒有那麼快敗落的話，說不定我會一直住在那裡，現在可能都已經上專科大學了。

就因為有這份恩情，我也不想忘恩負義，才會盡力而為，能報答多少算多少。

倒是嬸最近偶爾會過來找我哀求，說家裡沒米沒糧了。說實在的，我覺得有點討厭。

如果一一滿足那些要求的話，我自己的事情都沒法做了，所以大都斷然拒絕。但是除此之外，兩大年節時送些肉品，或來來去去的時候順道過去說說話等這些事情，我是絕對一點也不含糊的。

不管怎樣，嬸在倉田家整整當了一年女傭，每個月領月薪五圓，她全部存了起來。而且一有空就給人家縫縫補補，也稍微賺點補貼。再加上辭職出來的時候，倉田家兩位主人都稱讚嬸做事乖巧，又給了七圓賞錢，加一加也攢了一百圓左右。

嬸就用這筆錢租了一個單間房，還準備了些簡單家具，那時她那不成器的丈夫正好被放了出來，嬸就把他接到這裡。

叔被放出來那天我也去了，當他出現在監獄大門的時候，一看到嬸在等他，眼淚就在眼眶裡打轉。

過去叔愛得要死要活的小妾，此刻卻連個人影都沒看到。反正當人小妾的，不都是這副德性嗎？

我家叔還四下張望了一下，看那女人來了沒。這人真的一點都搞不清楚狀況，別說那女人了，除了嬸和我之外，連個鬼影子都沒有。

2　現在首爾市中心的新世界百貨公司。
3　敘述者和「嬸」其實是同姓五親等的堂姑侄關係，所以才會在父母雙亡之後，被堂姑收養。

就在我們要上汽車的時候，叔吐血了，後來才聽說，其實叔在監獄裡從一個多月前就開始吐血。

我只好背著一隻腳踏進棺材的活屍回來伺候他躺下，從那天開始，嬸就不分晝夜把能做的、不能做的事情都做了，忙忙碌碌到處奔波之下，叔的病才慢慢有了起色。所以現在才能這麼好好地活下來，哎，還真是頑強啊，頑強！

婦道人家的精誠之心真是可怕！

整整三年吶！要是我的話，就算能讓父母死而復生，我也做不到。

好吧，所以啊，如果我家叔是個有良心的人，他就該下定決心趕緊養好身體，趕緊賺錢回來，讓妻子過上舒適的生活，報答她的恩情，也為自己的過去贖罪才對……難道不是嗎？

要報答嬸的恩情，再怎麼小心呵護她都不為過。

不管怎樣，叔自己如今也該打起精神來了吧。不過呢，再怎麼打起精神想做點事情，一個有前科的人也當不了公務員，進不了公司吧！照理說這是他自己造的孽，怪不了別人，應該早點放下身段，即使是賣力氣的粗活也該幹吧！

大學畢業的人去當打零工掙錢的苦力，似乎很難看，但這也是沒辦法的事情，不是嗎？

看著叔的情況，我想了想自己，如果我曾祖父家沒有家道中落，我也是專科學校或大學畢業的話，搞不好也會落得跟叔同樣的下場。幸好我讀書不多，走上現在這條路……

坦白說，我家叔雖然大學畢業，但如今再怎麼想找個能餬口的工作，除了打零工的粗活之外就沒有了。和即使只讀了四年小學、前途依然光明的我比起來，連個跑腿的都不如。

啊，可是呢！別說打零工的粗活還是什麼的了，這個好不容易才活下來的沒分寸大老爺到底居心何在，我真是快被氣死了！

唉，他到底和那該死的東西有什麼不共戴天之仇，怎麼就這麼狂熱得不肯放棄呢？

話說回來，那東西可以當飯吃嗎？可以博名聲嗎？還是最後會被抓去服刑的消遣呢？

或許那該死的東西就像鴉片一樣，只要嘗到一次滋味，就戒不掉吧？

如果了解實際情況，就會發現那東西沒那麼有趣，也不會上癮，可以說是流氓幫派、遊手好閒的不良分子。

聽說在西方哪個地方、不想工作的幾個懶人成堆坐在向陽地，整天遊手好閒，想著怎麼不勞而食。這都是我家主人詳細告訴我的。

嘖，那些傢伙互相串通，說世上有富人，有窮人，實在太不公平。所有人一生下來都同樣有眼耳口鼻，有手腳身體，為什麼有人過著富裕的生活，有人窮得沒飯吃，這像話嗎？所以富人的東西應該和我們窮人平分，這才是對的。

哇，這話說得沒錯！哇，這話說得太好了！來吧，我們一起分享！

結果他們就這樣講了一大堆道理，然後哇地一聲行動起來。

所以吶，這不是地痞流氓幹的事情，又是什麼？

人呀，各有各的福氣，有人是天生好命，有人是勤勞工作，所以都成了富人。沒能命帶福祿或是四體不勤的人，自然只能過著貧窮生活。天理如此，這才算是公平。把這說成不公平，像話嗎？然後非要搶別人的東西吃，這種傢伙不是流氓是什麼？

不只幹的是流氓幹的事情，萬一這種情況一直持續下去，懶人就會慢慢變得更懶，只會到處去搶富人的財產，到最後世上不就整個都成了盜匪橫行的局面？萬一到了富人累積下來的財產全被搶光、再也沒得搶的時候，世上不就要毀了？

每個人都不幹活，整天遊手好閒，只想等別人收成了搶來吃，等別人織好布了搶來穿。但是糧食、布料這些東西是從哪裡冒出來的，總得有生產的地方吧？這世上非完蛋不可！

可是窮人竟然不知道這殺千刀的事情就是毀滅世界的主謀，其中又以那些好吃懶做的傢伙跑得最快，一聽可以馬上去搶富人家的東西吃，全都被沖昏了頭，一窩蜂去分一杯羹。

聽說俄羅斯就是這樣。

果不其然，農民們不再生產糧食，好幾萬人都餓死了，這不是很明白的道理嗎？

只看眼前，不看未來，到最後餓死了活該！

啊，這該死的風氣卻在剎那間所向披靡，傳遍東西方各個國家，一時之間連內地[4]也受到這股強烈風氣的侵襲。看到內地如此，那些搞不清楚狀況的朝鮮大老爺們也跟著盲從，有樣學樣。

幸好那段時期國家[5]嚴令禁止，這股風氣才減緩了許多，如今還堅持這種想法的人也寥寥無幾了！

就應該這樣啊！如果是好事，國家為什麼要禁止？無冤無仇的，為什麼要抓去關起來？如果是好的、有益的，國家反而會鼓勵。做得好的話，不都還會給獎賞嗎！像是活動寫真[6]啦、相撲啦、漫才[7]啦，還有喊著嗨咻嗨咻抬神轎的啦、盂蘭盆節啦、廣播體操啦，這些都是有益的事情，所以國家才大力推廣啊！所謂國家，又是什麼呢？國家不就應該是盡其所能分辨好壞，指示大家這個這麼做、那個那麼做，讓百姓都能恪守本分安居樂業，這才是國家，不是嗎？那該死的什麼社會主義的東西，如果國家不禁止，讓他們為所欲為看看？現在世上不知道會變成什麼模樣……

應該也有很多別人因此變得狼狽不堪吧，不過就先說說我自己。唉喲，真是有驚無險，差點就讓所有事情都出差錯，變得亂七八糟。

我的理想和計畫是這樣子的。

我家主人特別寵愛我、信任我，看他的意思似乎只要我再待個十年左右，就會下本錢讓我另外做生意。

4 指日本本土。
5 本文背景是日本殖民時期，這裡的「國家」指的是日本。
6 電影。
7 單口相聲。

我打算拿這個當靠山，到我六十歲花甲之年為止，三十年內一直做生意，一定要攢夠十萬圓。有十萬圓的話，以朝鮮富人來說，也算得上是千石糧戶，到時不就能趾高氣揚地過日子嗎？

我還想要娶個內地人[8]閨秀當媳婦，因為我家主人也曾經說過，這事就包在他身上，他會給我挑個端莊的女人，還會出面幫我作媒。內地女人真的不賴喔！

朝鮮女人啊，白給我，我也不要。

舊式女人就算端莊也很無知，沒法和內地人交際往來；新式女人仗著一個「識」字[9]，就傲慢無禮，要不得！所以朝鮮女人不管是新式還是舊式都去他的！

內地女人真的很好！一句話，每個人都很漂亮、很端莊、很善良，就算有學識，也不會傲慢放肆，好得很喔！

而且我不僅要娶內地女人，連姓名也要改成內地人姓名，家也要住內地人家，衣服也要穿內地衣服，飯也照著內地方式吃，給孩子們取內地人名字，上內地人學校……

一定要上內地人學校，朝鮮學校又髒又亂，把孩子丟在那裡自生自滅的話最合適。

而且，說話也完全不用朝鮮語，只使用國語[10]。

生活形態完全做到和內地人一致，才能像內地人一樣會攢錢。

我的理想和計畫如果照著這樣繼續下去，很快就能成為十萬圓富人，從此以後前途無量，我認真地走在這條路上，而那些神經病卻想搞什麼糟蹋這世上的社會主義，我能不感到心驚膽戰嗎？聽著都讓人害怕！

世上如果完蛋，被顛覆了的話，到時叫我怎麼辦才好？所有的努力都白費，還有比這更冤枉的嗎？

哎呀，我家主人說的每句話都言之有理。

他說，不管是偷竊、搶劫，還是詐欺罪行，如果是盜竊的話，損失的也只是當時被盜走的錢財，反而罪很輕。但是那殺千刀的什麼社會主義，還是什麼胡說八道的，把整個世界搞得亂七八糟，把國家搞得動盪不安，絕不可饒恕。

還饒恕呢！要是我的話，就把那些混蛋東西統統抓起來，直接就把他們給……

想到那種事情，不得不說，我家叔他真的很可惡。事實上，要不是有嬸在，我又不是什麼天主教的，才不會去探望染上惡疾的人呢！他就算死了，我也不會難過。

話說回來，如果他能痛改前非的話，又另當別論。不過不是有句話說「狗改不了吃屎」嗎？他大概永遠都是那副德性吧！

所以啊，就因為他這麼討人厭，有時我上他家去，如果和他面對面坐著的時候，我就會故

8 係指自日本本土移居韓半島的日本人。
9 指有學識、見識、常識。
10 指當時使用的日語。

意說話刺他，讓他啞口無言，或是出聲斥責，讓他不敢亂來。

上次我也狠狠地教訓了他一頓。啊！結果他跟嬸說，那小子變壞了，以後也不會有出息。真討厭！聽到那句話，我簡直哭笑不得！

厚臉皮也要有個限度，竟然還敢說我變壞了，以後不會有出息。他到底有幾張嘴，說得出那種話來？

就算朝鮮的啞巴們全都開口說話，要是我的話，就說不出那種話來。他真的是狗嘴裡吐不出象牙！

也就是說，那句話名義上類似教訓吧？實際上是他怕直接跟我說，會被我反嗆回去，狠狠地罵一頓，才想藉由嬸的嘴悄悄說給我聽吧？

真是讓人火冒三丈喘不過氣來……幸好老天爺給了人兩個鼻孔。

不管怎樣，我雖然沒能像他一樣讀那麼多的書，但是好歹也從人家的小店員一路當到經理，還是被褒獎了兩次的模範店員。別人都稱讚我聰明，有才華，做事周到，是前途光明、未來大有作為的年輕人。結果在叔眼裡，我卻成了一個壞小子，以後也不會有出息的傢伙？

喔喔，對啊！一定是這樣沒錯！他大概以為自己做的事情都是對的，別人做的事情都是錯的吧？

難道我也應該像他一樣，幹那該死的什麼社會主義，還是挨千刀的勾當，被抓去關起來，成了前科犯，患了肺病，這樣才不算變壞，將來才有出息吧！

哼！真是的……

「有嘴講別人，無嘴講自己」，說的就是我家叔那種人吧。

那天其實也是這樣，就是我把他罵了一頓，他轉頭就對嬸說了那句話的那天。

那時正好我休假，有話要跟嬸說，所以一大早就過去。結果嬸到別人辦婚事的家裡幫忙裁製衣服不在家，只有叔一個人還是跟以前一樣躺在炕頭上。

可是仔細一看，不知道從哪裡翻了出來，枕頭旁邊堆著滿滿的舊韓文雜誌，叔正在翻看那些雜誌。

而我呢，反正無聊，就也拿起一本雜誌大聲讀了起來，但一點意思都沒有！

真搞不懂，朝鮮人怎麼連搞個雜誌都弄成這副模樣？

沒寫真，沒漫畫！

然後總是塞一堆複雜的漢字進去，這是要給誰看啊？

而且像我們這種人，韓文還可以勉強看得懂，但要讀文章就嫌麻煩。

那麼難的韓文和複雜的漢文混在一起寫出來的文章，根本不懂意思，還看什麼看。韓文寫的東西，是什麼破小說吧，不只難讀，而且又是朝鮮人寫的小說，怎麼可能有趣。所以我從很早以前就和朝鮮報紙或朝鮮雜誌保持距離，看也不看一眼。

要說雜誌，有比得過《King》或《少年俱樂部》的雜誌嗎？那兩本雜誌真的很好看！

每個漢字旁邊都加上假名，不管翻到哪個段落，都能順口讀下去，掌握了意思之後，當然就看得懂。

而且不管讀哪個章節，內容都是足以借鑑或妙趣橫生的小說。

小說真的很有趣，其中尤其以菊池寬的小說最有意思！怎麼能那麼有滋有味，甜甜蜜蜜，又充滿樂趣呢？還有吉川英治，他的小說大都是瀰漫著刀劍鏗鏘殺伐之氣的歷史小說，勁頭十足。

這兩本雜誌裡面的小說全都這麼有趣，而且還有很多漫畫，很多寫真，再加上價格低廉，只要花十五錢就能買到上一期的雜誌，看完之後，轉手五錢再賣出去。

既然要編雜誌，當然就該這麼編，朝鮮人只會他媽的吹牛，連一本像樣的雜誌都編不出來！

那天也是，我看的那本雜誌同樣是那副模樣，讓我提不起一點讀文章的興趣，所以就想看看是不是有漫畫之類的，於是飛快地翻動書頁，正好就看到了叔的名字。好奇之下，我就偷偷地翻開來看。標題第一行是經濟……什麼的，用牛眼大小的字體印在上面，旁邊則加上社會……什麼的詳細注解。

光看這個就知道是怎麼回事了！經濟呢，叔在大學裡學的就是經濟，所以對經濟方面知之甚深。而社會呢，叔也讀了社會主義，熟悉社會的內涵，所以內容一定是關於經濟和社會主義兩者之間的關係，哪一邊才是正確之類的東西。

哼，這東西看不看內容都猜得到裡面在講什麼。一個在大學裡，就算讀的是經濟，也沒想到要賺錢，只懂得搞社會主義的人，一定是堅持經濟是錯的，社會主義才是對的。

不管怎樣，既然是叔寫的文章，神奇之餘我就稍微翻看了一下。這到底寫什麼啊，我哪有本事看得懂！

如果字不是太難，我還能勉強看懂，但這些字湊在一起，我就根本不知道到底寫的是什麼。

自尊心受到了傷害，我只好放棄閱讀。但我就是想跟叔計較一番，所以擺出一副興師問罪的架式，把那篇文章唰地攤開來。

「叔？」

「幹嘛？」

「叔，你在這裡寫經濟怎樣怎樣，社會怎樣怎樣，那是要叫人搞經濟呢？還是叫人搞社會主義？」

「什麼？」

叔眼珠子轉來轉去，一副聽不懂你在說什麼的表情。雖然是他自己寫的文章，但是時間相隔太久，他大概全忘了吧，不然就是我把話說得太彆扭，他一下子回答不出來。所以我又慢條斯理地追問了一次。

「叔……所謂的經濟，不就是讓人好好攢錢成為富人的嗎？而社會主義，不就是搶富人家的錢來用的嗎？」

「你這孩子胡說什麼！」

「您聽我說！」

「你說的那種經濟學、那種社會主義，是從哪裡學來的？」

「那還需要學嗎？所謂經濟，不就是多賺少用，剩餘的就攢起來，這不就是經濟嗎？」

「這是一般作為經濟實惠的意思所使用的經濟，經濟學、經濟性這東西又不一樣。」

「有什麼不一樣？經濟就是攢錢，所以經濟學不就是攢錢的學問嗎？」

「不一樣就是不一樣。如果說的是理財學，解釋成攢錢的學問也有點道理，但經濟學不是那麼回事。」

「是嗎？那叔您大學學錯了，花了五、六年的時間讀一點也不經濟實惠的經濟學，那叫什麼啊？我還在想叔都上了大學，還讀了經濟，為什麼就攢不了錢，這下看來是因為您學錯了。」

「學錯了？呵呵，說不定真是如此。沒錯，你說的沒錯！」

看，我一下就讓他無話可說。就算上了大學，胸中自有丘壑，還不是鬥不過我，哼……

「叔？」

「幹嘛？」

「那麼，既然您上大學學到的，不是怎麼攢錢致富的經濟，而是搶富人家攢下來的錢用的社會主義，所以……」

「你這麼說是把社會主義當成了什麼？」

「那點常識我難道不知道嗎？」

於是我開始了一輪長篇大論的說明。

叔躺在那裡愣愣地望著我，突然噗嗤笑了一下。然後那人就這麼說：

「那是社會主義嗎？應該是流氓幫派吧！」

「喲，原來叔也知道社會主義就是流氓幫派！」

「我什麼時候說過社會主義就是流氓幫派？」

「您剛才不是那麼說了？」

「我哪有，我說的是，那不是社會主義，是流氓幫派。」

「看吧！所謂社會主義，活生生就是流氓幫派。叔明明就這麼說了，怎麼又說不是？」

「你這孩子打算跟我抬槓！」

看，我又再次讓叔吃癟了！一直都是這樣……

「叔？」

「幹嘛？」

「您也該迷途知返了！」

「說的什麼話？」

「您就一點也不擔心嗎？」

「像我這種人有什麼好擔心的？我擔心的是你。」

「我有可以揚眉吐氣的路子。」

「什麼路子？」

「可不一般哦！」

於是我又展開了另一輪長篇大論。那人聽完之後，瞧瞧他又說了什麼。

「你也是可憐人吶！」

「怎麼這麼說？」

「……」

「為什麼說我可憐？」

「……」

「為什麼啊，叔？」

「……」

「叔？」

「幹嘛？」

「為什麼說我是可憐人？」

「沒什麼，我在自言自語。」

「可是……」

「你這孩子啊？」

「什麼？」

「人啊，不管是誰，最骯髒的事情莫過於奉承阿諛。」

「奉承阿諛？」

「那個嘛……上自帝王，下至乞丐，所有人在這個制度的世界裡恪守本分地過日子。然而在生活中隱藏自己的本性，做著奉承阿諛的骯髒事，這種人是最最可憐的了。因為人啊，吃一碗飯就能飽，為什麼非要吃兩碗飯。」

「那是什麼意思？」

「你說你打算和日本女人結婚，改名換姓，把所有的生活形態完全日本化。」

「是啊，那有什麼不好？」

「你說的這個想法，如果是出於高尚素養或善良智慧的話，也無可厚非。但我看你這麼做似乎有其他意圖。」

「什麼其他意圖？」

「你是想投你主人所好，投你鄰居所好……」

「那是當然！我必須獲得主人的信賴，和內地人鄰居和睦相處才行，所以我這麼做不是應該的嗎？」

「……」

「叔您到現在還不懂世上的人情世故，年紀比我大，還上過大學，卻還沒有我這個從小就吃苦長大的人了解人情世故。現在都什麼年代了，您還說這種話？」

「孩子啊？」

「怎樣？」

「你剛才提到人情世故，對吧？」

「是啊！」

「還提到前途光明，是條康莊大道，對吧？」

「對！」

「還說到六十歲前要攢到十萬圓，沒錯吧？」

「沒錯！」

「你說的人情世故，和我想說的人情世故，內涵雖然不一樣，但世上的人情世故啊，可不是那麼簡單的事情。」

「嗄？」

「人啊，不管有多大本事，只要在世界上，就會受到無影無蹤卻川流不息的力量支配，或許該說，那就是人情世故。所有的人最終只能跟著這股力量走，沒有其他辦法。」

「嗄？」

「簡單地說就是，再怎麼勉強計畫，勉強製造機會，結果也難以稱心如意。」

「幹，叔也真是的……最近在《King》這本雜誌裡看到一個名叫拿破崙的西方英雄說『機會是自己創造出來的』，還有『不可能這個詞只有庸人的辭典裡才有』。只要不斷計畫，不斷製造機會，努力奮鬥，哪有不能成功的事情？就算失敗了一次，只要付出雙倍的勇氣就能重新站起來。七顛八起這句話，您沒聽過嗎？」

「拿破崙也是一樣，當他順應人情世故的時候才得以成功，違逆人情世故時，他就招致失敗。你只看到七顛八起最後成功的幾個人，不知道還有更多人八起之後，第九次就永遠倒在地上，再也起不來了。」

「那就走著瞧吧！不管怎樣，我非成功不可……叔，所以您這樣更不好吧？事情都還沒開始做就覺得一定會失敗，自己先灰心喪志……」

「天空高不高，非要上去看才知道嗎？」

真是的，說到最後詞窮了，就拿不著邊際的比喻來搪塞，這可是合乎情理的話？天底下哪有那麼笨的人，不上天就不知道天有多高？

本來還想就此休戰，反正無聊嘛，於是我又找話說。

「叔？」

「幹嘛？」

「叔您如果身體都痊癒了的話，要做什麼？」

「什麼意思？」

「將來……」

「將來？」

「有什麼打算嗎？」

「打算，什麼打算啊？」

「叔什麼打算都沒有就這麼過日子嗎？」

「誰說沒有？」

「有嗎？」

「怎麼沒有？」

「是什麼？」

「按照過去一直以來的方式……」

「您又要回頭去幹那個那個什麼……？」

「大概是吧。」

「叔？」

「……」

「叔？」

「幹嘛？」

「您該放棄了！」

「放棄？」

「是的。」

「你以為那只是個消遣嗎？」

「不是嗎？」

「……」

「叔？」

「……」

「叔？」

「幹嘛？」

「叔您今年貴庚？」

「三十三。」

「過去的事情就到此為止吧，您如今這把年紀就該收收心，為家裡做點事吧？」

「為家裡做事要幹嘛？」

「照您這麼說的話，做那種事情又要幹嘛？」

「我說了，不是為了什麼才做的。」

「您的意思是說，您幹那些事情原本就不抱任何希望或目的嗎？」

「目的？希望？」

「嗯！」

「個人的目的或希望，這是不同的問題……也不是什麼問題……」

「什麼嘛，還有這種道理？」

「道理？」

「是啊！」

「道理啊！……」

「叔？」

「……」

「叔？」

「幹嘛？」

「你不感激嬸嗎？」

「感激啊！」

「嬸很可憐吧？」

「可憐？是啊！要說可憐的話，她的確是可憐人！」

「您還知道嬸可憐喔？」

「當然知道！」

「知道為什麼還要那麼做？」

「有人以苦為樂，細細咀嚼苦澀的同時，從中發現甘甜的滋味，但不是每個人都做得到。

如果每個人都能將真心實意和全副精神投入到某件事情的話，必然也能從苦澀中發現甘甜。也就是說，如果能達到這種程度，這時吃苦就是享樂。看看你嬸，雖然吃了很多苦，實際並不辛苦，因為她以苦為樂。」

「所以叔只感到慶幸嗎？」

「沒啊！」

「那麼說，叔也應該報答嬸的恩情才對，不是嗎？」

「這個嘛，我不是不知道她的恩情，只不過……」

「現在就該想想病痊癒之後……」

「我忙得要死……」

唉喲，瞧瞧他說的這什麼話？裝蒜躺在那裡也叫忙喔！

這人沒有一點振作精神的想法，不管到哪裡都沒半點用處，只會給別人添麻煩，毒害整個世界，早點死了算了。他就是個該死，而且死有餘辜的人。可是呢，他偏偏不死，還慢慢地一點一點好了起來，真叫人生氣……

《東亞日報》（一九三八．三．七——十四）；《傑出人士》（民眾書館　一九四八）

韓國諷刺文學大師

蔡萬植，號白菱，一九〇二年生於全羅北道沃溝，幼時曾於私塾學習漢文。一九一八年赴京城就讀於中央高中，一九二二年畢業後考入日本早稻田大學英文系，但次年因日本關東大地震中途輟學。返國後先後在《東亞日報》、《朝鮮日報》擔任記者。一九三六年之後專心從事創作，到一九四五年下鄉回到臨陂，次年遷居裡里，一九五〇年因罹患肺結核過世。

正當二十世紀初期無產階級文學興起時，一九二五年蔡萬植的短篇小說〈三條路〉獲得《朝鮮文壇》雜誌的推薦，從此踏入文壇。他早期的作品多站在無產階級的立場，如〈消失的影子〉、〈貨車〉、〈從人字形的家中出來〉等普羅文學作品。但從一九三〇年代初期起，他改以諷刺幽默的筆法，描寫扭曲的現實，發表了〈平凡的人生〉、〈明日〉、〈痴叔〉、〈濁流〉、〈天下太平春〉、〈方先生〉、〈水田故事〉、〈民族的罪人〉等作品的同時，也奠定了他成為韓國最有名諷刺文學作家的地位。

他的作品世界多集中在反映和批判當代的現實，以幽默卻充滿諷刺的辛辣筆觸，描寫農民的窮困、知識分子的苦悶、都市底層民眾的沒落、朝鮮半島光復之後的社會混亂等，充滿了民族意識和歷史責任感。

走運的日子

玄鎮健

天氣陰溼彷彿要下雪的樣子，但雪沒下來，只有凍化的雨溼漉漉地下個不停。

今天對在東小門裡當人力車夫的老金來說，卻是個難得走運的日子。送了叫車進城（雖然那裡也不是城外）的對門媽媽桑到電車道之後，想著或許會有客人，就慢騰騰地在車站繞來繞去，對著下車的人一個個送去幾近哀求的日光，這才終於有機會送一個西服打扮看似教員的人到東光學校去。

第一趟三十錢，第二趟五十錢，大清早的，算是不賴！還真走運了，當十錢銅幣三枚、五枚噹啷落入掌心時，將近十天連個錢影子都沒見到的老金，高興得眼淚都快流下來。而且今日今時，這八十錢對他來說不知道多麼有用。他可以買點小酒潤潤乾渴的喉嚨，更重要的是，他能給臥病在床的妻子買碗牛雜碎湯。

他的妻子已經咯咯咳了有一個多月，就連吃個粟米飯也是飢一頓飽一頓的情況下，自然從沒買過一帖藥。非買不可的話，也不是不能買，但他堅信「病」這傢伙，給它送了藥之後，就會食髓知味，老是上身。也因為從沒去看過醫生，所以不知道到底得了什麼病，看她平躺著想翻個身都難，說是重病，還真是重病的樣子。妻子的病情加劇，是從十天前吃粟米飯滯食開始的。那天，老金難得賺了錢，買了一升粟米和十錢的一把柴薪回來。照老金的說法，那該死的婆娘匆匆忙忙地放進鍋裡就煮，心急之下火都不夠旺，飯還沒煮熟，那該死的婆娘就連湯匙都不用，直接用手抓了往嘴裡猛塞，塞得兩頰上鼓出拳頭大小的包，就怕有人來搶似的。但從那晚開始，她就喊著胸口抽疼，肚子抽筋，翻著白眼發癲癇。老金一時火起，生氣地罵她：

「妳這該死的婆娘，就沒點小福氣，沒得吃也病，吃了也病！到底要叫我怎樣！眼睛就不能好好睜著？」

老金打了病妻一個耳光，翻上去的眼珠子才稍微掉了下來，卻淚眼漣漣，老金的眼眶也熱辣辣的。

即便如此，這病人還是對吃有著深深的執念，從三天前開始，就一直纏著丈夫說想喝牛雜碎湯的湯汁。

「妳這該死的婆娘，粟米飯都吃不下去了，還牛雜碎湯！又想亂吃一通再發癲癇？」

雖然罵了她一頓，但沒能買給她吃，老金心裡也很過意不去。

現在不只可以買牛雜碎湯，還能買點粥給在生病的母親身旁直喊餓的小狗屎（三歲）吃。掌心上握著八十錢的老金，心裡感到無比富足。

不過他的幸運可不止於此！汗水夾著雨絲淌進他的後脖頸裡，他用掛在脖子上黏著一層油垢的毛巾擦拭了一下，正要從學校門口掉頭出來的時候，後面傳來「人力車！」的呼喚聲。喊住自己的人可能是這個學校的學生吧，老金看了一眼就得出這個結論。學生劈頭就問：

「到南大門車站多少錢？」

學生大概是住宿生，想利用寒假返鄉吧，本來就做好今天動身的打算，沒料到碰上下雨。他帶著行李，正在發愁，剛好看到老金，就跑了過來。不然為什麼皮鞋也沒穿，拖泥帶水的，一看到老金，連身上穿著的「小倉」西服被雨淋溼也不顧，就從後面追了過來呢？

「您是說到南大門車站嗎？」

老金說完遲疑了一下，不知道是不是因為下大雨，他連雨具都沒有，不想冒雨到那麼遠的地方，還是他已經滿足於今天第一趟、第二趟的收入。不，絕對不是！然而奇怪的是，面對這銜尾而至的幸運，他反而有點害怕。而且他的妻子在他出門時的囑咐，也讓他揪心。清早當對門媽媽桑來叫車的時候，病妻只剩骨頭的臉上，唯一還有點生氣的凹陷大眼睛裡，帶著乞求的神色。

「今天別出門，拜託今天待在家裡哪也別去，我都病得這麼重了……」

她微弱的聲音彷彿在喃喃自語，呼嚕嚕的呼吸十分沉重。當時，老金卻一副毫不在意的樣子說：

「囉唆！妳這婆娘，什麼該死的話都敢說，窩在家裡不出去，誰賺錢養妳啊？」

說完就想飛快地跑出來，病妻卻揚手想抓住他似地說：

「叫你別出去，你還出去。你早點回來！」

隨後又是一陣哽咽。

聽到學生說要去車站的這一瞬間，老金眼前浮現妻子痙攣般顫抖的手、不尋常的大眼睛、泫然欲泣的臉龐。

「對！到南大門車站到底多少錢？」學生神色急切地望著人力車夫，彷彿在自言自語般呢喃著說：「開往仁川的車十一點一班，下一班是兩點吧。」

「給一圓五十錢吧！」

這句話在老金自己都未察覺的情況下脫口而出。雖然是自己喊出的價錢，但他還是為這麼大的金額自己先嚇了一跳。多久不曾要價這麼多了啊！於是，賺錢的欲望壓倒了他對病妻的擔憂。不至於今天一天就發生什麼事吧？不管發生什麼事，比起第一次、第二次疊加的幸運，他不想錯過這個翻倍的機會。

「一圓五十錢太過分了！」

學生嘴裡這麼說著，歪了歪腦袋。

「您聽我說，從里數來算，這裡到那裡超過十五里路。而且這種雨雪天當然得多給一點。」

滿臉笑容的車夫臉上洋溢著無法掩飾的喜悅。

「好吧，就照你說的價錢，不過你得跑快點。」

寬宏的小客人只留下這麼句話，就匆匆轉身穿衣服收拾行李去了。

載著學生出來的老金，腳步異常輕鬆，說是跑，其實更像在飛。車輪不知道轉動得有多快，滑冰似地飛速向前。儘管也是因為結冰的地面上又下了雨，才會變得這麼滑溜。過了片刻，車夫的腳步變得沉重起來，因為已經跑到了自己家附近。重新升起的擔憂再度壓上心頭，耳朵裡不時響起「今天別出門，我都病得這麼重了」這句話。他彷彿看見病妻凹陷的雙眼哀怨地瞪著自己，又似乎聽見小狗屎嗚嗚咽咽哭個不停，以及氣管卡住，拚命想吸氣的聲音……

「搞什麼，快趕不上火車了！」

乘客的高喊聲好不容易傳進了他的耳朵裡，從恍惚中驚醒的老金，這才發現自己握著人力車的車把弓著腰停了下來。

「是，是。」

連聲應諾之後，老金又繼續邁步快跑。隨著離家愈來愈遠，老金的腳步又開始動力十足。就是要讓雙腿不停奔跑，才能忘記不斷浮現在自己腦中的一切牽掛和擔憂。

把車拉到車站後，當令他震驚的一圓五十錢真的握在手裡時，他沒有意識到自己冒著雨跑了十里的泥濘路，只是心懷感激，覺得這錢拿得不費吹灰之力，高興得就像成了暴發戶一般，對著年紀只有他兒子輩大的小客人彎腰鞠躬了好幾次。

「您慢走啊！」

老金必恭必敬地行禮如儀。

然而，他沒想到還得拖著沉重的空人力車冒雨回去。等到勞動的汗水乾了之後，他開始感到飢腸轆轆，溼淋淋的衣服裡冒出陣陣寒氣，這讓他真切體會到一圓五十錢一點也不奇怪，是多麼難賺的錢。離開車站的腳步毫無力氣，老金全身縮成一團，像是當場就會趴地不起的樣子。

「他媽的！難道我就得冒雨拖著空人力車回去嗎？真該死。幹他奶奶的雨，幹嘛要打在人家的臉上！」

他火冒三丈，嘴裡像在反抗誰似地罵個不停。就在這時，他的腦中突然靈光一閃，想到「不能就這麼回去，在附近繞繞看，說不定等火車到站，又可以載到客人」。今天的運氣實在好得不可思議，誰也不能保證意外的幸運不會再來一次。他敢打賭，一個接著一個的幸運正在等待自己。但是車站人力車夫的糾纏太可怕，根本搶不到前面。好吧，他以前也幹過好多次，馬上決定把人力車停靠在離火車站前面的電車站稍遠，路人行走的道路和電車道之間的空隙裡，決定自己在附近轉轉，觀望一下。

沒多久火車到站，數十名乘客蜂擁而出，朝著電車站走來。在其中物色客人的老金眼裡，看中了一個燙了頭髮，穿著高跟鞋，還披了斗篷，看起來像從良藝妓，又像放蕩女學生的姑娘。他悄悄靠近那女人身邊問：

「小姐，要搭人力車嗎？」

那不知道是女學生還是什麼的，老半天一直態度傲慢，一聲不吭，看也不看老金一眼。老金幾乎就像乞討的乞丐或什麼似的，不斷觀察她的臉色，又試探地問：

「小姐，我送您回去，價錢會比火車站那些人便宜很多，您府上在哪裡？」

老金死皮賴臉地摸上了那女人提在手上的日式藤條箱。

「你幹什麼，少煩人！」

那女人尖聲驚叫，猛然轉過身去。老金「唉呀！」一聲退了下來。

電車來了，老金一臉埋怨地瞪著上了電車的人。但他的預感果然沒錯，電車滿載乘客開始移動的時候，還有一個人沒搭上車。看他手上提著一個龐大的行李箱，八成是因為他的行李太大，在擁擠的車廂裡被車掌給推了下來。老金靠了過去問：

「要不要搭人力車？」

花了好長時間討價還價之後，講好六十錢載他到仁寺洞去。通常人力車變重的話，很奇怪地，他的身體就會變輕。當人力車變輕的時候，他的身體又會再次變得沉重。然而這次，他卻連心都變得焦躁起來。家裡的光景老是在眼前晃動，現在連期待幸運的心情都沒有了，他只能不停地咒罵重逾千斤的雙腿，東突西撞向前跑。「那該死的人力車夫喝醉酒了不成，在泥濘路上怎麼走的？」誠如路人的擔心，老金的腳步慌亂無序。陰沉沉下著雨的天空陰霾昏暗，彷彿已近黃昏。他跑得上氣不接下氣，一直到抵達昌慶苑前，才終於喘過氣來，放慢了腳步。一步接著一步離家愈來愈近，他的心也反常地平靜下來。但是，這份平靜並非來自安心，而是來自在完全知曉籠罩自己的恐怖不幸之前，對那逼近的腳步所感受到的惶惑不安。他想在面臨不幸的威脅之前，盡量拖延時間，如果可以的話，他希望能長時間擁有幾近奇蹟收入的喜悅。他四下張望，那模樣就像在哀求，他已經無法靠自己的力量駕馭自己只想往家裡飛奔的不幸雙腿，所以不管是誰，快來把持住他，救救他吧。

這時，正好他的朋友治三從路邊小酒館走了出來，五官擠成一團的胖臉上紅通通的，整個下巴和臉頰都覆蓋著滿滿一層落腮鬍。和皮膚緊繃瘦巴巴的臉孔上，到處溝壑縱橫，鬍鬚有是有，也只在下巴上像松針倒掛一般的老金儀表，形成了奇異對比。

「我說，老金啊！你進了城回來的樣子，今天賺了很多錢吧，快請我喝一杯。」

胖子一見到瘦子就這麼喊，那聲音溫柔可親，和他的身材完全不對稱。老金不曉得多麼高興能遇上這位朋友，彷彿他就是拯救自己的恩人還是什麼似地感激他。

「看來你已經喝過了，你今天也有什麼好事嗎？」

說完，老金燦爛地笑了起來。

「哎呀，沒好事就不能喝酒嗎？不過我說啊，你怎麼全身溼淋淋的，像掉進水缸的老鼠一樣？快進來這裡晾乾。」

小酒館裡溫暖和煦，看著煮泥鰍湯的鍋子，每次打開鍋蓋就有團團白霧翻騰而起。鐵網上炙燒著烤牛肉，又是生蚵，又是豬肉、豬肝、豬腰子、乾明太、綠豆煎餅……擺滿了一整桌。老金突然感到飢腸轆轆，如果他放開來吃的話，這裡所有的食物全都塞進嘴裡，也不能讓他感到痛快。然而，飢餓的人決定先點兩張分量十足的綠豆煎餅，再來一碗泥鰍湯。正餓的時候嘗到食物的味道，餓意就會更盛，彷彿胃腸不斷催促「再來一點，再來一點！」似的。很快地，放了豆腐和泥鰍的一碗湯，就被老金像喝水一樣吞了下去。當他接過第三碗的時候，兩碗大碗的馬格利酒也熱呼呼地端了上來。和治三一起喝了酒，空空的肚子馬上感到一陣熱辣，擴散到整個胃腸，臉也紅了起來。他又點了一碗大碗馬格利酒灌了下去。

老金的雙眼矇矓，大塊大塊地切了兩條鐵板上烤著的年糕，放在嘴裡一鼓一鼓地嚼著，又叫人倒兩碗大碗的酒。

「喂，怎麼又點？我們已經各喝了四碗，要四十錢呢！」

治三驚訝地看著老金提醒他。

「哎呀，你這傢伙！四十錢有那麼可怕嗎？我今天賺了不少錢，今天運氣還真好呢！」

「你說，你賺了多少？」

「賺了三十圓，三十圓吶！這該死的酒為什麼還不倒……沒關係，沒關係，吃多少都無所謂，今天我賺了一大筆錢！」

「啊，這人醉了！別再喝了。」

「你這傢伙，喝那麼點哪會醉？再喝！」

喝醉了的老金扯著治三的耳朵吼。接著就撲過去，對著幫他們倒酒的十五、六歲小光頭罵：

「你這小子，該死的混蛋，為什麼不給我們倒酒？」

小光頭嘻嘻笑，看了看治三，擠眉弄眼的似乎在詢問他的意思。醉漢看懂了這個眼色，大發雷霆。

「幹你娘的該死混蛋！小子，你以為我沒錢嗎？」

話說完，老金就在自己腰上摸來摸去，掏出一張一圓紙幣，拋在小光頭面前。隨著他的動作，幾分的銀幣好幾枚也噹啷啷地掉在地上。

「喂，你錢掉了，幹嘛隨便掏出錢來。」

治三邊說著，邊忙著撿錢。老金即使醉了，也還想看清錢掉到哪裡去，張大眼睛看著地上，突然打了個寒顫，發現自己幹了蠢事，更加鬧起脾氣來。

「看啊，看！你們這些骯髒的傢伙！我哪沒錢啊？小心我打斷你們的腿。」

說完接過治三撿回來的錢又丟了出去，嚷著：

「這錢冤家啊！挨千刀的錢！」

撞到牆壁掉下來的錢，又掉到煮酒的銅盆裡，發出「鏘」的一聲，彷彿挨了打似的。

兩碗大碗酒還沒倒完就被喝下去，老金吸吮著沾在嘴唇和鬍鬚上的酒汁，滿足地摸著自己松針般的鬍鬚喊道：

「再倒，再倒！」

又喝了一碗之後，老金突然拍著治三的肩膀，嘎嘎笑了起來，聲音之大，引起小酒館所有人的注目，老金卻笑得更響亮。

「我說，治三，給你講個笑話吧！今天我不是載客人去火車站嗎？」

「然後呢？」

「去了之後不想就那麼拖空車回來啊，所以我就在電車站慢慢繞，想辦法再載一個客人。剛好看到一個不知道是媽媽桑還是女學生的——最近啊，妓女和小姐很難區分——身上穿著斗篷淋著雨站在那裡。我就悄悄地靠過去問要不要搭人力車，想接過她手上的提包，沒想到她啪地甩開我的手，一下子轉過身去，還大聲喊『你少煩人！』，那聲音甜美得像黃鶯，呵呵！」

老金巧妙地模仿出黃鶯的聲音，所有人一時間全笑了起來。

「該死的小氣婆娘，又沒對她怎樣，還『你少煩人』咧！唉喲，這話真輕浮，呵呵。」

眾人笑得更歡，就在笑聲猶存之際，老金又嗚嗚咽咽地哭了起來。

治三一臉無奈地看著這醉漢說：

「剛才不是還笑著，這會兒你發神經哭什麼哭啊？」

老金吸了好幾下鼻子才說：

「我老婆死了！」

「嗄，你老婆死了，什麼時候？」

「什麼什麼時候啊，就是今天！」

「哎你這神經病，騙我的吧！」

「誰騙你啊，真的死了！真的……我老婆的屍體還直挺挺地躺在家裡，我竟然在喝酒，我是個殺千刀的混蛋啊，殺千刀的混蛋！」

說完，老金放聲大哭。

治三臉上酒意稍退，

「你這人怎麼回事，說的話到底是真是假？你快回家吧，快！」

說完便扯著老金的手臂要走。

老金卻甩開治三抓著他的手，兩眼還是淚汪汪，卻抿著嘴笑了起來。

「哪有人死啊？」一邊說，還一臉得意洋洋的樣子。「死什麼死，活得好好的呢！那爛婆娘不做事光吃飯。這下被我騙了吧！」老金拍著巴掌像個孩子般大笑。

「神經病啊你！我也聽說大嫂生病了。」

治三有點不安，又勸老金回家。

「沒死，跟你說沒死啦！」

老金發著脾氣大吼，聲音裡似乎也隱藏著要自己相信老婆沒死的事實。為了湊滿一圓的分量，兩人又各喝了一大碗的酒之後才出了小酒館，連綿細雨依然下個不停。

老金醉後仍不忘買牛雜碎湯回家。說是家，當然只是租來的房子，而且租的不是整戶，而是遠離內宅的一間下人房而已，要自己打水，一個月房租一圓。要不是老金帶著酒意，當他一腳踏進大門時，就會因為籠罩著房間的死寂，以及猶如暴風雨過後大海般的靜默，而雙腿打顫。聽不到咯咯的咳嗽聲，連卡痰的呼嚕聲都沒有。只有打破這墳墓般靜默的——說是打破，不如說更加深這股靜默，帶著點不祥的預兆——啵啵的吸吮聲，稚子吸奶的聲音。如果是個聽覺靈敏的人，就會聽到那啵啵聲裡只有吸吮聲，沒有咕嘟咕嘟的奶水吞嚥聲，或許就會察覺到吸吮的是沒有奶水的乳房。

可能老金也預料到這不祥的寂靜吧，不然他不會一進門就有別於過去，大喊著：

「臭婆娘，丈夫回來了怎麼不出來迎接，妳這該死的婆娘！」

這喊聲其實是一種虛張聲勢，想藉此趕走身上突然襲來的恐怖感。

不管怎樣，老金一把推開房門，中人欲嘔的臭氣、從墜落的草蓆下方揚起的灰塵味、沒洗的尿布裡散發的屎尿味、沾染層層汙垢的衣服臭味、病人的酸腐汗味，混雜了各種味道的臭氣竄進了老金毫無防備的鼻子。

走進房間，還來不及將牛雜碎湯放到屋內一角，這醉漢就拉開嗓門大喊：

「殺千刀的婆娘，就知道整天窩在床上，丈夫回來也不知道起床嗎？」

他一面說，一面趁著腳勁用力踢了踢床上人的腿。然而被他踢中的，感覺不像人肉，而像硬邦邦的樹墩。這時啵啵吸吮聲才變成了哇哇聲，小狗屎放開銜在嘴裡的乳頭哭了起來，說是哭，只是臉皺起來像在哭，就連哇哇聲也不是發自嘴裡，像是從肚子發出來似的。小狗屎一直哭一直哭，哭到嗓子啞了，再也沒力氣哭了。

看到自己踢了一腳也沒用，丈夫撲到妻子枕邊，一把揪起病人的鳥窩亂髮用力搖晃。

「臭婆娘，妳說話啊，說話啊！嘴黏住了嗎？妳這該死的女人！」

「……」

「欸，妳醒醒，怎麼不說話？」

「……」

「臭婆娘，妳真的死了嗎？怎麼不說話？」

「……」

「嗯？怎麼又不回答？真的死掉了？」

所以當老金看到病妻白多黑少、眼珠子向上翻的眼睛時，他喊著：

「這眼珠子！這眼珠子！為什麼不好好看著我，只看著天花板呢，嗯？」

喊到最後聲音裡都帶著哽咽。於是，從活人眼中落下如雞屎般的眼淚，點點滴滴濡溼了死人僵硬的臉龐。突然老金發瘋似地用自己的臉揉蹭死者的臉，喃喃自語地說：

「都給妳買牛雜碎湯回來了，妳怎麼就不能吃了？怎麼就不能吃了……今天真的很詭異！運氣，好得不得了……」

《開闢》第四十八期（一九二四．六）；《朝鮮之顏》（文友集　一九二六）

韓國短篇小說開拓者

玄鎮健，號憑虛，一九〇〇年生於大邱，家世隸屬舊韓末得勢的開化派，為大邱郵遞局長的四子。一九一五年才十五歲的玄鎮健就已奉父母之命成婚，之後渡海到日本，進入東京成城中學就讀，中途輟學轉往中國，進入滬江大學德語系，一九一九年返國。

一九二〇年玄鎮健在雜誌《開闢》上發表〈犧牲花〉，開始了文學創作活動。一九二一年以短篇小說〈貧妻〉聲名大噪，同時參與同人刊物《白潮》的創刊，正式加入一九二〇年代的新文學運動。

同年玄鎮健進入《朝鮮日報》擔任記者，踏出新聞界的第一步。之後又陸續擔任《時代日報》、《每日申報》記者，《東亞日報》社會部長，一九三六年因為「日章旗抹消事件」[1]遭到拘禁。一九三七年他辭去了東亞日報社的職務，專注在小說創作上，即使貧病交迫，也拒絕參與親日文學，最後於一九四三年因肺結核去世。

他的作品傾向可分為三個階段，第一個階段是帶有濃厚民族主義色彩的寫實主義作品，通常是以知識分子為主角，以自己周遭所發生的事情為主題的自傳性質小說，如〈貧妻〉、〈勸酒的社會〉、〈淪落者〉等；第二個階段他注目的焦點轉往社會底層老百姓與帶有民族色

1　一九三六年韓人孫基禎在柏林奧運馬拉松項目中奪魁，《東亞日報》在報導此光榮事件時故意抹消孫基禎身上的日本國旗標幟，引起軒然大波，當時《東亞日報》主筆金俊淵也因此引咎辭職。

彩的現實，如追蹤社會底層民眾運氣的〈走運的日子〉，描繪農村女性不成熟的性意識和飽受奴役痛苦的〈火〉等等；第三階段則是一九三〇年代的長篇小說和歷史小說的創作，如描寫三角戀愛關係的〈赤道〉，以及〈無影塔〉、〈黑齒常之〉、〈善花公主〉等，試圖透過過去的歷史來表達對民族解放的強烈憧憬。

玄鎮健被譽為「韓國的莫泊桑」、「韓國的契訶夫」，他和他的作品是韓國現代文學研究中的重要領域。透過〈貧妻〉、〈勸酒的社會〉、〈祖母之死〉、〈走運的日子〉、〈B舍監與情書〉等短篇小說，讓他以現代短篇小說開拓者的身分站穩腳跟。

翅膀

李箱

知道「變成標本的天才」嗎？我很快樂。這種時候，連戀愛都成了一件愉悅的事情！

唯有筋疲力竭到肉體癱軟之際，精神才會如銀幣般清明。當尼古丁滲透進我滿是蛔蟲的肚子時，腦子裡才會準備好一張白紙。我會在白紙上將我的幽默和反諷當作圍棋布局，真是可恨的病態習慣啊。

我又設想了一種與女人的生活，一個連戀愛技巧都變得生疏——雖然也曾窺探到知性的極致，換句話說，也算是一種精神分裂者。我所設想的生活，就是只領受這種女人的一半——指的是所有一切的一半。只將一隻腳踏進這種生活，就如同兩個太陽，彼此相對，嗤嗤而笑。我大概是忍受不了人生諸般寡淡無趣，因此才放棄的。再會！

再會！偶爾你可以大量吃下自己最討厭的食物，實踐一下這種諷刺滋味也不錯。幽默和反諷和……

將自己代入作品中也是一件值得嘗試的事情，你的作品會因為這個從未見過的成品，而顯得簡潔高尚。

盡可能封鎖掉十九世紀吧！所謂杜斯妥也夫斯基的精神，一個不小心就是浪費。不知道是誰說過的，雨果是法蘭西的一片麵包，我奉之為至理名言。然而對於人生，或其模型，豈能因其細節而受騙上當或信以為真？不要自尋死路，這是我一定要勸告你的……

（膠帶斷了就會流血，我相信傷口也很快就能癒合。再會！）

感情是一種姿態（不知是否只指出了那姿態的元素），當那姿態達到最高境界靜止不動時，感情就停止供應。

我回顧自己非凡的成長，定義了觀世眼光。

女王蜂和未亡人——世上數不勝數的女人，本質上難道還存在著不是未亡人的女人？哎！我所認為的，所有女人在其日常生活中全都是「未亡人」的看法，意外地竟是對女人的褻瀆嗎？再會！

三十三番地這個地方，結構上不免讓我有類似妓院的感覺。一個番地有十八戶人家，櫛比鱗次地排列在一起，有著同樣的門窗，同樣的灶炕，而且每戶住的人，也如朵朵鮮花般年輕。這裡陽光照不進來，因為她們對陽光視而不見。她們藉口要在門前繫上鐵絲，晾乾滿是汗漬的被褥，因而阻斷了陽光照射在橫拉門上。白天，她們就在昏暗的房間裡睡大覺。為什麼不在晚上睡覺呢？那就不得而知了！我不分晝夜都在睡覺，所以那種事情我也無從理解。三十三番地裡十八戶人家的白晝，靜悄悄的一點聲響都沒有。

而這般的寧靜只限白天，當黑暗籠罩大地之際，她們就會收起被褥拿進房間裡來。燈火通明的十八戶人家，比起白晝顯得更加絢麗。橫拉門開開關關的聲音愈晚愈頻繁，整個番地都忙碌起來，各種不同的味道開始散發出來，烤鯖魚的味道、廉價粉底膏的味道、泔水味道、肥皂味道……

然而，最令人點頭稱是的，是她們的門牌。代表這十八戶人家的大門，雖然孤零零地屈居一角，但確實是有的，但大門就像人行通道一樣，從未關上過，各行各業的小販一整天無時無刻都可以進進出出。這十八戶的人家要買豆腐的話，不是跑到大門口去買，而是只推開橫拉門，在房間裡買。所以在這模樣的三十三番地大門一一貼上十八戶人家的門牌，其實一點意義都沒有。不知道從何時開始，她們形成了在自家橫拉門上方貼著的「百忍堂」或「吉祥堂」字樣邊角，貼上門牌的風俗。

我的房間橫拉門上方的一角，也貼著四個劍牌香菸盒大小的我——不！是我內人的名片，這也不無遵循此一風俗的意思。

但是，我和他們完全不來往，不只不來往，連招呼都不打。除了和我內人寒暄之外，我不想和任何人寒暄。

因為我覺得，和我內人以外的其他人寒暄或來往，有傷我內人的面子，可見我有多麼珍愛我內人。

之所以如此珍愛我內人，是因為我知道三十三番地十八戶人家裡，我內人就如她玲瓏可愛的名片一般，是最嬌小豔麗的。即使是在十八戶各自被安排入住的朵朵鮮花中，我內人也是白鐵皮屋頂下陽光照射不進來的地帶裡，最美、最燦爛的一朵花。所以守候這朵花啊——不，是纏繞在這朵花上生長的我，無疑就是一個無可名狀的尷尬存在。

不管怎樣，我對我的房間——不是家，我沒有家——非常滿意。房間裡氣溫清爽，十分適合我的體溫。房裡的昏暗程度，對我的視力來說也很舒服。我從未期盼過有比我的房間更涼爽或更溫暖的地方，也不想要比這裡更明亮或更幽靜的房間。我由衷感激我的地盤為了我始終保持這麼小巧的程度，而我也很高興自己似乎是為了這麼一個房間而出生到世上來。

然而，這不是在計算幸福或不幸，也就是說，我根本不用去考慮自己是否幸福，也沒必要因此認為自己很不幸。只要一天天得過且過懶散地過日子，就萬事太平。

在如合身衣服般合意的房間裡打滾，窩著不動，是不計較幸福或不幸那種世俗算計的最方便、最安逸，換句話說，就是一種絕對的狀態，我喜歡這種狀態。

我這絕對狀態的房間，從大門口算起恰巧是第七間，不無「Lucky Seven」的意思。「七」如同一枚勳章，我簡直愛透了。這樣的一個房間，以紙門從中一分裡外，誰會料到這也象徵了我的命運。

外間至少還有陽光照進來，上午的時候，陽光有包書的包袱布大小，下午就變得只有手絹大小，慢慢也就移了出去。沒有一絲陽光照進的裡間，也就是我的房間，就更不用說了。像這樣有陽光的房間是內人的房間，沒有陽光的房間是我的房間，我記不起來是內人和我兩人之中哪個人決定的，但我對此毫無怨言。

只要內人外出，我就會趕緊跑到外間，推開朝東的吊窗。吊窗一打開，陽光便照了進來，照得內人梳妝臺上陳列的形形色色瓶子現出斑駁光影，映得瓶身光芒四射。欣賞這些閃閃發光的東西，是我難得的娛樂。我會拿出一個小小的「放大鏡」，點燃只有內人才使用的草紙，玩火打發時間。平行光線折射之後會聚集在一個焦點上，當這個焦點變得愈來愈熱，最後草紙就會開始燃燒，冒出一縷長煙，最終燒出一個小洞來。短暫過程中讓人焦躁不安的滋味，簡直讓我著迷得要死！

如果厭倦了這個遊戲，我又會用內人的手鏡，換著花樣玩遊戲。鏡子這東西，只有照映自己的臉時才是實用品，除此之外就只是一種玩具而已。

但這遊戲沒多久就玩膩了，於是我的遊戲心便從肉體上飛躍到精神上。我丟掉鏡子，走到內人的梳妝臺前，端詳起整齊排列在上面的五花八門化妝品瓶子，這些東西比世上任何東西都有魅力。我會從中挑選一個瓶子，靜靜地拔起塞子，把瓶口放到鼻端下輕輕聞嗅。一股充滿情欲的異國香氣滲進肺裡，我不知不覺輕輕閉上眼睛。這的確是內人一部分的體味，我把瓶蓋塞了回去，靜靜地思考，到底是內人身上的哪個部位散發出這種味道呢……？很難確定！為什麼？因為內人的體味是排列在這裡的五花八門香氣的總和。

內人的房間一向很華麗，和我那牆壁上連根釘子都沒有的樸素房間不同，內人房間順著天花板下面釘了一整圈釘子，每根釘子上都掛著內人華麗的裙子和赤古里，各種不同的紋樣，十分好看。我總是從那一片片裙子聯想到內人胴體，以及那胴體所能擺出的各種不同姿勢，我也隨之心猿意馬起來。

內人有這麼多的衣服，我卻沒有。內人不給我衣服，穿在身上的這一套燈心絨西服是我的睡衣，也兼家常服和外出服，而一件高領毛衣就是我不分四季的內衣。這些衣服一律都是黑色，我猜大概是因為耐髒耐看的緣故。我穿上腰部和兩胯三處部位都固定了鬆緊帶的棉質四角內褲，然後悄悄地自娛自樂。

一晃眼，變得只有手絹大小的陽光也遠去了，內人卻還沒回來。我只做了這麼點事情，稍感疲倦，又想到得趁著內人沒回來趕緊回房，於是就回去了。我的房間一片昏暗，我蒙頭睡起午覺，從來沒有收拾過的被褥，就像我身體的一部分，使我感到無比愉快。沾枕即睡的時候也是有的，但偶爾也會覺得全身刺刺扎扎的，難以入眠。這種時候，我就會隨便找一個題目研究。我在我微有溼氣的被褥裡，發明了各式各樣東西，也寫了不少篇論文，還寫了很多詩。但這一切在我進入夢鄉的同時，全如泡沫般來去無蹤地消失在我房裡流淌的空氣中。睡了一覺醒來的我，就像是裡面塞了滿滿一團碎棉布或蕎麥殼的枕頭一樣，身體裡只有神經而已。

所以我特別痛恨臭蟲，但我的房間即使是冬天也總是有幾隻臭蟲不斷出沒。我如果有什麼發愁的話，就只有發愁這討厭的臭蟲。我被臭蟲咬的部位，總是癢得撓到見血。火辣辣的痛！這無疑有種隱隱的快感，於是我又昏昏沉沉地睡了過去。

然而在被褥裡的思索生活中，我也不可能琢磨出什麼積極的事情。對我來說，也沒那個必要。萬一我真琢磨出什麼稍微積極的事情，我就得和內人商量，那麼我一定會被內人痛罵一頓——我不是怕被罵，而是嫌麻煩。比起以一個社會普通人的身分去工作，或是聽內人長篇大論的嘮叨，我只想像隻最懶的動物一樣，懶懶地過日子。如果可以的話，我只想摘掉這張毫無意義的人類面具。

我對人類社會感到害怕，對生活感到畏怯，對所有的一切都感到陌生。

內人一天洗兩次臉，我一天連一次都不洗。我總是在夜裡三、四點的時候上廁所，月明星稀的夜晚，我就在院子裡呆呆地站上半晌之後才進來，所以我和十八戶人家沒有碰面的機會。可是十八戶的年輕女子長相，我幾乎都記得，她們全都比不上我內人。

內人在上午十一點左右的第一次洗臉較為簡單，但傍晚七點左右的第二次洗臉就大費周章。夜裡，內人會穿上比白天更好、更乾淨的衣服，而白天她會外出，夜裡也會外出。

內人有職業嗎？我對內人的職業是什麼一無所知。如果內人沒有職業的話，她就應該像我這個同樣是沒有職業的人一般，沒必要外出才對——但內人外出啊！而且她不只外出，還有很多客人上門。訪客多的日子，我就必須一整天躺在棉被裡，不能玩火，也不能嗅嗅化妝品香味。碰上這種日子，我就會故意變得很憂鬱，那麼內人就會給我錢——五十錢面值的銀幣，我很喜歡。但是我不知道錢該花在哪裡，所以總是丟在枕頭旁邊，放著放著，不知不覺竟積了不少。有一天內人看見了，就買了一個外型像金庫的存錢筒給我。我就一分錢一分錢地往裡面放，但鑰匙被內人拿走了。我記得那之後我也往存錢筒裡放了幾次銀幣，然後就懶得放了。沒多久內人鬢邊就多出了一支如青春痘般從未見過的珠簪，難道這就是金庫型存錢筒重量變輕的證據？但最後我還是沒去碰那個放在枕頭邊的存錢筒，因為我懶得去注意那麼多。

內人有訪客上門的日子，不管我再怎麼往被窩裡鑽也難以成眠，不如雨天好入睡。這種時候，我就會研究為什麼內人總是有錢，錢還有那麼多？

訪客們似乎沒有察覺到我就在紙門的另一側，他們毫無顧忌地開一些連我都不敢和內人開的玩笑。但是內人的訪客中，有三、四個人看起來比較莊重，一過子夜就必然回去，但也有素質較差的人，這種人一般會買了吃食帶過來，邊吃邊玩，互補之下基本相安無事。

首先我開始著手研究內人的職業究竟是什麼，但限於見識不足，很難研究出個結果來，我恐怕到最後都搞不清楚內人的職業到底是什麼吧！

內人只穿新的布襪，內人也做飯，我雖然從未見過內人做飯，但只要到了吃飯時間，內人就會把早晚飯端進我的房間。我們家除了我和內人之外，再沒有其他的人，這飯無疑就是內人親手做的。

但是內人從來都沒有喊我到她的房間去。

我一向都在裡間一個人吃飯，一個人睡覺。飯太難吃了，配菜也太粗糙，我雖然只能像隻雞或狗一樣，給什麼吃什麼，但心裡也不無抱怨。我的臉色變得愈來愈蒼白，整個人也愈來愈瘦，一天天肉眼可見地愈來愈沒精神。營養失調造成全身瘦骨嶙峋，夜裡輾轉反側，怎麼睡都會硌到骨頭，讓我難以忍受。

因此我才會在我的棉被裡，一邊探索內人花用金錢的來路，一邊簡單研究透過紙門縫隙傳來的味道是什麼食物，所以我總是睡不著覺。

原來如此！我終於明白內人手上的錢哪裡來的，一定是那些對我來說只是一群無聊人士的訪客們留下來的。但訪客們為什麼要留下錢，內人又為什麼必須接受那錢，這種禮儀觀念令我百思不得其解。

那真的只是出於禮儀嗎？還是針對什麼的代價或報酬？難道我內人在他們眼裡，只是一個值得同情的對象嗎？

想這些亂七八糟的事情，只會讓我的腦袋變得混亂。臨睡前所得到的結論，只會讓我感覺不愉快罷了。即使如此，我也從未想過要拿這些事情去詢問內人。因為這不只麻煩，而且我睡了一覺起來之後就像換了個人似的，什麼都忘得一乾二淨。

內人在訪客回去以後，或外出回來之後，會換上輕便的衣服，過來我的房間找我。然後就會掀起棉被，在我耳邊說幾句娓娓動聽的話來安慰我。我擺出既非嘲笑、也非苦笑、更非大笑的笑容，望著內人如花的臉龐。內人笑得甜美，但我也沒錯過她臉上浮現的一抹哀愁。

內人往往能看出我的飢餓，卻不會把外間吃剩的食物拿來給我吃，那無疑出自對我的一番尊重。我喜歡這種身體飢餓、內心充實的感覺。不管內人嘮叨什麼，對我來說都是左耳進右耳出，只有內人留在我枕邊的銀幣，在燈光的照耀下，發出迷濛的光芒。

我看都沒看在那個金庫型的存錢筒裡存了多少這樣的銀幣，我只是無欲無求地把銀幣投進形狀像釦眼的縫隙裡罷了。

為什麼內人的訪客離開前會留下錢給內人呢？似乎是一個無解之謎。為什麼內人離開前會留下錢給我呢？同樣是個無解的難題。就算我不討厭內人留錢給我，但也僅僅是因為我喜歡錢從碰觸到我的手指開始，到消失在存錢筒縫隙中為止，這微不足道的短暫觸感而已。除此之外，再沒有什麼好高興的了。

有一天我把存錢筒扔進廁所去，那時我雖然不清楚存錢筒裡還有多少錢，但裡面確實裝了不少銀幣。

當我想到自己生活在地球上，而地球正以疾風迅雷般的速度在遼闊無邊的空間裡奔跑的時候，就覺得真是荒誕無稽。我站在如此勤奮的地球上感到頭暈目眩，只想早點從地球上下來。

躲在棉被裡想了這些之後，我連把銀幣一枚枚投進存錢筒的事情也感到厭煩。我希望內人能親手使用那個存錢筒，因為不管是存錢筒還是錢，只有內人才需要，對我來說，從一開始就是毫無意義的。如果可以的話，我等著內人把存錢筒拿到她自己的房間去，但內人沒有拿走。我也想過乾脆我自己拿到她房間去算了，但那陣子內人的訪客很多，我完全沒有機會去她的房間。無奈之下，我只能塞到廁所裡。

我懷著淒涼的心情等著內人罵我，但內人始終對此不聞不問。不只如此，她依然在我的枕頭旁邊留下錢之後才離開，於是我的枕頭邊不知不覺又湊出一堆為數不少的銀幣。

不管是訪客留錢給內人，還是內人留錢給我，都是出於一種快感——除此之外應該就沒有別的理由吧？——我又躲在棉被裡開始研究。既然是快感，到底是哪種快感呢？我繼續研究。然而答案不是躲在棉被裡研究就能找出來的，我嘴裡念著快感、快感，意外地對這個問題有了興趣。

內人一直以來對我近乎囚禁，但我沒有任何怨言。在此情況下，我仍想親身感受那快感是否存在。

趁著內人夜裡外出，我也跑了出來。我在街上把不忘帶出來的銀幣換成了紙鈔，竟然有五圓之多。把錢放在口袋裡，我毫無目的地在街上閒逛，久違的街道讓我驚訝萬分，我也變得異常興奮。沒多久我就感到疲倦，但我竭力忍耐，而且我忘乎所以地在各個街道上毫無目標地晃蕩，直到夜深。錢當然一分都沒花，我根本沒想到要花錢，大概我已經完全喪失了花錢的本能吧。

我累得不得了，好不容易才找到路回家。我知道若想回到我的房間，就得先穿過內人的房間，所以我一邊擔心內人有沒有訪客，一邊站在橫拉門前面，有點尷尬地乾咳一聲，然後心懷嫉妒地推開橫拉門，就見內人和她背後的陌生男人都不約而同地轉頭望了過來。我被突如其來的燈光晃花了眼，動作變得有些遲緩。

我不是沒看到內人的眼神，但我只能佯裝不知。為什麼？因為我迫不得已必須穿過內人的房間才行……

我蒙頭躺在棉被裡，腿腳痛得受不了。我躲在棉被裡，胸膛劇烈起伏，簡直就快昏過去了。走路的時候還沒感覺，現在有點喘不過氣來，背上冷汗直流，我真後悔出了這趟門。我只想忘掉這種疲憊，快點入眠，好好睡上一覺。

歪歪斜斜地躺了片刻之後，劇烈跳動的心臟才緩緩平靜下來，這就已經讓我舒服多了。我翻了個身，朝著天花板平躺，雙腿伸得直直的。

但我再度免不了心跳加速，內人和那男人在外間用著我聽不清楚、竊竊私語的聲音，透過紙門傳了過來。我睜大眼睛，屏住呼吸，好讓我的聽覺變得更靈敏。然而此時，內人和男人已經起身離席，只聽到穿衣戴帽的聲響，緊接著是橫拉門被拉開的聲音、鞋跟落地聲、踏入院子的噠噠腳步聲、內人緊跟在後的膠鞋聲嚓嚓兩、三響。就在躡手躡腳的一連串動靜裡，兩人的腳步聲消失在大門方向。

內人的這種態度是我從未見過的，她從來不和任何人低聲私語，即使是我在裡間蒙著棉被躺著的時候，或許我會錯過喝醉酒口齒不清的訪客的談話，但從未錯過內人不高不低的聲音所說的任何一句話。就算有些話不堪入耳，但傳入我耳中的聲音也很泰然自若，因此我一向都感到很安心。

內人如今的態度，讓我懷疑這裡頭一定有些不可告人之事，我雖然感到若有所失，但更要緊的是，我今天實在太累了，所以我決定今晚不在棉被裡研究任何事情，專心等待入睡。但我依然難以入眠，從大門出去的內人也一直沒有回來。就在等待睡意上來的時候，我終於慢慢沉入夢鄉，夢裡我依然迷失在斑駁複雜的街景中。

我被劇烈搖晃吵醒，原來是送走訪客回來的內人抓著我猛搖。我驟然睜開眼睛望著內人，她的臉上一絲笑意都沒有。我揉了揉眼睛，再仔細看了內人一眼。怒氣浮現在她眼角，薄脣也氣得直哆嗦，這怒氣似乎不是能輕易化解的。我直接閉上眼睛，等著雷霆落下。但只聽到氣吁吁的喘聲，伴隨著內人裙襬的沙沙聲，紙門被推開又闔上，內人回到她自己的房間去了。我又翻了個身，把棉被蒙在頭上，像隻青蛙一樣趴在被窩裡，飢腸轆轆中，我再次後悔今晚的外出。

我在棉被裡向內人謝罪，妳誤會了……

我真的以為已經是深更半夜的時間，卻做夢都沒想到——正如妳所說的——才不過是子夜前而已。我太累了，我就錯在太久沒走那麼多的路。要說我有錯，那就只有這點錯。至於我為何要外出？

我只是想把枕頭邊不經意中存下來的五圓錢隨便給哪個人都好。如此而已！但如果非要咬定是我的錯的話，我也只能認了。我不是在後悔嗎？

如果我能用掉五圓錢，我就不可能在子夜前回來。但街上太擁擠、人潮熙熙攘攘的，我根本摸不著頭緒該揪著哪個人把那五圓錢遞過去。就在躊躇不前的時間裡，我感到疲憊不堪。

這時，我只想休息，躺下來休息，無奈之下我只好回家。照我的猜想，此刻夜已經很深了，可惜不過是子夜前而已，太糟糕了。真的很抱歉！要我怎麼謝罪都行，但若最後都無法化解內人的誤會，我這麼慎重地謝罪又有什麼意義？真令人心寒。

我不得不如此焦躁地過了一個小時，最後乾脆一把掀開棉被站起來，打開紙門，踉踉蹌蹌地跑進內人的房間。此時我根本是迷迷糊糊的狀態，只勉強記得撲倒在內人棉被上的時候，從褲子口袋裡掏出五圓的錢，塞進內人的手裡。

翌日醒來，我發現自己在內人房間的被窩裡，這是搬來三十三番地之後，我第一次睡在內人房間。

太陽已經高高地掛在吊窗上，內人早就外出不在我身邊。不對！說不定內人昨晚趁著我沉睡不醒的時候就已經出門了，但我不想查明這點。我全身痠痛，連動動一根手指頭的力氣都沒有。比包袱布面積稍微小點的陽光，刺痛了我的眼睛。細小如微生物般的塵埃，在光線中亂舞。好像鼻塞了，我又閉起眼睛，鑽進被窩裡打算蒙頭大睡。但內人的體味飄過鼻端，蠱惑著我。我翻來覆去扭來扭去，不斷回想陳列在內人梳妝臺上各式各樣的化妝品瓶子，和拔開瓶塞時散發出來的味道。這讓我更加難以入睡，我也莫可奈何。

最後終於受不了了，我一把掀開被子站了起來，回到自己的房間。我的房裡整齊地擺放著早已冷卻多時的飯食，這是內人在外出前當成飼料給我的東西。不管怎樣先餵飽飢腸再說，當我把一匙飯放進嘴裡時，那觸感恍如生魚片，太冰涼了。放下湯匙，我又鑽進了被窩。我這獨守空閨一整晚的被褥，一如既往地歡迎我。我蒙上我的棉被，這次真的好好地睡了一覺，痛痛快快地——。

華燈初上時我才終於醒來，內人好像還沒有回來。不！說不定是回來以後又出去了。但這種事情有必要探究嗎？

這下終於有點精神了，我回想著昨晚的事情，當我把五圓錢塞進內人手裡的時候所感受到的快感，真的很難用言語形容。然而，我似乎洞悉了訪客留錢給我內人，和我內人留錢給我的心理祕密，所以我感到無比快活。我在心裡微微一笑，對此一直懵懂無知的我，顯得多麼愚蠢可笑，我高興得手舞足蹈起來。

因此，我今晚又想出門了。但我沒錢，我真後悔昨晚不該把那五圓錢全都給了內人，同時也後悔不該把存錢筒丟到廁所去。在我無比後悔的同時，我又習慣性地把手伸進昨晚放了那五圓錢的口袋裡攪了攪。意外的是，我的手裡竟然撈到了什麼東西。只有區區兩圓而已，但不是錢多就有意思，多多少少有一點就行。對此，我感激不盡。

我精神抖擻地穿上唯一的一套破爛燈心絨西服，忘了腹中的飢餓，也忘了狼狽不堪的處境，大踏步走上街道。上了街之後，我又變得焦躁不安，盼望時間如飛梭，子夜轉眼就過去。不管我有多麼喜歡給內人塞錢，睡在內人房間，萬一不小心在子夜前回家，遭到她怒目以視的話，簡直太可怕了。我一再端詳街邊的時鐘直到夜深，又毫無目標地在街上徬徨。不過今天我不怎麼覺得累，只是惋惜時間過得太慢。

在看過京城火車站[1]的時鐘，確定已經過了子夜之後，我才朝家走去。這一天，就在那角落大門邊上，我撞見了內人和內人的男人正站著說話。我裝作不認識，從他倆身邊經過，走進我的房間。沒多久內人也跟著進來。然後深更半夜的就開始打掃房間，這可是她生平從未做過的事情。過了一會兒，我聽到內人躺下來的動靜，隨即打開紙門，走到內人房裡，將那兩圓的錢一把塞進內人手裡，然後——反正內人看了我好幾眼，彷彿奇怪今晚我沒花掉那兩圓錢，又帶了回來——內人終於一語不發又讓我睡在她的房間。對我來說，這份喜悅是世上的一切都無可取代的，我安心地睡了個好覺。

第二天當我從睡夢中醒過來的時候，也同樣沒看到內人。我又回去自己房間，拖著疲憊的身軀睡懶覺。

我被內人搖醒的時候，同樣是在華燈初上之後。內人要我去她的房間，這也是史無前例的事情。內人的臉上一直掛著笑容，扯著我的手臂走。我懷疑內人這般的態度背後，會不會隱藏著意想不到的陰謀，心裡惴惴不安。

1　現在的首爾火車站。

我任由內人將我拽到她的房裡，內人在房間裡準備一小桌簡單的飯菜，我這才想起自己已經餓了兩天。我現在恍恍惚惚連飢餓都忘了，只是猶豫不知該如何是好。

我想，如果吃完這頓最後的晚餐，雷霆就會落到我身上來，那乾脆就不要後悔，反正我已經難以忍受無聊的人類世界。雖然一切又煩又討厭，但我還是很喜歡來點無妄之災。我釋然心安地和內人面對面安靜地吃了這頓怪異的晚飯，我們夫妻從來不說話，吃完飯我就一聲不吭地安靜起身，回到我的房間，內人也沒有阻攔我。我靠牆而坐點燃一根香菸，等著萬鈞雷霆快點落下。

五分鐘！十分鐘！

都不見雷霆落下，緊繃的神經開始慢慢放鬆。不自覺的，我想著今晚也要到外面晃蕩，最好口袋裡能有點錢。

然而我確實沒有錢，今晚就算外出，又能迎來什麼樂趣？我的眼前一片迷惘，一氣之下，乾脆蒙頭在被窩裡滾來滾去，剛剛吃下去的飯老是反胃，讓我好想吐。

不管多少都行，紙鈔為什麼不能像暴雨般嘩啦啦地從天上落下來呢？這是多麼不近人情、又令人傷感的事情。除此之外，我不知道還能有什麼方法弄到錢。我可能在被窩裡哭了一陣子吧，嘟囔著我為什麼沒有錢……

於是內人又來到我的房間，我嚇了一跳，想著雷霆終於來臨，頓時屏住氣像隻蛤蟆般趴在被窩裡。然而內人嘴裡流瀉而出的嗓音多麼溫柔呀！充滿了感情。內人說她知道我為什麼哭，是不是因為沒錢的關係？哎呀，她怎麼這麼洞悉人心，我心裡不無驚訝，也不由得害怕起來。但她既然會這麼說，想來應該會給我錢吧，果真能如此，那該有多好啊！我捲在被窩裡，頭也不抬，就等著內人的下一個舉動。一聲「給你」，有什麼東西輕飄飄地落在我的枕頭旁邊，一定是紙鈔無疑。接著內人就貼著我耳朵悄聲說，今天可以比昨天再晚點回來也沒關係。這有什麼難的，有了這錢，我無比感激又高興。

不管怎樣，我出門了。我有點夜盲，決定盡量只逛明亮的街道。於是我晃進了京城火車站一、二等候車室旁邊的茶室，這對我來說是一大發現。首先，這裡我認識的人都不會來，就算來了，他們也會馬上走，所以我早就想好每天到這裡來打發時間。

最重要的是，這裡的時鐘比其他地方的時鐘都來得準確。我可不能隨便看個不準確的時鐘便信以為真，在預定時間之前就回家去，那就糟糕了。

我坐在一個卡座裡，面對著空氣喝一杯香醇咖啡。行色匆忙的旅客們，看來還是喜歡停下腳步喝杯咖啡吧。他們三兩口喝完咖啡，對著牆壁佯裝深思，沒多久就走了出去，真是淒涼啊！但淒涼的氣氛對我來說，卻比街上那些茶室裡煩人的氣氛要真切得多，我很喜歡。時而傳來的或尖銳、或高亢的汽車鳴笛聲，比莫札特更令我感到親切。我由上往下又由下往上讀了好幾遍菜單裡不多的幾樣菜餚名稱，這些菜名隱約和我兒時玩伴的名字有異曲同工之處。

我在這裡不知道坐了多久，精神恍惚中客人悄然變少，店員開始收拾各個角落，看來已經到了打烊時間。剛過了十一點，原來這裡也非我的安居之地！我要到哪裡去耗到子夜呢？我憂心忡忡地走了出去。下雨了！粗大的雨絲打算折磨既沒雨衣也沒雨傘的我。然而我也不能就這麼一身怪模怪樣地躑躅在大廳中。算了，淋雨就淋雨吧，我直直走了出去。

雨夜涼颼颼得讓人難受，燈心絨西服被打溼，傳來透骨涼意。我原本打算就這麼淋著雨，在街上東逛西逛盡量打發時間，但現在已經冷到讓我難以忍受的地步。我全身發冷，牙齒直打顫。

我加快步伐，思考著像今天這種陰雨天，內人也會有訪客嗎？應該沒有吧！該回家了，就算不幸內人有訪客，我也可以說明原委。只要講清楚了，看在下著大雨的分上，內人也應該能體諒吧。

匆匆忙忙趕回家一看，內人真的有訪客。我全身又冷又溼，稀里糊塗地竟然忘了敲門，沒想到就目睹了內人會有點不高興的場面。我留下大如纏了裹腳布一般的腳印，冒冒失失地穿過內人房間回到我的房間，三、兩下脫掉身上溼漉漉的衣服，就鑽進被子裡。我牙齒打顫抖個不停，渾身發冷得愈來愈厲害，一陣天旋地轉，人也就此昏了過去。

第二天當我睜開雙眼時，內人一臉擔憂地坐在我枕邊。我傷風感冒了，全身不時感到陣陣冷意，而且頭痛難忍，口角流涎，四肢痠軟。

內人用手摸摸我的額頭，說了聲得吃藥才行。內人放在我額頭上的手冰涼涼的，看來我發高燒了。若要吃藥的話，也該吃退燒藥才對，我心裡這麼想著，內人就遞來了一杯溫水和四粒白色藥丸，說吃了這藥，好好睡一覺就會好多了。我連忙接過藥丸放進嘴裡，微苦的味道，大概是阿司匹靈吧。我蓋上了棉被，一下子就睡死過去。

我流著鼻水，病了好多天，生病期間也一直繼續服用藥丸。感冒好了，但嘴裡依然充滿一股黃連似的苦味。

我又開始蠢蠢欲動，但內人囑咐我不可以出去，要我每天都服用藥丸，躺著別動。還問我沒事到外頭去，得了感冒回來，是不是故意要折磨她？說的也是！我只好發誓說我不會再出去，心想那藥丸再多服用幾天，先把身體養好再說。

我每天不分晝夜地蒙頭大睡，奇怪的是，不管白天黑夜，我都睏得要命。而我始終相信，總是這麼犯睏，證明我的身體在日漸康復中。

大概有一個月吧，我都是這麼過的。鬚髮叢生悶熱得難受，我想照照鏡子，就趁著內人外出的空檔，跑到她的房間，坐在梳妝臺前。真是不得了，鬍子和頭髮都瘋長得亂七八糟。我想著今天該去理髮，順手又拔起化妝品瓶塞，聞聞這瓶，聞聞那瓶。一度遺忘的香氣中，傳來一股挑逗人心的體味，我在心裡悄悄呼喚內人的名字，蓮心……

我也玩起久違的放大鏡遊戲、鏡子遊戲。從窗口射進來的陽光異常溫暖，仔細想想，這不已經五月了嗎？

我伸了個大大的懶腰，枕著內人的枕頭躺了下來，我只想向老天炫耀如此悠閒自在的生活。我從未和世間萬物有任何牽扯，想來老天也大概不會對我有任何賞罰。

然而下一個瞬間，天啊，有件著實怪異的物品映入我眼中，那就是安眠藥阿達林的盒子。我是在內人梳妝臺下面發現的，感覺外型有點類似阿司匹靈。我打開藥盒一看，正好少了四粒。

我想起今天早上吃了四粒阿司匹靈，然後就睡著了。昨天、前天、大前天也都一樣——我睏得只想睡覺。即使感冒痊癒了，內人還是拿阿司匹靈給我服用。曾經有一天，就在我睡覺的時候，鄰居家起火了，那時我還是睡得昏天暗地，不省人事。我就這麼日以繼夜地睡覺，一個月以來持續服用著我以為是阿司匹靈、實際上是阿達林的藥丸。這有點太過分了！

突然一陣天旋地轉，我差點昏厥過去。我把阿達林放在口袋裡，走出了家門，找了座山爬上去，不想再看到任何人間事物。行走間，我努力忘卻任何與內人有關的事情，怕自己會不小心昏倒在路上。我打算隨便找一處向陽地方坐下來，徐徐研究內人這個人。我專注地想著路旁的臭水溝、早謝的迎春花、雲雀、石頭孵化的故事，幸好我沒有昏倒在路邊。

山上有張白鐵椅，我默默坐在那裡，好好研究了一下阿司匹靈和阿達林。但是我的頭腦一片混亂，無法進行有系統的思考。還不到五分鐘我就感到厭煩，耍起了脾氣。我從口袋裡拿出帶來的阿達林，把剩下的六粒藥丸一口氣塞進嘴裡，嚼一嚼吞了下去，味道真不是蓋的，然後我就橫躺在白鐵椅上。是什麼樣的想法促使我做出這種行為呢？我也不知道！單純只是想這麼做而已。我就這麼睡著了，朦朧恍惚間彷彿不斷聽到從大石縫隙中流淌而過的潺潺水聲。

當我醒來時天光已經大亮，我在這裡睡了一天一夜，眼前是一片發黃的景色，置身其中，我依然飛快地想起了阿司匹靈和阿達林。

阿司匹靈、阿達林、阿司匹靈、阿達林、馬克思、馬爾薩斯、馬特洛斯、阿司匹靈、阿達林[2]。

內人整整一個月都拿著阿達林騙我說是阿司匹靈，餵我吃了下去。從在內人房裡發現阿達林盒子這點來看，可說證據確鑿。

內人究竟懷著什麼樣的目的，必須讓我晝夜不分地昏睡呢？

她讓我日也睡、夜也睡，趁著我睡覺的時候，又做了什麼事情？

難道她想一點一點慢慢弄死我嗎？

但再仔細想想，說不定我一個月裡所服用的都是阿司匹靈。搞不好是內人有什麼煩心事，晚上失眠，實際是內人在服用阿達林吧。那我就真的很對不起她了，不該如此懷疑她。

因此我急匆匆地下了山，拖著昏眩的身體，大踏步往家裡走。快八點了！

我打算把我的誤解都告訴內人，再向她道歉。但我太心急了，連內人對我說過的話都忘了。

結果這下大事不妙，我親眼看見了自己絕對不該看到的畫面。驚慌之餘，我趕緊關上橫拉

2　阿司匹靈和阿達林雖然是不同藥品，但頭尾發音相同，以此規律聯想出後面頭尾發音相同的三個人名，如此而已，不具其他特別意義。

門。一陣暈眩襲來，我只好低著頭閉上眼睛，扶著房柱站好，讓自己鎮靜下來。相隔不到一秒鐘，橫拉門又被拉開，衣衫不整的內人突然出來，扯著我的衣領不放。又是一陣天旋地轉，我仰面倒了下去。然而內人撲到倒地不起的我身上，胡亂撕咬我的身體。痛死了！我其實沒打算反抗，也沒力氣反抗，只是平伏在地上，想看看事情會如何發展。隨後，好像是男人走了出來，雙手環住內人一把將她摟在懷裡，扯進了房間裡。內人不發一語順從地被摟著進去的模樣，看了就礙眼，討厭！

內人發狠地尖叫：「你徹夜不歸當小偷去了？還是嫖妓去了？」這真的很冤枉！我目瞪口呆，根本說不出話來。

我才想大聲反問：「是妳想殺了我吧？」但這種沒有證據的話要是貿然說出口，會引發什麼後果，我不敢想像。還不如被冤枉了也默不作聲，才是上上之策。我不知道自己是抱著什麼想法才這麼做，不過還是拍拍身上的灰塵站了起來，從褲子口袋裡默默地掏出剩下的幾圓幾十錢，悄聲打開橫拉門，輕輕放在了門檻底下，才小跑著出來。

好幾次我都差點被汽車撞到，就這麼一路摸往京城火車站去，我想找個沒人的空卡座坐下來，喝點什麼來沖淡嘴裡苦澀的滋味。

咖啡——這個好！但當我踏上京城火車站大廳的時候，才發現自己身無分文，還差點忘了呢！眼前陣陣發黑，不管我身在何處，只會猶豫和不知所措。我就像個失魂落魄的人，漫無目的地走來走去。

我完全不知道自己進進出出了哪些地方，只是在幾個小時後，發覺自己身在三越百貨公司頂樓時，已經是大白天了。

我隨便找了個地方坐下，回顧我二十六年的成長歲月，模糊記憶裡無法加上任何標題。

我又反問自己，在人生裡有什麼野心？但我連有沒有都懶得回答，我甚至無法認識自身的存在。

彎下腰，我凝望著金魚，這麼多的金魚全都漂亮極了，小隻大隻各有各的鮮活，真好看。五月燦爛的陽光下，金魚也在盆底映下身影，魚鰭彷彿在輕輕揮著手絹。我數著魚鰭的數目，彎下的腰都不想直起來，脊背熱呼呼的。

我又俯看那汙濁的街道，街上充斥著為生活奔波的疲憊身影，就彷彿金魚魚鰭般搖曳掙扎，無法從看不見的黏絲纏繞下逃脫出來。我拖著疲倦飢餓快撐不下去的身軀，想著自己無法不混入那汙濁的街道裡。

出了百貨公司之後，我驀然想到，現在自己該何去何從……

這時，我的眼前閃過內人的臉龐，阿司匹靈和阿達林。

我們彼此誤會了吧，內人哪有可能一直以阿達林取代阿司匹靈的分量餵給我吃？實在令人難以置信。內人不會無緣無故那麼做，難道我真的徹夜不眠當小偷，還是嫖妓去了？我確實沒那麼做。

我們就是命中注定的一對跛腳夫妻，不管是我或內人，都沒必要讓自己的行為合乎邏輯，也毋需辯解。不管是事實還是誤會，我們只要永遠跛著腳前進就行了，不是嗎？

但我難以分辨現在的腳步是否該朝向內人而去。該回家嗎？不然去哪裡？

這時「嘟嘟」警笛聲響起，人們四肢大張，就像雞一樣撲稜著。各種玻璃、鋼鐵、大理石、紙幣和墨水彷彿沸騰起來。喧鬧聲四起，這一瞬間，就是極端絢爛的正午時分。

我忽然感到腋下發癢，啊哈，原來是我人工翅膀冒出過的痕跡。今天翅膀沒有冒出來，希望與雄心被抹殺的篇章在腦中一頁頁閃過。

我停下腳步，想這樣大聲呼喊。

翅膀啊，再冒出來吧！

飛啊，飛啊，飛啊！再飛一次就好！

讓我再飛一次就好！

《朝光》第十一期（一九三六．九）

韓國現代文學的天才

李箱，本名金海卿，一九一〇年生於首爾，一九二九年畢業於慶成高等工業學校建築科，擅長繪畫和建築設計的他，深受現代主義思潮影響。畢業後開始在總督內務局擔任建築師，一九三三年因咳血辭去技師工作，來到了黃海道白川溫泉療養。之後回到京城在鐘路經營著一家名為「燕子」的茶室。這段期間，李箱結識了李泰俊、朴泰元、金起林、尹泰榮、趙容萬等文壇好友。一九三四年，他加入了「九人會」[3]，一九三六年他結婚後去了日本東京，但次年一九三七年就因涉嫌反動思想罪被捕下獄，最後因結核病於同年四月病逝於東京大學醫院。

李箱的文學創作歷程始於一九三〇年在《朝鮮》月刊上連載了他的第一部長篇小說〈十二月十二日〉，從此以後他正式踏入文壇。雖然文學創作生涯不足八年，卻留下了被評價為現代主義經典的詩和小說，因而被譽為「鬼才」。他所發表的小說有〈翅膀〉、〈蜘蛛會豕〉、〈童骸〉、〈地圖的暗室〉、〈逢別記〉、〈失花〉、〈終生記〉。詩有日文詩〈異常的可逆反應〉、〈碎片風景〉、〈空腹〉、〈三次角設計圖〉、〈花木〉、〈明鏡〉、〈素榮為題〉，以及韓文詩〈鳥瞰圖〉等等，另外還有散文〈倦怠〉、〈山村餘情〉等。尤其是受達達主義影響

3　一九三三年八月在日本殖民時代的朝鮮所成立的文人團體，與海外文學派一同對抗風靡於一九三〇年代的無產階級文學，對純文學的發展有很大的貢獻。

而創作的〈鳥瞰圖〉於一九三四年在《朝鮮日報》連載時，因其晦澀難懂而引發讀者抗議被迫中斷。

李箱可說是一九三〇年代前後風靡全世界的自我意識文學時代中，韓國代表性的自我意識文學先驅，也是一位超現實主義的詩人。他的文學世界集中關注在自我和內心上面，以超現實主義的手法探索自我意識的世界，經常出現感覺錯亂、探索客觀的偶然性等非常因素，特別是短篇小說〈翅膀〉被譽為韓國文學史上第一篇意識流小說。為了紀念他的成就，韓國於一九七七年設立了李箱文學獎。

地下村

姜敬愛

西山上驕陽正熾。

七星今天肩膀上也歪歪斜斜地背著乞食袋蹣跚走過村子前面，破了底的草帽不斷往下墜，額頭火辣辣的，汗水流個不停，陣陣煙塵燻得鼻子受不了。

「那孩子又來了！」

「對啊！」

在村子裡玩耍的小孩尖叫著跑了過來，加快了腳步的七星，嘴裡嘀咕著怎麼又碰上那群臭小孩，但那群孩子早就已經一把扯住他的衣襬不放。

「你哭啊，快哭！」

一個傢伙擋在七星前面，咧著嘴笑，好幾個孩子把七星包圍起來。

「喂喂，你幾歲？」

「你討了什麼回來？讓我們看看！」

一個傢伙猛扯乞食袋，其他孩子都拍手叫好。七星直直地站在那裡，瞪著其中最高大的孩子不作聲。因為他知道，不管他繼續向前走，或破口大罵，只會讓這群頑童變得更興奮，黏著他不放。

「駝子、駝子，還挺鎮定的嘛！」

一個腦袋尖尖的傢伙拿著木籤在一坨像是剛拉的牛糞裡戳了戳，這麼說了一句。好幾個孩子嘎嘎笑著，各自戳了牛糞撲過來。七星至此再也無法忍受，趕緊拔腿就跑。

他舉起雙臂，全身簌簌發抖，不自然地扭著頭，一步一步邁開雙腿。頑童們模仿他的模樣跟了上來，前前後後包圍住他，蹦蹦跳跳地把牛糞抹在七星臉上。七星瞪大眼睛喊：

「你、你們這群壞蛋！」

他氣到嘴脣哆嗦，卻只喊出這麼一句話。頑童們一面學著他說：「你、你們這群壞蛋！」一面捧腹大笑。

當牛糞抹上了他的嘴脣時，他呸個不停，眼裡冒著怒火。

「好可怕喔，駝子、駝子。」

頑童們似乎真的怕了，一個個開始溜之大吉。七星抬起手臂抹了抹嘴脣，愣愣地看著嬉笑打鬧跑回去的那群孩子。他感到莫名的孤寂和憤怒，彷彿自己被世界遺棄了似的。

頑皮的孩子跑掉之後，馬路上冷冷清清的，順著馬路走下去，沿著粟米田稍微拐個彎，前方豁然開朗，在高粱田陰影的覆蓋下，感覺十分涼爽……七星走著，試著撣掉沾在衣服上的牛糞，但不僅撣不掉，還把衣服染得發青。他無可奈何地呆看半晌，到山腳下才無力地癱坐下來。

微風咻咻捲著長草，草蟲聲不時響起，那裡有眼泉水吧。他嘩嘩地爬梳了一下翹得亂七八糟的頭髮，漫不經心地看著前方。陽光長長地照進樹林裡，嘰嘰喳喳的鳥鳴聲聽起來十分淒涼。七星突然感到悲傷，不明白自己為什麼會變成殘疾人，還得受到那群頑童的戲弄，手指頭無意識地拔著身旁小草，手腕火辣辣地痛。

大妞活得好好的！她眼睛瞎了都能過日子，我可比她好得多。七星看著有軟綿綿絨毛的野草籽，心裡這麼想。大妞慢慢浮現在他腦中，乖乖閉著的眼睛，真美！他忍不住起了雞皮疙瘩。轉頭看看身旁的乞食袋，想著要把今天討來的東西裡最好、最美味的送去給大妞。怎麼送呢？趁夜裡從籬笆上遞過去？那得大妞出來站在籬笆旁才行。要不然叫哪個人幫忙讓她出來，可是要叫誰呢？不行，不然叫七雲送過去。不，不，這不行。被大妞她阿母知道的話，我們家阿母也會知道。這方法行不通。還是趁著白天大家去除草的時候，偷偷從籬笆上遞過去吧。七星心潮起伏，站起來不再多想。

晒得人彷彿要脫掉一層皮的熾熱驕陽，轉眼間也落了山。不知從哪裡吹來的風徐徐搖曳著草葉，也吹拂過他的身體。七星摩挲著乞食袋良久之後，就背在肩上，拖著無力的雙腿邁開步子。

天空如茫茫大海般一望無際，遠處的彩霞也慢悠悠地染紅天際。七星把草帽戴在後腦勺上，離開了山腳。隨著他的腳步，牛糞也散發出濃濃的臭味。

轉過山彎，來到村口的時候，就看到他的弟弟七雲背著小妹妹一顛一顛地跑了過來。

「哥，你回來啦！嘻，我看了老半天你都不回來。」

七雲的大眼睛裡滿是笑意，走到哥哥身邊一把抓起黑色乞食袋，想趕緊打開來看看討了什麼東西回來。

「今天也討到了餅乾嗎？」

「沒，沒有。」

七星趕緊移開乞食袋，猶豫地避了開來。七雲不依不饒地又跟了過去。

「哥，給我一個就好，嗯！」

七雲吞了口口水，伸出髒兮兮的手。這下連小妹也張開雙手，直勾勾地盯著七星。

「你、你這小子！」

七星突然轉了個身，七雲跌跌撞撞地又追了過去。

「好不好嘛，哥！一個，一個就好！」

「沒、沒有！」

哥哥一瞪眼，七雲眼裡馬上蒙上一層霧氣，望著哥哥。

「阿母回來我要告訴她，哼，說你一點也不給我。剛才阿母去田裡幹活的時候，要我看著妹妹，還說你會討了糖給我吃，哼！我要跟阿母說，你不給我。哼！」

七雲嘟著嘴，舉起拳頭抹眼淚。年幼的妹妹什麼都不懂，只會跟著哇哇大哭。

夜幕低垂，四周慢慢昏暗起來，七雲還在嗚嗚地哭著，望著阿母上去的那座山，就跑了過去。

「阿母，阿母！」

七雲嘶聲大喊，連帶妹妹也跟著聲音清脆地喊：

「母，母！」

前山傳來「嗯嗯」的回應，聽起來好像阿母在問「怎麼了！」。七星轉身就走，只要看不到弟弟七雲和妹妹英愛就行。

村裡被黑暗籠罩住，什麼都看不清楚，只看得到佇立在村前的老槐樹，彷彿要摘星似的，高高地伸長枝椏。七星邊走邊想無論如何都要和大妞見一面，把討來的餅乾放進大妞手中。

「七星回來啦？」

阿母的聲音傳來，他回頭看了過去。雖然看不清頭頂柴捆慢慢走上來的母親臉孔，但不知為何七星的頭垂了下去，又突然抬了起來。

「今天怎麼這麼晚才回來？」

剛才從田裡往山上走的時候，她望眼欲穿地看著往縣城的路，想著不知兒子回來了沒，但一直沒看到兒子的身影。她擔心會不會是在哪裡摔了一跤，還是又被那群壞小孩丟石頭，還想著要不要到縣城看看。七星聽到母親這麼問，忽然想起被那群孩子抹了牛糞的事情，鼻子開始發酸。

阿母走到他身邊，身上傳來一股濃濃的落葉味道，頭頂著那麼大的一堆東西，還把英愛背在背上。

「阿母，糖，哥不給我，哼！」

七雲扯著阿母的衣襬不放，阿母往前傾差點跌倒，趕緊站直了身體，摸摸七雲的頭。

「死、死小孩！我、我打死你。」

七星伸腳想踢七雲，阿母腳步蹣跚地阻攔。

「算了算了，這孩子背著妹妹一整天也累了，腰上都冒出粟米粒大的疹子，不知道有多痛啊！」

阿母說完話長長地嘆了一口氣，七星聞到自己身上刺鼻的牛糞味，突然發起火來。

「哪、哪個人是坐著沒事幹的？」

「哎，我不是那個意思啊，七星！」

阿母聲音哽咽，沒法再說下去。他們默默無言地往家裡走去。

回家以後，一家人在柴捆上隨便坐了下來，阿母東拉西扯地沒話找話說，只想盡量安慰七星。

「今年不知道怎麼回事長了那麼多溼疹，手火辣辣地痛。」

阿母忍著想看看那手的念頭，摸了摸英愛，就掏出奶子餵奶。七雲咚咚地踢著柴捆，嘴裡哼哼唧唧的。七星討厭弟弟妹妹，再也坐不下去就站了起來。他在黑暗裡凝目四望，想著大妞會不會也站在黑暗的哪個角落裡。

回到房間之後，七星跪坐下來，用屁股緊緊壓住磕在階石上刺痛的腳趾頭，一邊豎起耳朵傾聽，一邊掛上了門閂，怕七雲會跑進來。他靜靜地把乞食袋裡的東西全倒了出來，四散的火柴和流淌的米粒發出嘩嘩的聲響。他嚇得寒毛直豎，打了個激靈，趕緊伸手一個個蓋住。突然想起口袋裡有錢，連錢一起掏了出來愣愣地看著。雖然房裡黑暗，看不見所有東西，但他心裡有數。

火柴盒單獨放在一邊，米和碎餅乾另外挑出來放在一邊，他忽然想起大妞。該給她什麼呢？他拿起了餅乾，給她這個吧，這麼想著的同時，也忍不住撿起一小片放進自己嘴裡。一聲聲的脆響在齒間迴盪，甜甜的津液在口中打轉。他回味無窮地咂了咂嘴，又怕被七雲偷聽到，動作小心翼翼的。

他攤開手中握到整個手掌都是汗的錢，一分、二分開始數。數著數著，七星乍然想到，如果拿這些錢給大妞剪塊布料的話，大妞不知道會有多高興。他心潮澎湃，她，為什麼不來我們家呢？來的話，我就給她錢，也給她這些餅乾。大妞要什麼，我全給她。嗯，沒錯！這麼一想，七星的心莫名感到一陣惶恐，趕緊把火柴盒和碎餅乾包在一起，塞到另一邊的蘆葦下面放好，錢也藏進口袋裡，只把米放到外間去。之後就緊挨著後門邊坐好，注視著大妞家的籬笆。

籬笆上爬滿倭瓜蔓藤，蜜蜂嗡嗡地在上面飛來飛去。要怎樣才能見到大妞呢？七星不經意地捏住腳趾頭，陣陣疼痛傳來。涼風掠過他的臉頰，他心裡難過，有種莫名的情緒比現在腳趾頭的疼痛還要難受。

「孩子，吃飯啦！」

七星嚇了一跳，轉過頭來，看出是阿母站在邊門外，心底某個角落驀然有種茫然的空虛。

「為什麼把門閂上了？」

阿母使勁拉著門，大概是想來要餅乾或要錢才這麼用力拉著門猛晃，七星感到一陣厭煩。

「我、我、我不吃！」

他大喊一聲，全身發顫。

「你在市集上吃了東西才回來嗎？」

阿母的聲音變得很柔細，每當七星發火的時候，阿母就開始示弱。過了半晌才說：

「多少吃一點吧！」

「不、不要！」

七星還是用吼的。於是阿母嘴裡嘀嘀咕咕的，慢慢也就沒了聲響。七星愣愣地坐在那裡，總有股饞勁想吃掉藏在蘆蓆下的餅乾。他默默掀開蘆蓆，灰塵味揚起，臭蟲味中人欲嘔。他把蘆蓆蓋了回去，想著明天一早還要給大妞，可不能現在就讓自己吃掉了，又轉身坐好，但手卻總不經意地撫摸著蘆蓆。這是要給大妞的，他飛快抽回手，緊緊地抓著門檻。

正好一陣涼風，吹乾了額頭上的汗。他趕緊脫掉單褂丟到一旁，迎風坐著。他感到全身發癢，便貼著牆壁蹭個不停，一股無名的快感升起。在自己都沒注意到的情況下，七星狠狠地蹭著牆，氣息變得紊亂，背後的皮被蹭破了，好痛！七星扶著牆站起來，走出房間。

動動身體，全身沒有一處地方不痛。指尖不知是否扎到刺，有點刺痛。小臂火辣辣的，剛才弄傷的腳趾頭突然變得更疼痛，七星硬是忍著痛向前走。

籬笆底下一排整齊的韭菜薹，尖端的小白花閃閃爍爍彷彿天上星光。時而傳來的濃郁韭菜味，有種大妞來到身邊的錯覺。七星走近籬笆旁。

大妞家裡大概點起了驅蚊草吧，艾草的清香味撲面而來。驅蚊草的火頭明明滅滅，唧唧咕咕的聲音傳來，七星豎起了耳朵。籬笆發出幾聲脆響，倭瓜葉上的絨毛拂得他臉頰發癢。他腦中乍然浮現大妞會不會就躲在籬笆另一側偷看自己的想法，頓時滿臉通紅。

什麼時候了？七星靜靜地看了四周一眼，衣服被露珠打溼，韭菜花彷彿浸在水中的白石般閃閃發亮。現在連驅蚊草的火頭也看不到了，周圍伸手不見五指。不知從哪裡傳來草蟲嘶嘶的鳴聲，七星轉身走進房裡，胸口發悶。

第二天早上睜開眼睛，陽光早就灑滿了後院。七星起床之後，先瞧瞧阿母和七雲還在不在家，確定家中空無一人，他才走到後門門檻坐下，愣愣地望著大妞家籬笆。大妞的父母也去鋤草了吧，那大妞現在應該是一個人在家才對……也不知道有沒有串門的人，今天一定要見到她才行。這麼一想，他不經意地端詳起自己的手臂。磨穿了的單褂袖子裡無力垂下的手腕骨瘦如柴，只剩下一層青黃青黃的薄皮。七星心裡突然一陣難過，他仰頭嘆了一口氣。還好大妞雙目失明，如果兩眼圓溜溜睜開的話，看到這隻手，八成馬上跑得遠遠的。然而當大妞摸索著這隻手，問他「為什麼這麼沒力氣？」「這樣的一隻手能做什麼？」的時候……七星心裡憋屈難過極了。但他也只能無力地嘆一口氣，再吸口氣時，突然想到：沒藥治嗎？當然有藥，只是……大妞家籬笆上結了一層蜘蛛網，網上點點露珠搖搖晃晃地懸掛著。說不定那也是一種藥，七星一躍而起。

蛛網上那閃爍的露珠若真是藥該有多好，他一面想著一面小心翼翼地拉扯蛛網。他的手臂不僅無力，還直打顫，根本扯不住蛛網，反而弄得籬笆晃個不停，露珠也跟著紛紛墜地。他想用手接住落下的露珠，卻連一滴也沒接到。

「嘖，該、該死的東西！」

每當他的手臂使不上力時，他就會咒罵一聲，狠狠地瞪著老天，這已經成了一種習慣。瞪了半天的眼睛，七星突然聽到沙沙的腳步聲，便默默地回頭看了一眼。倭瓜葉子擦過他的眉尾，惹得眼淚滴溜溜在眼眶打轉。淚眼婆娑中，大妞的身影映入眼簾！他忍住眼角的痛癢，慢慢睜大眼睛。

拿著沉重洗衣盆的大妞，朝著這裡走了過來，砰地一聲把洗衣盆放到地上，直起身來。眼睛看起來像是睡覺似的閉著，從某個角度看，又像是半閉半睜的樣子。她剛洗完衣服，兩頰上有著明顯的斑斑紅點，尖尖的下巴，就像個患病多日的人。大妞拎起一件件洗好的衣服，嘩嘩抖開後，摸摸索索地晾在籬笆上。

七星呼吸一窒，難以忍受，他想不出一點聲息地喘口氣，卻感覺胸口快炸開來，肚皮也繃得緊緊的。低下頭，擦乾眼淚後，他又朝對面觀望。此刻他的腦中一片空白，只有大妞的動作充斥其中。大妞拎著最後剩下的一件衣服，來到了他的面前。七星真想伸出手，一把握住大妞的手，但他突然瑟縮退後，全身簌簌發抖。

晾衣服的啪沙啪沙聲在七星耳邊迴盪，他的胸口裡彷彿有隻雛鳥在不停地撲翅，耳裡嗡嗡作響，眼前陣陣發黑。當大妞的腳步聲逐漸遠去時，他的身體才得以動彈，又透過倭瓜葉縫隙窺視對面。大妞提著空空的洗衣盆，正朝著廚房門走去。他好想趕緊喊住大妞，但這也只是個念頭罷了。大妞破舊的裙襬縫隙裡，隱約可見發紅的腳，閃現了幾次之後，就再也看不見了。還會再出來嗎？七星懷抱著一絲希望，望眼欲穿地看著黑漆漆的廚房門，但最後仍不見大妞的身影。他噓了一口氣，退了下來。陽光發狠地照射在大地上，七星暗想著要不要把餅乾送過去……還是給她錢？不，錢我自己存起來，以後再買條裙子送她。七星一面這麼打算著，一面忍不住又望了對面好幾眼，四周一片沉寂，只有籬笆晃動發出的嘎吱聲。此時大妞親手晾晒的衣服白得發青，如陽光般散發著光芒。他移開眼睛，轉身回去。自己若不買幾件衣服給大妞的話，她大概永遠也無法藏起那雙發紅的腳。

「哥，給我糖吃！」

一轉身，就看到七雲背著妹妹從廚房走出來。七星尷尬得就像作賊被逮到了似的，趕緊離開籬笆邊。七雲以為哥哥是因為自己的催促才急著過來，就回頭往廚房裡跑，跑到一半微微轉頭一看，又走了過來，伸手說：

「好不好嘛，給我一個就好……」

妹妹也歪著頭看著哥哥，跟著一起伸長手。小英愛滿頭膿瘡一直淌著膿水，沒有一刻乾涸。膿瘡上黏附著細細長長的髮絲，蒼蠅聞臭而至趕都趕不走。小英愛老是喜歡用她小小的手指頭扯自己的頭髮，扯下膿瘡痂就放進嘴裡嚼。

英愛的小手就攤在哥哥面前，她還不會五指併攏，只會手掌大張地央求。七星瞪了一眼正想走進房裡，沒料到七雲卻擋在門口哼哼個不停。

「好不好嘛，哥！就給一個嘛！」

說完用力把綠糊糊的鼻涕吸了回去。

「看了你就討厭！」

七雲沒有衣服可穿，身上只穿著一條褲衩，他的背脊曝晒在烈日下，白白地脫了一層皮。英愛則是一絲不掛，連褲衩都沒有。看到弟妹們的模樣，七星眼中升起怒火。他移開眼睛，看著牆壁，突然想起縣城商店裡層層堆疊的布料。他不自覺地抬起手想打七雲，但那隻手臂只是無力地下垂。

「那我不照顧妹妹了。哼！」

七雲放下小英愛就跑了，於是小英愛嚎啕大哭起來。七星眼都不眨一下地轉身坐好，愣愣地看著蒼蠅嗡嗡密布的地方，一只飯碗映入眼中。阿母知道他一向晚起，所以總是像這樣在飯缽上覆上一片包袱皮，再出去鋤草。他慢慢地坐了過去，拿著匙子，掀開包袱皮。湯裡面有蒼蠅掉落，在裡面浮浮沉沉地掙扎。飯缽上爬來爬去數不清的蟑螂，驚慌地四下散逃。他從湯裡撈出蒼蠅丟掉，大大地舀了一口飯放進嘴裡。說是飯，就是一堆橡子，偶爾還能嚼到飯粒。嚼到的飯粒真是又軟又糯，味道甘甜到捨不得吞下去。但這滋味也只是一時而已，隨後嚼到的橡子黏膩膩的，飯味馬上變得又苦又澀。但如果隨便嚼兩口，想囫圇吞下去，橡子又會卡在喉嚨裡，吞也吞不下去，只是冒著苦水，在舌尖打轉。

七星過沒多久又看了妹妹一眼，小英愛不知何時已收了淚，雙眼乾爽，在地上爬來爬去。看到哥哥，愣了一會兒，眼光移到飯碗上，又轉回來看了看哥哥的臉色。七星很高興那難聽的哭聲止住了，趕緊挑了幾粒飯丟給妹妹。小英愛用她的小手捏著飯粒吃著吃著，覺得不過癮，就趴在地上把飯粒舔得一乾二淨，又呆呆地看著哥哥。這次七星丟給她橡子，英愛卻不知為何沒繼續吃，只握著橡子在手裡揉捏。

「還、還不快吃！」

看著已經懂得分辨橡子的妹妹，七星心底湧起一陣厭惡，便大聲斥責。英愛噘了噘嘴哇地一聲哭了起來。

「還、還敢哭？」

七星踢了妹妹一腳，英愛閉緊眼睛倒在房間地板上，連帶地英愛頭上的蒼蠅也「嗡」一聲四下飛散，不一會兒又聚攏過來。七星衝過去還想再踢幾腳，英愛卻只哼哼地吸著鼻子，收了哭聲，但止不住淚水不停地從眼中湧出。七星佯裝不知轉身坐了回去，就在他大口吞飯的時候，突然聽到咯地一聲，他轉過頭來。

小英愛不知何時吃了手上的橡子，吞不下去又咯咯地全吐了出來。混在黏糊糊的口水裡吐出來的橡子，一點都沒有被咬過的痕跡，還保持原來的形狀，上面帶了點紅絲，看來是沾上了血。英愛的一張小臉脹得通紅，頸子上青筋勃起。

一瞬間七星嘴裡咬著的橡子變得像砂礫般難以下嚥，苦味整個鑽進了鼻孔裡，讓他再也忍不下去。他啪地一聲把吃飯的匙子拍在桌上，猛然舉起妹妹放到了門外，對著骨瘦如柴的妹妹打了幾下屁股。英愛臉色發黑，但依然咯咯地嘔吐，這下七星連飯碗都摔了，匡噹噹地在地上滾動。他回到裡間，依然能聽到咯咯作嘔的聲音，讓他全身不舒服，無法置之不理。他突然想起蘆蓆下的餅乾，便全都拿了出來，丟在妹妹面前，轉身出來後院。他繞著後院走了一圈又一圈，咯地咳了一聲。

過了好久，七星走進房間，房裡熱得像火窯似的。

他坐立不安，探頭看了一下，妹妹把手墊在頭下，趴在腳地[1]上睡著了。嘔吐物上綠頭蒼蠅像沒了翅膀一樣，在上面爬行。還有大大小小的蒼蠅嗡嗡地擠在小英愛的頭上和微張的嘴上。餅乾！他嚇了一跳四下張望，連餅乾屑都沒看到。他想到小英愛不可能一個人全吃光，一定是七雲進來過，忍不住後悔不該把餅乾全都給了英愛，好歹該自己留一點才對，真想把七雲抓來痛打一頓。七星跑了出來，順便又踢了英愛一腳。妹妹把手彆扭地墊在頭下橫躺著的樣子十分礙眼，細瘦的手腳也很難看，所以他才踢了妹妹。

耳裡聽著英愛的哭聲，七星尋找著七雲的蹤影。對面的柳樹下，孩子們聚在那裡吵吵鬧鬧的。沒錯，一定在那裡！他氣呼呼地邁開步子走過去。

本想悄聲過去，不料七雲早就看到哥哥，一煙溜跑掉了。孩子們嘴裡嚼著高粱稈站在那裡，瞅了瞅七星就嘻嘻哈哈笑了起來，有個傢伙還學著七星的樣子走路。

七雲不知道是不是跑到粟米田裡，看不見蹤影。七星被雜草纏住腳跌倒在地，跟在後面的孩子們哄然大笑，他好不容易站了起來，狠狠地瞪著那群孩子，雖然他也怕這群孩子會撲上來，但表面上還是硬撐住了。頑童們大概有點害怕吧，一個個開始溜之大吉。這群孩子不像孩子，反而像猴群似的，翻著白眼討東西吃。不知不覺中七星覺得村裡的孩子們都很討厭，他凝望多時才邁開步子。額頭火辣辣的痛，腳趾也痛，還有地上頑童們剝下的高粱稈皮也扎痛了他的腳尖。孩子們聞風而逃，其中就有七雲混跡在內。七星來到柳樹下，地上丟著更多高粱稈皮，還因為村民常把牛繫在這裡，牛糞弄得地上髒兮兮的。七星靠在柳樹上眺望，很自然地就把眼光放在了大妞家，滿心只想再見到大妞，這時候她八成一個人在家吧，要不要過去找她？可是萬一有別人在的話……一陣刺痛襲來，原來是有幾隻大螞蟻爬上了他的腿，他啪啪拍開之後，眼光又落回大妞家。

1 指屋裡或屋外的空地，或建築物內部的地面。

遠處大妞家的籬笆上白花花地晾著幾件衣服，彷彿正要展翅高飛的鳥兒眼珠滴溜溜地轉動，噓一下就會撲著翅膀飛走。還會有誰在家呢，不都鋤草去了……腳步聲傳來，他回頭看了一眼，狗屎他阿母背著一個沉重的女人，氣喘吁吁地走過來，要是以前的話，她一定會開玩笑地喊：「最近討了不少火柴吧，送我一盒！」可是今天哭喪了臉，滿頭大汗，腳步踉蹌，喘著大氣，一聲不響地經過柳樹下。七星抬頭一看，狗屎阿母背上的女人就像死人屍體一樣，頭髮四散，口吐白沫，衣服沾滿鮮血。七星張大眼睛仔細瞧，終於看到女人遮蓋在髮絲下的臉孔，竟然是大妞阿母。他大吃一驚，想上前問個清楚，狗屎阿母已經走遠了。怎麼回事？在哪裡跌倒了嗎？還是跟人打架了？七星在腦子裡設想了各種情況，忍不住便起身跟了過去。他有心快步上前向狗屎阿母詢問內情，但腿腳不聽使喚反而更加蹣跚，竟然快不起來。七星一氣之下加大動作，結果栽了個跟頭，手腳掙扎了好久才勉強起身，只好慢慢向前走。

大妞家的煙囪裡冒著煙，對了！大妞她阿母怎麼會變成那副模樣？七星心裡疑惑再現。他來到大妞家前院，想走進大妞家裡，不時掉轉腳步。最後他忍了下來，偷聽了一下大妞家的動靜，在外面徘徊了好一陣子之後才回家。

走進腳地，蒼蠅四下亂飛，小英愛就蹲在蒼蠅堆裡大便。她用力地哼了老半天，大便就是不出來，肛門都脫肛了，啪嗒啪嗒地鮮血直滴。小英愛使盡全身力氣，兩眼瞪圓，臉上青筋暴起，小小人兒的額頭上汗如雨下，七星卻好像看到了什麼不該看的東西似地轉頭走回房間。他真心想把妹妹一腳踩死算了，或是遠遠地帶到哪裡丟了算了，這樣反而更痛快。

七星隨手撿起被自己踢在地上滾的橡子往嘴裡塞，聽到小英愛用力使勁的哼哼聲，他皺起眉頭，還是轉身往後院走了出來。因為英愛，讓他差點忘了大妞的阿母，這下想了起來，他走近籬笆旁。

「嚶嚶！」

孩子的哭聲傳來，七星回過頭看，不是英愛的哭聲，他直覺是剛出生的嬰兒哭聲，原來是大妞阿母生了個孩子。雖然多少減輕了心裡的不安，但想到是個孩子，又覺得煩都煩死了。如果生個像現在在腳地上拉血便、一副小病貓樣的孩子的話，還不如當場就悶死算了。

難道生了像大妞這樣的女兒，又是個瞎子……七星噗嗤笑了出來。當笑容消失在他嘴邊之前，他驀然想到這村裡的女人怎麼生的都是殘疾人，有點怪怪的。再說，大妞也不是天生眼盲，像自己也是因為四歲的時候染上麻疹，患了驚風[2]，才成了現在這樣的殘疾人。七星想起阿母時常掛在嘴上的話。

那時阿母背著生病的自己，在大雪盈尺連路都看不見的情況下，艱難地走在厚厚的積雪中，就這麼走到了縣城裡的醫院，卻連醫生的面都沒見著。阿母在沒有暖爐的冰冷走廊上站了老半天，心急得要死，就打開了診療室的門，不料醫生怒目相對，顯出要她趕緊出去的意思。無奈之下，阿母只好又退回走廊上，一等就等到了太陽下山。後來才有個打雜的小廝過來，遞

2　小兒重症，主要症狀是抽搐、意識不清。

給阿母一個手指頭大小的瓶子之後，就把她趕走了。

阿母只要提起這件事就狠狠地咒罵醫生，埋怨這個世界。每次七星就會數落阿母，不讓她再說下去，因為這些話只會讓他感到極度的不快。

如果吃了藥，我的病現在還能治好嗎？大妞的眼睛也……不，都已經殘廢了，再吃藥有可能好嗎？天曉得！說不定給我用點好藥，我也能像別人一樣靈活行動，不需要出去乞討，可以自己動手鋤草、進山砍柴，再不用遭一群頑童欺負……七星情緒激動，胸口起伏不定。驀然睜開眼睛，要不要到醫院去問問看……？「那種人懂什麼？眼裡就只有錢！」七星重複著阿母說過的話，無力地癱坐下來。

大妞家一片平靜，嬰兒也止住了哭聲，七星肚子有點餓了。他看看太陽，在腦子裡想像如果阿母現在回來看到他還在家，一定會滿面愁容，頭髮攏在耳後，質問他「為什麼還沒出門討飯，明天吃什麼？」的模樣，眼光不經意地落在佇立一旁的掃帚草樹上。

「不知道這掃帚草樹能不能治我的病？」當掃帚草樹的氣味縈繞鼻端，他腦中突然浮現這樣的想法。於是七星便走到掃帚草樹旁，咬下一口，嘎吱嘎吱嚼一嚼，一股噁心的草味充斥口中，讓他頻頻作嘔。但他還是閉上眼睛屏住氣，草草嚼嚼就硬吞下去。喉嚨彷彿要撕裂般地疼痛，口水也流個不停。他心想連這口水都要吞下去，藥效才能顯現出來，便轉著眼珠吞下口水，結果莫名其妙地兩行眼淚就直直流了下來。

七星仰頭望天，祈禱這手多少能使上勁，讓自己能代替母親去砍柴。這種想法平常從沒在他腦中出現過，即使看到阿母頂著笨重的柴捆，舉步維艱的模樣，他也一點都不放在心上。但一瞬間，他卻不期然有了這樣的想法。

他一動也不動地站在那裡，良久之後試著抬起手臂，抱著或許這次能成的僥倖之心，內裡七上八下的。然而，手臂依然顫抖著蜷縮成一團。突然一陣噁心，七星把腦袋匡地一聲撞在地上，嗚嗚地哭了起來。

夜深了阿母才回來，又上山砍柴頂在頭上了。

「你哪裡不舒服嗎？」

阿母在黑暗中微微可見的身形，一副積勞太過快站不住的樣子，裙襬上沾染了濃濃的草味，如刺鼻的大蒜味般迎面撲來。

「這孩子，怎麼不回答？」

撫摸著兒子身體的那隻粗糙不堪的手，熱呼呼的。

七星甩開阿母的手，側身躺著。阿母往後坐了下來，看了看兒子的眼色，彷彿自言自語地說：

「看來身上哪裡不舒服的樣子，可是總要開口說啊，混蛋！」

說完這話，阿母就站起來走了出去。過了一會兒，阿母端著野菜湯泡飯進來，把兒子扶了起來。七星如往常一樣聽著阿母手腕發出的嘎嘎聲響，坐了起來，伸出顫抖的手抓住匙子。

「孩子，你哪裡不舒服？」

和剛才不同，阿母衣襟上充斥著煤煙味，隨著阿母的呼息，飯變得更香，沉重的身體也為之一輕。

「沒、沒事。」

高懸的心這下終於放了下來，阿母仔細看著兒子喝湯。

「唉，大妞她阿母今天在田裡生了孩子。大家都窮得要死，還生什麼孩子？」

七星想起剛才在柳樹下看到的大妞她阿母，耳邊彷彿聽見嬰兒「嚶嚶」的哭聲，眼前鮮明浮現英愛那幅模樣，他皺了皺眉頭。

「真搞不懂為什麼要生孩子，煩死人了！」

阿母嘆著氣這麼說完，就端著空碗出去。房裡悶熱，再加上七星對大妞家的事情實在好奇，就起身走了出來。

從堆滿院子一角的柴堆中散發出濃濃的青草味，讓人彷彿置身山中，墨藍天空中的繁星如幼兒眼睛般美麗。

七星驅趕著嗡嗡吵個不停的蚊子，找了個收攏乾柴薪的地方蹲坐下來。乾燥的落葉發出啪沙啪沙的聲音，天氣炎熱，屁股底下熱呼呼的。阿母從對面走來。

「七星嗎？怎麼出來了？」

沙沙聲響起，阿母在七星身邊坐了下來，帶著一身汗臭味和英愛的大便味，薰得七星忍不住把頭轉到另一邊去。阿母掏出奶子讓小英愛銜在嘴裡，大大嘆了一口氣。七星偷瞧著阿母的眼色，猜不出阿母想說什麼。可惜阿母只是拍著像隻小病貓似的英愛，一聲也不吭。鋤了一整天的草，身體一定十分疲憊，又到山裡去砍柴回來，更是累壞了。回來以後還飽受小英愛的折磨，今晚一沾枕頭，一定睡得醒不過來，七星莫名討厭起這麼不懂得照顧自己的阿母。

「死、死ㄚ頭還不快睡！」

七星看不過去，罵了一聲。英愛嘴裡還銜著奶頭就哭了起來。阿母想說「這孩子怎麼睡得著，生了病不舒服，又餓了一整天，我也沒奶給她吸」，但話到嘴邊，又嚥了下去，眼淚在眼眶裡打轉。

「乖乖，不是在說妳。快吸！」

話才說完，眼淚就掉個不停。阿母驀然感傷，如果淚水能代替奶水滋潤英愛乾渴的喉嚨，她的心也不會這麼痛。

半晌之後阿母才開口說話。

「是啊！活都活不下來的東西，何必要生下來，差點要了母親的命。剛才過去一看，大妞家的孩子死掉了。雖說這下正好，但……唉，還是很可憐！不知道在龍溝裡掙扎了多久，孩子頭上都是土，那孩子就算活下來還不是又成了個殘疾。眼睛裡、耳朵裡，全塞滿了土。唉，死得好，死得好！」

阿母激動之下忍不住這麼慨嘆。七星胸口發悶，用力地呼了一口氣，也想到自己如果小時候就死了的話，如今也不會成了這副德性。

「活著到底為了什麼，大妞她阿母說明天照樣去鋤草，總該休息個一天才對，這個時候可不比尋常啊！但以現在的處境沒辦法。孩子對窮人算什麼，孩子生了有什麼用？」

阿母想起生下英愛之後的第二天她去打麥粒時那令人渾身難受的一刻。她感覺天昏地暗，眼前的麥穗看著時大時小。當她拿起連枷[3]上上下下揮舞的時候，突然覺得下面有一團軟呼呼的東西掉出來，後來又感到有什麼東西沉甸甸地墜掛著，想摸摸看，但手上正忙沒這個工夫，又怕被人瞧見，就先忍著。結果小便的時候一看，才發現大腿根都是血，墜著一個拳頭大小的肉團。她嚇了一大跳，但又不好意思問別人，只好放著不管。那塊肉團至今還墜掛在下體上，沒有縮進去，而且一直流出不明液體。

因此她夏天覺得更熱，下面也會散發出難聞的惡臭；冬天覺得更冷，常常像得了重感冒似的，冷得渾身發抖。每當走遠路的時候，那塊肉團就會像著了火似的刺痛，又會發炎紅腫，讓她行走困難。後來四周還冒出一大堆腫粒，化膿破了之後，痛得難以忍受，反正就是一種讓人難以啟齒的病痛。

就算是現在，阿母依然能感覺到那塊沉沉墜在下面的肉團，只能無奈地嘆氣。落葉啪沙作響，正好英愛用力地咬了奶頭一下，「唉喲！」阿母痛得叫了一聲，但又怕七星察覺是怎麼回事會罵人，那後面的話就收了回去，只是用手壓了一下英愛的頭，表達痛意。但又怕自己壓得太用力，馬上又揉揉壓過的地方。

「今天也真是的，大妞家那麼混亂的情況下，竟然還來了客人，都沒能進房裡坐下就走了。」

七星抬起頭來。不知從哪裡飄來的驅蚊艾草味，陣陣清香。

「是從之前就提過的那家來的人，你自然不知道。聽說在縣城裡做什麼生意，還挺有錢的樣子，可是到現在都還沒個一兒半女的，妾也納了好幾個，但到現在沒一個下蛋。唉，妳就該出生在那種人家！」

阿母垂眼靜靜地看著英愛。七星不喜歡看到阿母話說著說著，又想到英愛，但為了聽到下文，也只好坐著不作聲。

「可是，不知怎麼說著說著就提到大妞，那男人暴跳如雷，不過有點心虛只好同意。怎麼這麼不巧，就挑了今天這樣的日子來相親……大妞這下有福享了！怎麼看都是一個善良的孩子。那孩子只不過是眼睛看不到而已，什麼事都會做，不管是雜活還是坐著幹的活，全都沒問題，比明眼人還好！如今能嫁到那種人家裡，生個胖娃娃，以後就不用幹活了。唉，總要過點好日子吧……」

「要、要個瞎子做什麼？」

意外地七星竟然氣呼呼地冒出這麼一句話。他的胸膛裡現在充滿了嫉妒的火花，誰敢動大妞，他就跟誰拚個你死我活。說完這句話，他腦子發熱，手腳發抖。

3　一種農用收割工具，用於分離穀物的外殼。

「好、好吧！那、那她要嫁人了嗎？」

阿母察言觀色，竟然不知該如何回答。同時也發現這小子竟然戀上那丫頭，為兒子感到可憐，也擔心兒子的將來。

「聽說還沒談好，不過……」

這話多少讓七星高懸的心又落了下來，但悲傷驀然湧上心頭，七星站了起來。

「進去睡覺吧，明天早點去縣城，不然還能怎麼辦？」

七星負氣地從阿母身邊離開，隨意地走著。

隨著腳步遠去，驅蚊艾草味也慢慢消失，清爽的空氣裡充斥著青草味。遠處搓揉捶打穀稭的聲音隨風隱隱傳來，帶著山中特有氣息的微風輕輕拂過他的身體。褲襠被露水打溼，草蟲聲吱吱吱、嘶嘶嘶，在腳邊此起彼落。

他猛然停下腳步，面前被伸手不見五指的黑暗所籠罩，天空下只有佛陀山浮現出黑雲般朦朧朧的輪廓。上方群星爭先恐後地發出明滅光芒，星光照在眼角，七星眼淚盈眶，恨不得放聲痛哭。那山、那天空彷彿對他都是那麼無動於衷。

「七星啊，我們進房去吧！」

阿母無力的聲音響起。

「幹、幹嘛一直跟著我？」

潛藏在七星內心的怨恨，一時之間直衝腦際。

「你就進去吧！就這麼出來還得了？」

阿母緊抓著他的手，七星想甩開卻力不從心。衣襬掃過路邊野草，發出沙沙的聲音，阿母半是哭泣地懇求著，七星就被阿母拉扯回去。他無奈地在心裡想：「好吧，明天見了大妞再問她嫁不嫁人，還要問她願不願意嫁給我」。想到這裡，七星心跳加速，彷彿看到了一絲希望。

「看看我，再看看你弟妹們。」

阿母這麼說，想安慰一下兒子。七星一聲不吭地跟著阿母走回家。

第二天，七星故意晚起，他想著今天無論如何一定要見到大妞，跟她說說話，萬一她決定要嫁人的話……七星心頭悵惘。到時我乾脆死了算了，一刀殺了自己算了。七星邊想，邊走到後院來，站到籬笆旁。大妞家悄無聲息，只間歇聽見從泔水桶傳來的蒼蠅嗡嗡聲。去吧！七星果斷地離開籬笆旁，出現在眼前的那塊大白石，不知怎麼看起來有點發黃。

他感覺喘不過氣來，走進房間裡，弓身看看自己，就穿著這一身去嗎？衣服上殘留著點點牛糞痕跡，到處都顯得破破爛爛。管他的，反正大妞是個瞎子，看不到這些。見了她要說什麼？七星仰頭看著天花板，心潮起伏。嘴角流涎嘶地被他吸回好幾次，但他還是不知所措，茫茫然彷彿自己從未說過話似的。

大妞知道我是殘疾人嗎？七星的心中頓時感到不安，全身力氣頓失，彷彿聽見大妞在說：「你這種人還敢肖想我嫁給你！」他無精打采地瞧著外頭。

籬笆上爬滿了南瓜藤、倭瓜藤，旁邊是玉米稈，再過來有杏樹，還有高高低低的掃帚草肆無忌憚地望著天，枝葉茂密，迎風搖曳。七星深深感覺到自己連那般草木都不如，不禁沉重地嘆了一口氣。

良久之後，七星才果斷地下定決心，走到院子裡，在大妞家前徘徊了一陣之後，終於輕輕推開荊條門，一躍而入。

腳地門緊閉著，只有荊條掃帚被隨手放置。七星忐忑不安地咿呀一聲推開腳地門時，一隻貓喵地一聲跳了出來。七星嚇得跳起來，差點魂飛魄散。走進腳地，他猶豫了半晌之後，才伸手推開房門。迎面撲來一股沉重的空氣，卻看不見大妞的身影。不會嫁人了吧？他心裡叨念著，又想到廚房、後院看看有沒有人在，卻發現四下無聲。他想著總不能一直待在這裡，轉身要走的時候，就聽到荊條門開啟的聲音。慌張之下，他趕緊走到屋柱裡側，緊貼著草蓆邊。廚房門匡噹聲響起，大妞頭頂著洗衣盆走了進來。七星眼前發黑，全身發軟，只覺得大妞似乎發現了他，正往他這裡走過來，她的眼睛不是瞎了，而是一直瞇著眼睛望著自己。七星喘不過氣來，轉到草蓆下面後方屏住了氣，但呼吸逐漸加劇，鼻子貼在草蓆的網眼上，簡直快暈倒了。

大妞走到後院去，七星耳中聽著嘎吱嘎吱的膠鞋聲，探頭向外面觀望，正想走出來，卻全身彆扭，寸步難行。他尷尬之餘，想著回家算了，卻發現身體像是石化了一般，正好後院傳來啪沙啪沙的晾衣聲，他腦中陡然想起大妞要嫁到縣城去了，才慌忙地邁開腳步。

大妞把衣服晾到籬笆上，突然轉過身來顯出猶豫神色。七星簡直不敢正眼瞧向大妞，只能愣愣地站在那裡。

「誰？」

「……」

「是誰？」

大妞的聲音開始顫抖，七星覺得自己再不說話不行，卻開不了口。良久之後，他才遲疑地走上前去。

「我還以為是誰……」

大妞走近籬笆邊，低下了頭，緊閉的眼皮微微顫動。七星知道大妞已經察覺到是自己，膽子便稍微大了起來。這次他怕外面有人來，不斷地向外張望。

「快出去，我阿母來了！」

大妞簡短地拋出這句話，她的嗓音還和小時候一模一樣。

「聽說妳要嫁人了，不、不錯嘛！」

「小孩子亂說話，快出去！」

大妞揉捏著洗好的衣服，站在那裡輕輕嘆了口氣。破了洞的粗麻衣背部，露出白花花的肉，七星不知不覺間走了過去。

「你幹嘛！」

大妞緊抓著籬笆喊叫，七星心生畏懼遲疑著後退幾步，還想著要不然一走了之。他眼前又開始發黑，一陣天旋地轉。

「跟你說我阿母來了！」

七星稍稍閉了閉眼，聽到這顫抖的聲音又張開眼睛。大妞如麻捆般垂掛在背脊上的髮辮，悠悠地散發著她的味道。七星趕緊假意踩了大妞一腳，大妞臉變得通紅，慌忙抽腳走到一邊，拿在手上的溼衣服無力地落在地上。

七星有點害怕，以為大妞要撿石頭打他，但大妞又走回籬笆旁，嘎吱嘎吱地摸著籬笆，辮尾的紅繩在風中飄蕩。大妞不再說話，只是無辜地摸著籬笆。

「我給妳糖，也給、給妳布、布，妳就不嫁人了吧？」

大妞一直默不作聲，現在才佯裝抬頭說：

「誰……要糖……嘻。」

她低笑一聲，七星也跟著笑了起來。

「嗯，不、不嫁人吧？」

「我哪知道，阿爸才知道。」

聽到這話，七星一時語塞，只能呆呆地站在那裡。

「還不快出去！」

大妞轉過頭去，緊閉著的眼睛裡透出黑色的睫毛，睫毛尾端明顯地掛著擔心的神色。

「那、那妳要嫁人嗎？」

大妞的頭垂得更低，腳尖踢著小石頭。七星胸口一陣哀傷，整個人只想哭。

「不、不、不嫁人，對吧？」

大妞沒回答，只是嘆了口氣，抬起頭來，隨即轉過身去。這時一陣幼兒哭聲響起，七星驚慌地跑了出來。

回家一看，七雲把英愛放在廚房地板上想用帶子把英愛牢牢地綁縛起來。小英愛手亂揮腳亂蹬，拚命掙扎，七雲就像要弄死一條魚似的狠狠地毆打她。

「這死丫頭到底睡不睡啊？再不睡的話我就打死妳！」

七雲鼻子底下流著兩管黃綠的鼻涕，比著拳頭要揍下去。小英愛全身簌簌發抖，眼睛閉得緊緊的，淚水直流。

「就這樣睡，死丫頭！」

七雲趴倒在小英愛旁邊，一手對著自己的腰擰了一把。

「阿母，我這裡老痛，沒法照顧妹妹啦……哼。」

七雲這麼抱怨著，還用舌尖去舔鼻涕。他滿眼惺忪，沒多久就呼呼大睡。

七星不經意地看完這一幕之後，才走進腳地。

「母！」

還以為已經入睡的小英愛，張開圓溜溜的眼睛望著哥哥，七星嚇得頭髮都豎了起來。驚慌之餘抬起腳佯裝要踢，瞪大眼睛，小英愛就嘛了嘛薄薄的小嘴，閉上了眼睛。

「母！母！」

英愛嘴裡邊喊邊哭。七星走進房裡，團團轉了幾圈之後，就出來到後院，想著大妞不知離開了沒，悄悄地往籬笆邊張望，不見大妞的蹤影，只看到籬笆上晾著滿滿的衣服。

回到房間裡，七星默默地注視著掛在牆上的乞食袋，琢磨著要剪一塊布給大妞做衣服，心想這樣，或許大妞和她父母會把心意轉到自己身上也說不定。七星拿下乞食袋背在身上，把草帽戴在後腦勺上，就走出了房門。眼角餘光裡，看到英愛在吃什麼東西，他微微探頭看了一下，小英愛已經擺脫了綑綁帶的束縛，跑到灶孔旁邊尿尿的樣子，現在她正舔著地上的尿吃。

「妳、妳這死丫頭！」

七星怒吼一聲就跑了出來，全身熱騰騰的彷彿站在熱水裡。走到馬路時，他整理好衣服，戴好帽子，顯出十分穩重的模樣，從現在開始，就得做出這副模樣才行。他用力地虛咳兩聲，腳步也放慢下來。這麼一來孩子們就不敢撲上來，大人們也不敢戲弄自己了吧。七星又想起了大妞，偷偷回頭望一眼，高粱地擋在眼前，早就看不見他的村子了。走近高粱地旁，撲面一股新鮮的高粱葉味道，他的後腰發癢，滿身是汗，動了動身子，極目四望。

高粱田頭上一片蒼翠的佛陀山，似乎近得幾步路就能上山一般。斜靠在他家窗門邊，可以放心眺望的景物，就是這座山。而在這高粱田頭可以暫時停歇眺望到的景物，也是這座山。

他大大地嘆了一口氣，每次望著這座山，分散的心彷彿就能專注在一處，曾經遺忘的一、兩件舊事又能浮現在腦中。

遠山水氣蒸騰的某個春日，他從草蓆上起身站到窗戶旁，看到同伴們背著小小的背架，架子旁斜斜插著一根木杖，列隊走向山裡。他羨慕之餘，一口氣跑了出來，愣愣地望著這列隊伍，心裡想著什麼時候自己病好了，就能像那群孩子一樣把木杖插在背架旁，上山去拾柴。自己長大以後就可以進山去，噹噹砍下粗枝，滿載而歸。

想到這裡，七星哼地冷笑一聲，感到全身骨頭發痛，胸口發悶。晃了晃腦袋，他拖著腳向前走，在他的面前現在就只有大妞這個目標。

兩天後。

七星呆站在離家六里遠的松花縣入口處，他跑到縣城裡轉來轉去，卻討不到什麼東西，只好大老遠跑到松花縣，這才好不容易買了人造絲可以給大妞做衣裳，現在正走在回家的路上。

他不知道今天晚上自己可以在哪裡過夜，但他一心只想趕緊把這塊料子送到大妞手上，又滿心不安，想知道大妞婚事的進展情況，所以他決定繼續前行。

仔細一看，天空裡連顆星星都沒有，如黑狗般的黑暗讓眼中看到的景物都顯得恍恍惚惚。不知道為什麼，他的心放了下來，眼中慢慢出現了某種希望。山和水就彷彿聳立在他心中一樣，那麼清晰可見。鋪在大馬路上的碎石子，無聊的時候拿來玩耍剛好。

人們絡繹不絕地來去，汽車噴著煙塵在路上跑，比起白天，七星更喜歡夜晚的道路，因此他不顧腳痛，只是一心向前走。

走著走著停下腳步，就能聞到山濃郁的味道。再走下去，又能聽見水潺潺的響聲。田水味撲面而來，偶爾傳來山鳥斷續的鳴叫聲，遠處村裡一閃一閃的燈火飛撲而來，再仔細看，又冉冉飛走。

每當他用力呼吸的時候，藏在胸口裡要給大妞的衣料就像是女人的肌膚一般，踩在碎石上的腳趾感到麻酥酥的。「那該如何是好？」他不知不覺張大嘴，彷彿想咬什麼東西似的。七星在腦中想像著和大妞面面相對的場景，現在過去把這塊料子給大妞的話，她一定會異常歡喜，微黑的眉尾帶上笑容。想到這裡，他的胸口就怦怦怦跳得厲害。

東方天際如大海般逐漸發白，沒想到大雨卻滴滴答答地下了起來。七星嚇得趕緊跑，但雨下得愈來愈大，遠方暴雨席捲而至的聲音，就彷彿一群麻雀掠過。他猶豫著該怎麼辦，不得已只好走向那被雨絲籠罩隱約可見的村莊去。要不是因為大妞的衣料，他就冒雨走回去了。但好不容易才剪的這塊布萬萬不能被雨淋溼，只好挪動腳步往村莊走去。

走了一陣之後，回頭再看，馬路清晰可見，他的心裡莫名地七上八下，勉強才又再次移步前行。

來到村口處，被雨打溼的麥稈味陣陣飄來，不知是否正經過廁所旁，一股農肥味充斥鼻端。七星站到了某戶人家的屋簷下，全身冷得簌簌發抖，眼睛累得快睜不開，只好靠著牆壁蹲了下來。他看到村口的老槐樹，還有大妞的身影出現……七星突然睜大眼睛。

大雨中天漸漸亮了，看得見遠山，也看得到高高低低參差不齊的屋頂。從屋簷上落下的水聲劈里啪啦響著，七星提起勇氣站起來向四周張望。

他躲雨的這戶人家似乎頗為富足，首先，牆壁整個都是灰牆，屋頂鋪著黑色瓦片，原木打造的大門規模宏偉，上面布滿拳頭大小的門釘，從這些方面就可推斷出來。七星緊張的心似乎多少放鬆了下來。

白石門牌在雨聲中顯得有些冷冷清清的，七星久久地看著這塊門牌，腦子裡繼續思考著，「今天真是走運的日子，可以在這家好好地討個早飯吃，還能討到不少錢或米吧……」他趕緊閉上眼睛，「要不要假裝是瞎子，看起來會更可憐一些，說不定會給我更多一點的米和錢。」他費力地閉上眼睛，想忍個一陣子看看，但眼皮發癢，睫毛老是顫抖，白石門牌影影綽綽，實在忍不下去了，只好張開眼睛。

怎麼辦才好呢，我的衣服太白了吧！七星一口氣跑出屋簷下坐到泥湯裡，半晌才起身來到剛才躲雨的地方。此刻比剛才更冷，他的嘴唇直哆嗦。他正想把眼睛挨到門縫上窺探裡面，就響起了啪嗒啪嗒的腳步聲，只好趕緊移開身子，站到一邊去。大門嘎吱一聲打了開來，七星一如既往地低著頭，彆扭地感覺到一股視線。

「怎麼會有人！」

粗厚的嗓音響起，七星抬頭一看，面前的男人有著一雙細長的眼睛，似乎是這戶人家雇用的僕人，穿著一身晦暗的衣服。

「我來討口飯吃。」

「今天怎麼一大清早就有人來討飯！」

男人這麼嘀咕了一句之後，就轉身進門去了。這家真是宅心仁厚，要是別家的話，早就趕人了。七星瑟縮著身子往裡瞧。

仰頭就能看見的木廊臺上，高高坐落的房間似乎是廂房，旁邊一個小門稍微有點歪斜，隱約可見裡面的廳堂。廂房左邊一直延伸到這個門洞來的房間，乍看之下像是倉庫，前面放著堆積如山的麥稈垛。雨滴從麥稈上滴滴答答落下來，帶著一點黃色。院子十分寬廣，卻有點冷冷清清，雨水在地上形成了一道道溝，順著流了下來。

得進到那裡才可能討到一口飯吃，七星望著雨中的裡大門，拘謹地挪動腳步。一進入角門，一隻大狗就從小灶間飛快地衝了出來。

七星想逗哄這隻嘴裡發出咆哮聲直衝過來的狗，躊躇著往後退，嘖嘖咂舌。大狗露出尖銳的牙齒往上撲，一口咬住乞食袋不放。七星頭昏眼花尖叫著跑到角門外，瞧著廂房裡不知有沒有人在，希望有人出來喊住狗，但廂房裡悄無聲息。大狗翻著白眼用力蹬著前腳往上撲，七星嘴裡咬住乞食袋，扭曲著身體躲避，最後招架不住才踉踉蹌蹌地被趕了出來。大狗一直跟到外大門來，看到七星站著不動，就撲過來咬住他的褲襠不放。七星大喊一聲，用盡力氣跑了出來。剛才出現過的男人才從裡面走出來，對著大狗呼喚：

「過來、過來！」

大狗不聽話，尖尖的嘴還是吠個不停。七星心裡突然升起想弄死那狗的念頭，一轉身瞪著大狗看的時候，男人擺出手勢呼喊那條狗。這下大狗才慢吞吞地退回去，但狗眼依然盯著七星不放。

突然肚裡一陣噁心，背脊發涼，全身發熱。七星找著狗卻沒看到蹤影，只有宏偉的大門還面目可憎地佇立在那裡。要不要再去試一次的念頭多少還殘留腦中，但想到會碰上那條狗，七星忍不住打了個寒顫，於是便斷了這個念頭，蹣跚地離開。

雨絲混著風狠戾地打在身上，樹木的搖晃聲、溝渠水的流淌聲，轟隆隆地震耳欲聾。紅水這裡一窪、那裡一窪的，上面漂著白色麥稈。如青鳥般的樹葉在水面上打轉，隨著水流漂了下去。

被雨淋溼的衣服緊緊地貼在身上，在地動山搖般的大風橫掃之下，氣都快喘不過來。七星心裡慌張，四下張望，但家家戶戶大門緊閉，只有早飯的炊煙陣陣升起。有沒有空屋或磨坊之類的地方，七星僥倖地想著，但目光所及一處都沒見到，沉重的眼皮下時隱時現那大狗狺狺而吠，總感覺就要由後頭追趕上來了。被狗扯破的褲襠隨著走動變得破爛不堪，他發黃的下肢清晰可見。壓低的草帽上成串滴落的雨珠，流到他的嘴脣上，七星嘗到了鹹鹹的恍如眼淚的滋味。驀然想起大妞的衣料被淋溼了，七星只想放聲大哭。

他直直地站在雨中，田野一片氤氳，分不出哪裡是山、哪裡是水、哪裡是路。穀稭肆意猖狂飛舞中，彷彿有什麼猛獸轟轟作響，那粗重的吼聲震撼大地。

現在，他渾身感受到在雨絲中升起的一股反抗力量，心中雖極想往前走，卻邁不開腳步。回頭一看，也算走過了大半個村莊，前面只剩下三兩小戶。雖然他掉轉了腳步，但似乎對田野還留有迷戀，總是停步眺望田野。

七星不只有這一次被狗驅趕，有時也會被人虐待或侮辱。但不知為何，今天的事情讓他異常氣憤。

「喂，站在那裡做什麼？」

他嚇了一跳，才發現自己不知何時站在一間小屋子前，他知道那小屋是座碾米坊。探頭出來的男人，乍看之下大約五十歲，七星隨即瞧出這男人和自己一樣是個殘疾乞丐，男人咧開嘴笑。七星就算走了這麼遠的路來到這裡，但看到這個男人，他就不想進去了。躊躇半晌，無奈之下才走了進去，米糠味瀰漫的碾米坊裡，也充斥著馬糞味。

「來這裡，衣服都溼了，怎麼……」

男人拄著木拐站起來，把座下草蓆撫平，自己坐到一邊，原先的位子讓給七星。但七星看他鬚髮發白，擔心這老東西是不是想搶他乞討來的東西，便不願上前。

「穿著溼衣服一定很冷吧，就先脫下來晾乾，換上我的舊衣服吧。」

男人在他的包袱裡翻了翻。

「來，穿上吧，過來這裡！」

七星轉身一看，是一件黑色西服，但多處打了補靪。七星瞬間羨慕這男人到哪裡討到了這麼好的一件衣服，自己要是也能討到這麼一件衣服該有多好。在這樣異常情緒的包圍下，他才拿正眼瞧這個男人，覺得這人似乎不像會搶自己乞食袋的人。七星低頭看了看從袖子上滴落的水珠，男人拄著木拐走了過來。

「站在那裡幹嘛，來，穿上吧！」

「不、不用了！」

七星大大地向後退了一步，眼睛卻仍盯著西服看，面對從未穿過的西服，他心跳如雷。

「唉，你還挺倔強的！過來這邊坐一下吧。」

男人把七星拉過來，讓他坐在草蓆上。七星瞥見男人截斷的腿，但裝作沒看到。

「你吃早飯了嗎？」

七星猜想，這個男人是不是以為他的乞食袋裡有討來的早飯，才這樣問，所以瞟了一眼乞食袋，乞食袋上也正在滴水。

「還沒有。」

男人默不作聲，過了一會兒後才說：

「這不成，你得吃點東西才行……」

男人想了想之後，開始翻找自己的包袱。

「來，這個雖然少，還是吃了吧！」

包在報紙裡的東西，打開一看，裡面竟然是已經乾了的一團團黃色粟米飯。

看到米飯，七星忍不住勾起食欲，不知不覺中便伸出了手，手卻不聽使喚抖個不停。男人大概也看出來了，就把報紙湊到了七星嘴邊。

「沒多少，別介意！」

七星眉尾帶上羞意，低垂著眼睛，吸了吸鼻子，把報紙放在膝蓋上，嘴巴湊上去舔咬了起來。報紙的油墨味在鼻端盤旋，微微有點酸腐的飯粒愈嚼愈香。欲罷不能的食欲在舌尖吞吐，朝向男人的一側耳朵感覺又癢又燒。

「太少了吧……」

聽到男人這麼說，七星的嘴從報紙裡移開，嘻地笑了起來。男人也跟著笑了起來，不經意地看了看七星的腿。

「是不是哪裡受傷，流血了！」

男人彎腰看了看。七星這才感覺到疼痛，仔細一看，褲襠上染著鮮紅的血，都流到腿上了。一瞬間七星心裡一沉，縮腿抬起頭來，風中似乎帶著一股狗腥味。

「被狗、狗咬的。」

「啊，你去了瓦房那戶人家……！那混蛋人家養狗就算了，還養了隻惡犬。哼！有錢人都是同樣德性。給我瞧瞧，被狗咬可不能疏忽不管。」

男人拉過七星的腿，他趕緊挪開腿，卻有股難以形容的憤懣從淋溼的衣服中慢慢升起，鼻子一酸，他吸了吸鼻子，不料眼淚就嘩嘩地掉了下來。男人一看這情景，呵呵笑著，輕輕拍拍他的背。

「哎，怎麼哭起來了……呵呵，男兒有淚不輕彈啊！我這條腿是在工廠裡被機器活生生給軋斷了才變成這樣的。你可知道現在世上是個什麼模樣？」

七星突然抬起頭望著男人，眼裡隱約可見憤怒之色。他又把視線移到自己腿上，頓時胸口發悶，喉嚨也有些哽咽。七星木然地低下頭，手不經意地抓了把塵土抹在傷口上。

「哎喲，怎麼可以抹塵土？」

男人用力抓住七星的手，七星像個孩子般笑著說：

「這樣就會好！」

「哎，真是的！別再這麼做了。沒藥就算了，抹塵土行嗎？會爛得更厲害。」

七星有點不好意思，蜷起腿看著外面。男人似乎又沉浸在什麼思緒中。

風夾著雨一波波吹了過來，吹斷了天花板上結著的無數蜘蛛網，如煙般迎風招展。視線裡的柳樹葉子撲簌簌地抖動，紅紅的水流得嘩嘩響。七星轉頭看看肩膀上方，就瞧見木磨[4]上白白地積了一層米糠，如冰塊般冒出陣陣涼絲絲的煙氣。

「你天生就是殘疾嗎？」

男人突然這麼問。七星低著頭遲疑了很久之後才回答：

「不、不是。」

「那是生了病才變成這樣的……用了藥嗎？」

七星神色難堪，欲言又止，只是看著自己的腿，好半天之後才說：

4 舊時脫稻粒的工具。

「沒、沒用、用藥。」

「哼！好好的腿都能被弄斷，沒用藥算什麼，呵呵！」

男人對空嗤笑，他的笑聲讓七星忍不住打了個寒顫，偷偷瞧了男人一眼。男人眼神嚴厲地望著外頭，額頭上冒著青筋，嘴巴閉得緊緊的。

「哼！真是讓人咬牙切齒！我當初怎麼那麼蠢，如果放到現在……現在的話，一定會拚拚看。怎麼會是這副模樣！哼！」

七星豎起耳朵，想牢牢記住這句話，但卻不懂此話的含義。男人轉頭看著七星，眼下的兩、三道皺紋，有點像七星死去的阿爸。

「孩子，我也曾經有過一個家，也曾經是工廠裡的模範勞工。呵呵，模範勞工！……腿被軋斷之後，沒拿到一分錢補償就離開了工廠。回家一看，女人跟人跑了，幼子餓得一直哭，父母擔心過度早就去世了……唉，說了有什麼用。你以為是哪個傢伙讓我們過得這麼艱苦，是老天嗎？是這塊土地嗎？」

男人緊盯著七星，讓七星沒來由地心慌，不敢正面與男人對視，只能望著他的瘸腿，再將視線移往男人腳下如黃牛般無聲的土地。

「不，絕對不是！雖然我們都成了這副模樣，但還是應該知道……到底是誰，讓我成了瘸腿，也讓你成了這樣的殘疾人。你聽懂了嗎？孩子！」

男人這番話刺痛了七星的每個關節，也在七星過去只懂得怨天咒地的黑暗裡，照下一縷閃爍的光芒。但當他想再深入思考的時候，又會感到頭暈腦脹，天旋地轉。七星猛然抬起頭來想問個清楚，卻不知從何開口，只能無奈地望著天空。

不知不覺間，外面被朦朧霧雨所籠罩，遠山含淚，蜿蜒聳立。被大雨聲掩蓋的青蛙叫聲，讓他有種在自家村前的錯覺，眼前彷彿看見大妞的背影在老槐樹下忽隱忽現。七星輕輕地站了起來。

「我、我要回家了！」

男人也跟著站了起來。

「嗄，你有家？……快回去吧！」

七星抬起頭來，才發現男人來到自己身邊，為自己戴好帽子，咧嘴微笑。就像對母親一樣，七星莫名生出想依靠他、相信他的心情。

「走好……年頭好的話，我們還會見面的……」七星沒有回答，只是對著男人笑了笑，就邁步離開。走了一陣之後，回頭再看，男人還愣愣地站在那裡。抬起拳頭拭去眼淚，七星看了又看。

道路兩側都是粟米田、高粱田，每個田壟水流滾滾，粟米穗、高粱穗大半折腰，浸泡在水裡。「今年又是個凶年啊！」當七星正暗自神傷時，不知從何處傳來狹口蛙呱呱的叫聲。遠處喧鬧的蛙鳴聲，七星絲毫不在意，但現在身旁某處發出的「呱呱」聲，卻彷彿人的嗓音，壓在七星心上。

雨霧輕飄飄地落下，已經有點乾了的衣服，這下又被打溼。眉尾上凝結著雨霧，連心也變得沉重起來，七星懷揣著亂七八糟無端的疑問走在回家的路上。

當他走到自家村口時，雨絲又變粗，也慢慢地起風了。而一向顯得清涼舒暢的老槐樹，在愁眉不展的天空下也顯得很憂鬱。就連環抱村後的一片矮山，都埋沒在雨幕中看不清楚。但當家家戶戶的籬笆柵欄、菜地上的長藩籬，漸漸清晰地映入眼中時，七星才突然想到大妞不知道會不會頂著水甕冒雨到山下泉井打水，他慌忙地加快了腳步。

一回到家，就看到阿母雙眼含淚迎了出來。

「死孩子，都沒想到阿母在等，到哪去了現在才回來？」

阿母接過乞食袋拿在手裡，嗚嗚地哭了起來。七星一聲不吭地走進房間，接雨的盆子擺滿了半個房間，滴答的雨聲此起彼落。七星停下腳步愣愣地站著，不知該如何是好，身體比剛才更冷，抖得難以忍受。

七雲和小英愛就躺在炕頭上，英愛頭上白花花地裹著一片不知道是什麼布，不時有雨點滴落在他們小小的身體上。

「你就隨便找個地方坐，不然怎麼辦……唉，我昨天為了找你跑去縣城，找了一整夜才回來，迫不得已我連酒館的門都去敲。你這孩子，去哪裡也要交代一聲啊，太不像話了！」

阿母這下放聲大哭。

丈夫死了之後，至少還有殘疾兒子像老天一樣可以依靠，由此可知阿母的心情。七雲聽到哭聲一躍而起喊著：

「哥回來了！哥回來了！」

使勁抓著眼睛跑來跑去。於是蒼蠅也一窩蜂炸開，連英愛也跟著嗯嗯啊啊地鬧了起來。七雲兩手揉著眼睛，還是沒能看清哥哥的身影，就又伸手揉了揉。

「七雲，別揉了，再揉會更痛。唉，你不在家的時候，這兩個小東西老是病得要死。這下連眼睛都染病了。這村子究竟是怎麼回事，現在因為眼疾，到處雞飛狗跳。大人小孩都因為染上眼疾，眼睛張不開。」

七星現在什麼話都聽不進去，只想找個沒漏雨的地方躺下來好好睡個覺。七雲嗚嗚哭了一陣，最後不知想到什麼，就往後門走了出去，撒了一泡尿，把尿抹在眼睛上。

「好好地抹，別光只抹在眼皮上，連裡面也得抹上……那孩子看到你回來就高興，那麼想睜開眼睛。昨天一直喊著哥哥、哥哥，要找你。」

阿母又哭了，七星為了避開突然滴落在背上的雨點挪到旁邊坐，這次雨點落在鼻梁上流到嘴脣上來。他抹了下鼻梁，突然生起氣來。

「他、他媽的！」

「哎呀，幹嘛下雨呢！就不該起風才對，這風真是！好不容易種的粟米都被吹倒，芽要長出來了。唉喲，這下該怎麼辦才好？老天爺啊！」

阿母高舉雙手哀求，她的頭髮被雨打溼黏在額頭上，眼睛結滿眼屎，眼裡布滿血絲。七星眼睛發酸看不清楚，髒兮兮的衣服被天花板上的滴水打得斑駁潮溼。

七星趕緊跑到小門邊坐到門檻上，緊緊地閉上眼睛。不知道是不是因為眼睛疲累，眼睫毛老是刺痛眼睛。

他轉了轉眼球，突然想起磨坊來。

「昨天狗屎家的稻田破了個洞，所有的東西都被沖走了。唉喲，真可怕！那吹的是什麼風啊什麼風！我們的田地該怎麼辦？」

阿母跑了出去，七雲也哭著跟在後面跑，一不小心被門檻絆到，從半空中摔了下來，馬上放聲大哭。七星一瞪眼，「臭小孩，打死你算了！」

阿母趕緊背起七雲往回走，驚慌地向外張望，又走了出去再走進來，把七雲揍了一頓，嘴裡嘀嘀咕咕地轉身走掉。

七星不想看這情景，就斜坐著閉上眼睛，卻被什麼驚嚇到張開眼睛一看，躺在炕頭呼呼喘著氣的小英愛，想起身起不來，正無聲地嗚咽著。小英愛一個勁地在草蓆上蹭著頭，似乎覺得還不痛快，又上手抓著布片喀哧喀哧搔了起來，那聲音噁心得讓人聽不下去。

七星不想睜眼，卻又會在不知不覺間乍然睜開眼睛，於是就看到英愛小小的黃色手指抓著頭髮猛扯。這該死的丫頭死了正好！七星這麼想著又閉上了眼睛。

風吹得愈來愈猛烈，杏樹被吹斷的聲音清晰可聞，不知道房柱是不是被吹歪了，小門上不時響起砰砰的碰撞聲。七雲走進房間躺了下來。

「哥，明天討點眼藥回來，狗屎說他阿爸到縣城裡買了眼藥回來，聽說點了那眼藥之後，眼睛就好了。」

七星默不作聲地聽著，立刻想起懷裡大妞的衣料，覺得早知道還不如買眼藥回來算了。但也只是一時的想法，他隨即轉念想著該怎樣把這塊料子拿給大妞。

廚房裡才響起劃火柴的聲音，阿母就走了進來。

「灶孔裡都是水，這怎麼辦才好？這倆到現在什麼都沒吃……你也餓了吧？」

阿母說完就走了出去，但又馬上跑了進來。

「聽說大妞家的田也破了洞，那麼牢固的田也破了洞，怎麼辦才好？」

七星睜大眼睛。

「睡會兒吧！這丫頭怎麼一直扯頭髮，她都好幾天沒睡了。狗屎他阿母說老鼠皮可以當藥，就抓了隻老鼠剝皮這麼貼著，這丫頭卻老是想扯掉，大概是快要好了發癢吧！」

阿母似乎不說不快，但說大妞家的事，七星還能瞪大眼睛聽進去，說到別的事情，他就不想聽了。不過還是忍了下來問：

「是、是嗎？大妞家的田也破了洞？」

「是啊！奶水怎麼不出來……」

阿母還看著小英愛喋喋不休嘮叨著她奶水的事情。

小英愛似乎益發喘不過氣來，現在連抬手的力氣都沒有了，手抬到耳朵根就無力地垂落下來。阿母聽了聽風聲說：

「如今我們家的粟米應該也不行了！大妞家的田破了洞，我們家還撐得下去嗎……對了，大妞真有福氣，可能是不想看到這光景，聽說昨天就出嫁啦！」

「大妞？」

七星猛然提高音量，他一直抱在懷裡要給大妞的衣料，變得像石頭一樣刺著他的胸口。阿母被兒子的態度嚇到，愣愣地看著七星。

「阿母，妳看！」

七雲跳了起來嗚嗚地哭，他們都嚇得同時看了過去。小英愛不知何時扯開了布片，半片布被扯了起來，米粒似的蛆從那裡一扭一扭地蠕動出來。

「我的天啊，這怎麼回事，怎麼回事啊？」

阿母飛快地爬過去，一把撩起布片，老鼠皮也跟著被扯了起來，染血的蛆紛紛掉落下來。

「孩子，孩子，張開眼睛，張開眼睛啊，孩子！」

聽著阿母的驚叫聲，七星嘴裡不滿地「哎」一聲，氣沖沖地走去外面了。

大雨傾盆而下，大風颳個不停，再加上陣陣轟隆隆的雷聲，天在哭，閃電恣意地撕裂天空。

七星默默地瞪著那天空。

《朝鮮日報》（一九三六・三・十二—四・三）；《女流短篇傑作集》（朝鮮日報社　一九三九）

女性主義運動者、左翼作家

姜敬愛，一九〇七年出生於黃海道松禾郡，幼時失怙，隨著母親的改嫁於七歲時移居長淵。一九二四年在姊夫的資助下進入平壤崇義女校，在學期間，她有機會接觸到大量外國翻譯作品及韓國國內出版的各種雜誌、書籍，尤其醉心於無產階級文學團體「卡普」作家的作品。高三時因參加進步學生運動，帶領學生罷課，被學校開除學籍，之後來到首爾轉入同德女中，一年後輟學。一九二九年移居間島，當過教員。一九三一年回國，婚後又再次來到間島，直到一九三九年。這段期間她持續文學創作活動，曾經擔任過《朝鮮日報》間島支局局長，後因長期臥病，於一九四二年與丈夫一同返國療養，不幸於次年過世。

姜敬愛童年的生活環境，讓她親眼看到地主階級的剝削和農民的悲慘處境，這種切身的體驗也為她從事文學創作累積了豐富的素材。一九三一年姜敬愛在《朝鮮日報》上發表短篇小說〈破琴〉，同年又發表了自傳體長篇小說〈母親和女兒〉，短篇小說〈父子〉、〈那個女人〉等。一九三三年以後，又陸續創作出短篇小說〈足球賽〉、〈有無〉、〈母子〉、〈稿費二百圓〉、〈解雇〉以及長篇小說〈人間問題〉。其中被視為姜敬愛代表作的長篇小說〈人間問題〉，反映一九三〇年代初期日本殖民統治下韓國人民悲慘的生活和鬥爭，揭露了日本帝國主義和地主的惡行，展現出時代真實的面貌。

一九三五年日本殖民統治當局強迫解散了「卡普」，也對當初因種種條件未能加入「卡普」的姜敬愛產生消極的影響。加上長期貧病交迫，也銷磨掉不少她的創作熱情和進取精神，從後期她所創作的幾篇小說如〈地下村〉、〈黑暗〉和〈麻藥〉等，便可看出這一點。

出走記

崔曙海

1

金君！多次接到你的來信，十分高興，我卻連一次都沒能回信給你。對於你的這份情意，我深表感激，卻無法接受。

朴君！我不贊成你離家出走，你要拋棄身在險惡異鄉的老母少妻出走的行為，恕我難以贊同。

朴君！回去吧，快回家去吧！我的眼前彷彿看見你的父母與妻子在異鄉街頭徬徨的景象。他們所能倚靠的，只有你的懷抱，你必須去拯救他們。

你是家中棟梁，世上哪有缺了棟梁的家呢？為了微不足道的痛苦就拋棄家庭出走，這對一向意志堅定的朴君來說，是過於脆弱的行為。

日前從黃君那裡聽說你投身XX團，上了X前線的事情。就算如此，我還是無法承認這個事實。你連自己的家人都無法挽救，又哪裡有力量去挽救社會呢？

朴君！我真誠地希望你能回家，想到你的家人正被他人踐踏在腳底時，你難道能心安嗎？

金君！你在每封信裡都寫了這番話吧？我十分明白你的意思，你所寄予我深愛家人的同情，我不知該如何表達感激之意。面對好友情真意切的勸告，我總忍不住落淚。但我無法聽從勸告。因為不聽勸告對你來說或許會讓你痛苦或憤怒，但對我而言，可能是幸福。

金君！我也是人，是一個有情有愛的人。我怎麼可能會沒想到我重逾生命的家人正受到蹂躪？身為第三者，你無法感受我痛苦的萬分之一。

現在，我想向你表述我逃家的理由。對此，你要同情還是責備，那是你的自由，我只是想讓你知道實情而已。就算不是你，我也會向其他人訴說，因為我再也忍不住那份衝動。

但我敢說，你也是人，所以你也絕對無法否認我所說的話。

2

金君！五年前我離開了故鄉，這也是你知道的事情。當時，我帶著母親和妻子離開。你也知道，我之所以會離開故鄉前往間島[1]，實在是因為對生活感到絕望，想尋求一線生機，在對新世界的嚮往下才離開的。

——間島是個天府金湯之地，隨處可見肥沃土地，到處都可耕作種田，耕種得宜的話，白米也多得是。而且森林也多，不必擔心柴薪的問題。

在這裡，種種田就能過著溫飽的生活，再蓋一間乾淨的茅屋，讀讀書，教教無知農民，就能建設一個理想村。如此一來，還能開闢間島的荒地。

這是前往間島時，我腦中所描繪的理想境界。此時的我，心中不知道有多麼高興！渡過豆滿江（圖們江），翻越野蠻人嶺（今中國延邊的五峰山），眺望遼闊的平原山川時，我青春的胸膛燃燒著理想的火焰。聽到我痛快的聲音，看到我豪邁的姿態，母親和妻子也十分喜悅。

站上野蠻人嶺時，從西北方吹來的倒春寒風，狠狠地颳在臉上。

「唉喲，好冷啊！這裡還是冬天吧！」

---

1 大都指圖們江以北，海蘭江以南的中國延邊朝鮮族聚居區。

坐在推車上的母親，蒙頭罩上棉被。

「說什麼呢！就是要多冒著這風，成功才會到來。」

我用著朝氣蓬勃的聲音說，此時的我多麼開心，活力十足。

3

金君！然而我的理想已化為泡影。進入間島之後還不到一個月，洶湧的波浪就開始肆無忌憚地打在我們三個活人身上。

我想種田，卻找不到空地，在付錢買地之前，得不到一坪土地。不然就必須以佃租或打租[2]的方式耕種支那人的田地，才有田種。一年的時間裡得先向中國人借糧食吃，以佃租或打租的方式耕種的話，秋收都拿去還債，又回到最初雙手空空的模樣。但耕地種田，靠我這個毫無經驗的人，不管是佃租還是打租，收成絕對還不了一年的糧食債，而且人家也不會把土地租給像我這樣的門外漢。

陌生的山川、陌生的人們，我到底該何去何從，連個可以商量的人都沒有。我在H村街上租了個房間，思來想去之際，半個月過去，不知不覺就過了一個月。期間手上僅剩的一點錢全花光了，不要說土地了，連個工作都沒找到。

我只好捲起袖子出門，到處給人修土炕，補鐵鍋。這麼一來，才勉強餬口。這時H村的人都喊我土炕匠（修土炕的人），沒有多餘衣服可換洗的我，只能一直穿著滿是炭灰的髒衣服。

H村是個小地方，修土炕的工作也不常有，想以此維生不容易。夏天我在大太陽底下幫人鋤地，也去割草賣錢。而母親和妻子則幫人踩碓舂米，或者到河邊撿些碎木片，才勉強苟延殘喘。

金君！我就是從這時開始，才深切感受到沉重的人世之苦。啊！這也讓我思考所謂人生，果真是如此痛苦嗎？至今，我從未因自己所遭受的波折而流過眼淚。但當我看到母親撿拾樹枝，少妻踩碓舂米的時候，我的血在翻騰，我的眼在流淚。

「唉，我寧願臥病在床，也不想看到你生病難受的樣子。」

這是有一次我生了病忍不住呻吟的時候，母親哭著說出的話。當時不經意聽過的這句話，現在我才終於體會到其真實含義。

「啊！我寧願粉身碎骨，也難以忍受我親愛的母親和妻子在我面前忍飢受餓，被別人輕視！」

我幾次搥胸跌腳，在心中如此吶喊。於是我不分晝夜，無懼風雨，不管是給人鋤地、跑腿、劈柴，我什麼都做。

「你今天一定也餓了吧，早上也沒吃飽！我要是能看到你吃飽，我死也瞑目。」

只要我去打零工晚歸，母親總是哽咽地這麼說。然而我始終愉快回答：

2　田地收成和地主五五分的方式。

「我哪裡餓了？一點都不餓。」

妻子話也不多，無論要她做什麼，她總是乖乖照做，毫無一句怨言。但我益發覺得她很可憐。比起面對母親，我更恥於面對妻子。

「經濟都無法獨立的我，當初為何要娶妻？」

雖說這是出於媒妁之言父母之命，但我仍如此嘆息。因此在對待妻子時，我也益發惶恐，益發尊重她。

該怎麼做才能活下去？……我為此感到煩惱不已。對現在的我來說，「勤勞者有福了！」這句話就是騙人的。我一向將這句話當成至理名言，如今卻不免懷疑，到了後來甚至是心生否定了。

要說勤勞，此時哪裡有像我們這麼勤勞的？要說憨厚，哪裡有像我們一家人這麼憨厚的？然而我們愈來愈窮，餓個兩、三天的事情，時而有之。有一次餓了兩天，我到外面找零工未果，回家看到坐在灶臺前面的妻子（妻子此時已懷有身孕，肚子高高地隆起）正在吃什麼東西，見到我進門嚇了一跳，趕緊將手裡的東西塞到灶孔去。這時，我心中浮現一股不愉快的情緒。

「她在吃什麼呀？從哪裡得到了什麼東西？到底是什麼東西要背著母親和我吃？唉，家裡的婆娘就是這副德性！咦，可是，難道……不過她的確吃了什麼呀……」

我就這麼對妻子產生了懷疑，又是埋怨她，甚至憎厭她。但妻子依然沉默如昔，有點尷尬地低頭坐在那裡咻咻喘著氣，過了一會兒走了出去，臉上微微紅了起來。

妻子出去之後，我開始翻攪灶孔，想找出妻子剛才沒吃完丟進裡面的東西。我用木棒翻動早已冷卻的灰燼，一個紅色的東西引起我的注意。我撿起那個東西一看，是一塊橘子皮，上面印著啃咬的齒痕。我握著橘子皮的手開始顫抖，看著那齒痕，熱淚盈眶。

金君！我不知道該怎麼說，才能適當地表達我的心情。

「她是多想吃東西，肚子該有多餓，才會撿人家丟在路邊的橘子皮來吃！何況她還懷有身孕呢！啊啊，我真不是人，竟然懷疑起這樣的妻子！我是個混蛋，怎麼會對妻子心懷不滿？世上哪裡還有像我一樣歹毒的傢伙呢？我的良心過意不去，拿什麼臉來面對妻子？」

我愈想愈難過，眼淚流個不停，手上抓著橘子皮，咬牙切齒地哭著。

「孩子，你哭什麼？起來吧，我們的好日子總有一天會到來，哪會一直這樣。」

耳邊傳來這麼一番話，有人拍拍我的肩膀，我才知道是母親來到了我身邊。

「母親啊，我真是不孝！」

我在心中這麼吶喊，抱住母親的腿直想哭，但我一聲不響揪著心走了出來。

「有什麼好哭的？哭有什麼用？好好地活下去吧！無論如何先活下去再說！我的母親、我的妻子也一定要活下去。只要這口氣還在，我就要努力賺錢！」

我咬緊牙關，握緊拳頭，但眼淚依然流個不停。妻子默默來到我的身旁，手指捏著裙帶，雙眼淚漣漣。在農家長大的妻子，現在也依然靦腆，只會在我哭泣的時候陪我一起哭，卻不知道該說什麼話來安慰我。

4

金君！歲月總是不給我們夏天好日子過。

西風吹，霜雪下，寒冷的空氣威脅著衣不蔽體的我們。

從秋天開始，我就在賣大口魚。只要給三圓，就能買到十尾大口魚。我就背著在滿山溝跑，跟人換大豆。但十尾大口魚可以背在背上，用十尾大口魚換來的十斗大豆，卻沒法背著走路。無奈之下，我只好從三、四十里路遠的地方，兩斗兩斗地花了三天時間才背回來。我們就把十斗大豆當成本錢，開始賣豆腐。

妻子和我一整天都在推磨，推完沉重的石磨，兩隻手臂快斷掉了。我都這麼難受了，更何況是才剛生產完沒幾天的妻子。她的臉總是浮腫難消，可是我一有不順心的地方就辱罵妻子，罵完之後，又馬上後悔。

彈丸大小的廚房裡，掛了大鍋，擺了石磨，放了樹枝，掛上幾件衣服之後，人就只能擠作一團。蒸騰的水氣弄得門窗也掉了，牆壁潮糊糊的，所有的東西都變得軟塌塌，我們彷彿穿著衣服置身在溫水裡。有時候好不容易磨出來的豆渣，就在蒸氣裡酸掉了。當豆汁在大鐵鍋裡煮得沸騰時，奶白色豆汁表面如果凝結出一層奶油色的金黃油脂（這代表能做出好豆腐）的話，我們就安心了。但如果豆汁發白，表面沒泛油光的話，一直目不轉睛盯著看的妻子臉色，就會開始變差。如果灑了醋進去，豆汁也凝結不起來，只散發刺鼻味的話，我們的心就會往下沉。

「又壞掉了，怎麼辦？」

抱著嗷嗷待哺的孩子站在那裡盯著豆汁看的母親，哽咽地說完一句話就哭了起來。這麼一來，家中一片酸楚，籠罩在難以言喻的陰鬱、悲痛、悽慘、蕭瑟的氣氛中。

「你的辛苦我看得都心痛！磨得手臂都快斷掉了……本來還指望著賣了那個（豆腐）買點菜的……」

母親撕心裂肺般哭了起來，妻子也低頭啜泣。賣了那些豆腐也賺不了大錢，扣掉本錢頂多剩個二、三十錢，我們就靠這個餬口。為了二、三十錢，母親哭了，妻子也沒精打采的，連我都感到揪心。

那天，無奈之下只能拿發酸的豆汁當飯吃，孩子整夜哭著要吃奶。以我們的生活來說，孩子也是一件麻煩事。

5

雖然有苦說不出，傷心難過之餘，還是不得不做豆腐，但這回沒有薪柴了。我提起鐮刀出門，每次一提起鐮刀出門，因為產後餘毒老是呻吟的妻子，也會提上鐮刀默默地隨著我出門。

母親和我再怎麼堅決阻止，妻子還是不聽。

雖然是我自己砍的柴，但還是沒法放心地砍，萬一被山的地主逮到，免不了一頓打罵。因此我們只能趁著黃昏到山上偷偷砍柴，夜深了才敢回來。妻子把柴擔頂在頭上，我背在柴架上，在漆黑的夜裡走下山坡地。萬一走到半路腳一滑或不小心撞到石頭栽了個跟頭，就會被背後的柴架壓住。這時妻子就會默默地放下頂在頭上的柴擔，費力地把被柴架壓得手忙腳亂的我拉起來。但如果我背起柴架站起來的話，妻子就無法獨自頂起柴擔。若我放下柴架幫妻子把柴擔放在頭上的話，沒有人幫忙架高，我又沒法背起柴架來。無奈之下，我只能先卸下柴架放在較高大的岩石上（方便等一下架起來），先幫忙把柴擔放到妻子頭上頂好。等我們下了山，就會看到母親背著孩子，瑟瑟發抖地站在山下翹首等待我們回家。

「怎麼這麼晚才回來？我還以為你又被人給抓了，嚇得要命。」

每次聽到母親這麼說，我總感到一陣椎心的痛。我這麼偷砍樹木，好幾次都被抓到中國的警察局，挨了幾頓好打。

這段時間，鄰居奚落我們，警察也懷疑我們。

「哼，狗男女好手好腳的不去哪裡找個工作，眼高手低。瞧瞧那副眼睛發黃賣豆腐的德性，真讓人看不順眼。有卵蛋的男子漢非得那麼做才活得下去嗎？」

這是鄰居男女老少們譏諷我們的話，而有些山地主只要發現樹木被砍上警局報案，警察們不問是非曲直就先上我家搜索查問，還亂打我，我卻連個申冤的地方都沒有。

6

金君！日子就這麼亂糟糟地過，隨著數九隆冬的到來，我們也面臨飢寒交迫的窘境。找不到工作……但也不能就這麼坐以待斃，我實在不忍心看著一家人餓到臉色發青。我真想拿起利刃，刷刷刺死他們，連我自己也殺了，好早日脫離這痛苦的人生。不然就提著刀出去搶劫，只要能免於飢寒就好。我們的生活已經艱困到除此之外別無他法的地步，沒工作有沒工作的煩惱，面臨痛苦有痛苦的煩惱，我的煩惱愈積愈多。有時候，我就像個失魂落魄的人一樣，閉著眼睛沉浸在深深的思緒裡。

這時，我的腦中就會出現蠢蠢欲動的思想（時至今日重新回顧，才發現那是決定我整個命運的思想）。這種想法不是受人啟發，也不是有意為之，就像春天的草籽般，慢慢在我腦中萌芽。

——一直以來我對這個世界都是逆來順受，不管怎樣，我都努力做到這一點。就連我的母親、我的妻子……即使粉身碎骨也堅持努力，只為了活下去。然而，世界欺騙了我們，不接受我們的順從，反而侮辱、蔑視、虐待一向逆來順受的我們。我們一直活在欺騙裡，渾然不知世界其實一直包容擁護那些殘暴、虛偽、狡詐的人們。不只是我們，世上所有人都沒有意識到這一點。他們沉醉在世上如此的氣氛中，在此之前，我也跟他們一樣沉醉。我們不是出於自己的意願生活，而是作為某種險惡制度的犧牲者存活於世。

金君！我心中毫無怨懟，只是對受世上所惑、拋灑熱血猶不知醒的人們，再也看不下去，更無法對包容擁護虛偽、狡詐、歹毒、慵懶者的制度置之不理。

——在這股風氣裡，無論我們如何努力，如何逆來順受，也不會有對自己生活感到滿足的那一天到來。我們只能苟延殘喘，維持勉強不死的生活，而這種生活甚至會影響到我們的後代。每當思及在母親懷裡嗷嗷待哺的稚子的未來，我就忍不住感到痛惜和憤怒。如果我一直處在這種狀態下（幾乎可以肯定），且不說對他的大部分教養，甚至有可能會把他丟在橋下或別人家門檻前。啊！讓一個有了生命的生靈無辜消失，怎不讓人痛惜憤怒？但是，這又能說是我的罪過嗎？

金君！我再也忍不下去了，我要先拯救自己。過去，我一直是一具被催眠了的死屍，一具死屍如何能拯救別人（家人）？所以我要打倒那群想催眠我的人，拔除險惡風氣的根源。

我把這視為人類生命的衝動，也是一種擴展，我想從其中感受無上的法喜。不，我其實很早就感受到了。這種思想促使我最後逃離家庭，加入XX團，無懼風雨，不分晝夜，站上了比懸崖更危險的X戰線。

金君！再強調一次，我也是人，一個有良心的人，一個有情有愛的人。我知道從我離開的那天起，我的家人會陷入更艱難的困境裡，搞不好會陷在雪地裡或泥淖裡死掉，或是餓死也說不定。因此我在這裡也會留意別人家的奴僕、下人或路上徬徨的乞丐。啊！想到我的家人也可能淪落如此處境，我就會不自覺地流下眼淚，抓著撕心裂肺的胸膛。然而，我咬牙握拳，試著不流淚、不傷心。現在哭已經太遲了，傷心只會凸顯我們的脆弱。再痛苦也要忍耐，我要奮鬥到底。

金君！我簡單寫下了離家出走的理由，在完成自己的目的之前，我不會給家人送去隻字片語。不管是他們死，或者我死……

就算沒能成功，我死而無憾。因為我履行了這個時代作為人民的義務。啊，金君！言盡於此，情溢胸懷！

《朝鮮文壇》第六期（一九二五・三）；《血痕》（文友集　一九二六）

韓國卡普文學與新傾向派作家

崔曙海，本名鶴松，一九〇一年生於咸鏡北道城津（今北韓金策市）的貧困家庭，只上了三年小學就因無力支付學費而輟學。一九一七年崔曙海為了尋找在他幼年時期就離家從軍的父親，移民到滿洲，期間打過零工，當過伐木工人，賣過豆腐，過著社會最底層的生活。

一九二三年崔曙海返國後，與當代最受人尊敬的小說家李光洙書信往來頻繁，在他的協助之下，發表了三篇詩作，就此進入文壇。一九二四年崔曙海下定決心要以作家身分出人頭地，便將老母和妻女留在家鄉，隻身前往首爾見李光洙，李光洙建議他在揚州奉先寺居住下來。崔曙海便在奉先寺開始了自己的文學創作。先是在《東亞日報》發表了首部短篇小說〈吐血〉，不久後，又前往首爾任職於純文學雜誌「朝鮮文壇社」擔任記者，邊採訪邊創作，並且在該雜誌的推薦下，他的小說《故國》問世，如果說〈吐血〉是他的處女作的話，《故國》稱得上是他的出道作品。

隨後他積極參加致力於反映社會底層民眾生活「新傾向派」的文學創作活動。一九二五年朝鮮無產階級文學家同盟「卡普」成立，他和李箕永、韓雪野等作家也受到招攬，加入其中。同年他發表了〈出走記〉，撼動文壇。〈出走記〉生動地描寫移居間島尋求一線生機的貧窮夫妻和老母親一家三口的慘狀，被譽為新傾向派文學的代表作。其他還有短篇小說〈紅焰〉、〈朴石之死〉、〈日出〉及長篇小說〈號外時代〉。

一九二九年中外日報社以崔曙海學歷低微為理由將其解雇，崔曙海又陷入了赤貧之中。

一九三一年，他擔任了《每日申報》的文藝部長，但此時他已經重病纏身，無力再寫小説，只能以文藝評論為主。眼見就能過上安穩的生活，卻又因貧窮時期辛苦工作所種下的病根——嚴重的胃病發作，不幸於一九三二年去世。

崔曙海連小學都沒畢業，他一生大部分的時間都在勞動中度過，因此他的作品在文采或技巧方面，被批評只達平均以下、一般人的水準而已。就連文學創作上稱得上是崔曙海導師的李光洙，在推薦他的時候也說：「技巧或文采上或許不夠熟練，但重在真情與努力，未來曙海在文壇上叱咤風雲的一天指日可待」。而他之所以能在韓國文壇上留名，也正如李光洙所説的，是因為他的作品「真情流露」。

水碓

羅稻香

故事裡有個極端貧窮、寄人籬下的男人。他的身旁有個年輕漂亮、他無比深愛的妻子。然而不知從什麼時候開始，富有的主家老爺就看上了他的妻子，不斷誘惑她。他們錯綜複雜的生活究竟會朝著什麼方向發展呢？不妨讓我們來理解人物所處的情況，閱讀這篇作品吧！

1

嘩啦嘩啦流進水斗[1]，又再次傾灑而出的水，輕而易舉地撐起笨重的水碓，再砰地一聲投

1 水碓引水用的斗狀凹槽，一般為木製、竹製或鐵製。

入碓臼[2]裡。這時長工們的鼻息也在堆積著層層白色糠粉[3]的水碓裡，淒然地響起。

唰唰唰流動的水，先如珠玉，後如銀鍊，再拉長如竹竿，最後嘩啦啦如青龍直落而下，再如白龍噴湧而起，盤繞那邊山彎處十里，再從這邊田野中央貫穿五里之後，從李芳源所住的村前山腳掠過，水面上就架著一座水碓。

從水碓往裡瞧，東北方向有個大大的村莊，村裡最有錢、最有勢力的人，名叫申治圭。李芳源就住在他家當長工，為他耕種田地，和自己的妻子兩人一天天地過日子。

有個秋天夜裡，明月悠悠地照著這個寧靜的村莊。這時候，就聽見水碓坊邊一男一女站著在說話。

女的是芳源的妻子，現年二十二歲，正是激情似火、幸福無比的年輕女人。男的是五十過半，該走的路都走過，一腳踏進棺材的老人。

他似乎在說話安撫那女人。

「哎，我說的沒錯吧？詳細情況妳大概也聽老媽子說過，妳自己好好想想吧。只要妳願意，妳要什麼我都給妳。跟芳源那窮酸傢伙在一起，妳就是過個幾百年也還是脫離不了長工生活。哈哈，人啊，年輕時沒過過好日子的話，到死都別想過好日子。我的話絕對沒錯！我從老媽子那裡聽是聽了妳的話，但從來都沒直接聽妳說過，所以才約妳在這裡見面。妳到底怎麼想的？呵呵，妳就當著我的面說吧，千萬不要有任何隱瞞，嗯？」

這老人不用說就是申治圭，他貪婪地看著芳源的媳婦，一手敲著背。

芳源媳婦裝模作樣的臉上灰青青的，長長的眉毛、漆黑的雙眸，配上漂亮的小嘴、圓潤的雙頰、挺直的鼻梁，再加上窈窕的身材、厚實的臀部，再怎麼看也是一個極端理智的同時也長得像是娼婦的女人。

女人站在那裡一句話都不說，故意裝出嬌羞的樣子，臉上掛著充滿魅力的笑容回過頭來。那笑容滿足了申治圭這個禽獸，似乎也挑起了他心中的欲望，又靠近了些，花白的鬍子都快碰觸到女人的臉頰。

「嗯？怎麼不回答？害羞了嗎？又不是什麼多不好意思的事情！」他牽起女人的手接著又說：「我以前都不知道妳的手有這麼漂亮，白白嫩嫩的。長得這麼端正的孩子，怎麼就嫁給了芳源那賤東西當媳婦，一輩子就這麼浪費掉，我能不憐惜嗎？是不是！」

女人一動也不動，任由老人隨意擺布，兩隻眼睛只盯著地上看，過了半晌才扭扭捏捏開口說：

「我要說的話，老媽子都已經給您說過了，您說的那些話讓我感到受寵若驚。」

「喔，妳這是什麼話？妳千萬別那麼想。妳也知道，我不是在玩弄妳，是因為我沒有子嗣的關係，妳就為我生個兒子吧！我的東西不就都成了妳的。哎，妳別這樣，今天就許了我吧！

2　切割成石臼模樣，供碓杵舂穀物的石製容器。

3　糠的粉屑，糠是通稱稻米、大麥、粟米等穀物舂過後所脫下來的殼。

我明天就趕走芳源那傢伙，迎妳進門。」

「趕得走嗎？」

「呵呵，那有什麼難的？我叫他走，難道他還敢賴著不走嗎？」

「可是，這樣不會太過分嗎？」

「什麼？妳就是這麼想才會到現在還是這副模樣。那又如何？這事妳就別擔心了。走吧，別被妳丈夫逮到了，快回去吧！」

「您先回去。」

「為什麼？」

「被別人看到會覺得奇怪。」

「和我一起回去有什麼好奇怪的，快走吧！」

女人緩緩地跟著走了兩、三步，突然站住喊了一聲；

「老爺！」

「怎麼了？」

女人沉默了一會兒又說：「沒事，您先回去吧！」說完就轉過身去。

老爺倍感心焦地拉著她的手說：

「走吧，我們回家。」

他的心跳得很快，氣息變得紊亂。女人想甩掉他的手喊道：

「您一穩重老人家，這是幹什麼啊？」

嘴裡雖然這麼喊著，她的動作卻表現出任由老爺為所欲為的意思。老爺拉過女人抱在懷裡，轉到水碓坊後面。女人在老爺懷裡，抬起充滿情欲的雙眼看著他。

「老爺！」

喊了一聲，吞了一口口水。

「老爺您不會騙我吧？」

「不會。」

他顫抖地說。女人一手抓住老爺的手臂，另一手指了指水碓坊裡頭。

「進去那裡。」

老爺和女人在水碓坊裡過了二、三十分鐘之後才又走了出來。

2

三天之後，申治圭把芳源叫到自己家的廂房院子前。

「哎！」

芳源面對主家老爺低著頭恭敬地應了一聲。

「是。」

「過去你在我家努力工作，我很感激。不過……」

申治圭故意裝得一本正經很誠懇的樣子提起話頭來，芳源卻似乎已經預料到「不過」後面要接的話語，全身的血往胸口湧，毛髮也都豎了起來。

「從今天開始，我家有些不得已的事情，你就別待在我家了，到別地方找個好去處吧！」

芳源無法提出任何條件，而且在這裡也沒有他說話的餘地。如果老爺叫他去死，就算是裝死，他也得做。因為主人有錢，可以買賣下人。

芳源心裡很鬱悶，如果自己隻身一人，就算到哪裡去討個飯也活得下去。但帶著自己心愛的媳婦，就感到前途茫茫。他縮頭彎腰，最後甚至放下自尊，不斷哀告求情，然而一點用都沒有，主人的心比鐵石還硬。

無奈之下，芳源只好把老爺的話告訴妻子，要妻子向夫人求情，讓他們再多待一段時間。不過妻子自然不會聽芳源的，反而問他：

「那怎麼辦？以後你要怎麼養活我？」

「妳就這麼害怕以後活不下去嗎？」

「你就不怕嗎？你想想，這下我們不就死定了？」

「死？」

「你當初帶我來這裡的時候，是怎麼跟我說的？你說再怎樣就我一個人難道還怕養不起嗎？」

「沒錯！」

「是啊，那你是怎麼養活我的，有讓我過上好日子嗎？到現在都兩年了，你帶著我到處跑，還不都是住在別人家裡當長工？」

「哎，這些我難道不知道嗎？我也不願意這樣呀！日子慢慢過下去，總會有點什麼事情發生吧，怎麼可能到死都一直是這樣？」

「我不想聽！根本就是和尚看嫁妝，等到下輩子去吧！」

芳源才因為被主家攆出去，心裡一肚子氣，現在連自己媳婦也說風涼話，頓時火冒三丈。

「妳這挨千刀的賤女人，幹嘛說話挖苦人？」

「幹嘛罵人？」

「賤女人，罵妳怎樣？」

「幹嘛罵人？」

芳源媳婦變了臉色頂撞回去。

「妳這賤人，發什麼狠？」

「誰發狠了？連媳婦都顧不好的人，除了罵媳婦，還能做什麼？哼，你買過一套銀指環、銀髮簪給我了嗎？但你要我做什麼，我可是都乖乖地做了！」

「賤女人！妳就那麼想要銀指環、銀髮簪嗎？妳這骯髒的女人。」

「我哪裡骯髒了？你這東西又有多乾淨！」

媳婦嘴裡開始冒出「東西」兩字。

「賤貨！妳叫誰東西？」

芳源嘴裡邊罵，邊上手扯住媳婦的髮髻，直接提起來對著她的背脊揍了好幾拳。

「欠揍的女人！」

順腳又踢了媳婦屁股兩、三下。女人撲倒在地上又站了起來，輕輕扯過散亂的頭髮，輕顫的眼睛裡帶著一絲狠毒。

「你幹嘛打我？臭東西！你乾脆殺了我算了，你殺啊！可惡的傢伙，我死了，你也活不成！」

芳源把嘴裡罵著狠話撲過來的媳婦打倒在地，不甘示弱地又罵了一聲。

「賤貨，妳找死！」

芳源打媳婦，其實只是一種用拳頭開的玩笑罷了。每當他的拳腳落在媳婦身上的時候，比起媳婦的肉痛，他的心更痛，這是芳源早就體會到的事情。氣頭上打媳婦，其實就等於用自己的牙齒啃齧自己的心一樣，揍人的他，只感到哀傷與痛惜。然而能讓自己出氣的人，至今只有媳婦一人而已，說她是最好欺負，不如說是最能讓自己放心出氣的人。當兩人床頭吵床尾和的時候，媳婦是他最大的安慰，他由衷地感激。當芳源打了媳婦，出了氣之後，在錐心的後悔和以更熾熱的擁抱得到安慰的時候，對芳源自己來說，他又能重新獲得無比的力量和莫大的信心。

芳源媳婦故意扯開嗓子嚎哭。

整個村子的人都幾乎豎起了耳朵，但也只是說了句：

「唉，小兩口又吵架啦！」

反而羨慕起兩人的爭吵。隔壁年輕人過來笑咪咪地往裡瞧，假裝勸架的樣子說：

「別再打了！」

只有附近的孩子成堆聚在院子前，張大眼睛看熱鬧。

3

那天傍晚，芳源喝得微醺回家。早先毆打媳婦的心情不知不覺就已消解，在酒的助興下，他十分懷念媳婦的懷抱，甚至生出向妻子道歉的念頭。原本人好心腸軟又天生多情的他，只因為沒讀書愚昧地長大，才會做出蠢事，但那絕非指他性格蠢笨。

芳源步履蹣跚地走在回家的路上，慢慢闔起惺忪的醉眼，喃喃自語地說：

「該死的傢伙！要我走我就走，怕什麼？他還以為除了他家之外，我就沒地方住了嗎？哼，太可惡了，你算什麼東西，有錢了不起啊！老傢伙，再這麼下去，遲早讓你嘗嘗拳頭的滋味，我會讓你死得很難看！」

芳源跳過一條水溝，嘴裡又開始念叨：

「錢！錢算什麼？」

想了想，忍不住嘆口氣。

「唉！」

「一分錢逼死好漢啊！錢！錢！哼，人比錢重要才對，難道錢比人重要嗎？」

他又踉踉蹌蹌地跨過墊腳石橋後，「那該死的女人，幹嘛那樣撒野，作踐丈夫的心！」

他的聲音裡透著一股說不出的柔情，只要一想起自己的媳婦，芳源就忘了所有的牢騷，抬起低垂的頭望著天喊：「唉，說辛苦，她也真的很辛苦！」接著又低下頭，「我太過分了，我沒想這麼過分的。」

芳源回到家門前，緊抓著門環邊晃邊問：

「喂！睡了嗎？是不是睡了？」

卻得不到任何回應，家裡杳無人跡。

「這女人跑哪裡去了？」

他用力地甩上門扉之後，又往大街上走，走到隔壁家去。

「大嬸！有沒有看到我家媳婦上哪裡去了？」

正在吃飯的隔壁夫妻回答：

「你又在哪裡喝醉了回來？孩子他娘剛才頭髮梳得漂漂亮亮的，到水碓坊附近去了。」

「到水碓坊附近？」

「是呀！」

「該死的女人！到水碓坊附近去吃什麼呢！」

芳源獨自朝著水碓走去，嘴裡還嘀嘀咕咕的。

他才剛轉到水碓坊後面，就看到申治圭和自己妻子從水碓坊走了出來。

「啊！」

事出意外，芳源站在那裡愣了半晌，只能呆呆地看著眼前光景。

他的眼中燃燒著熊熊怒火，烈焰燒紅了他的眼睛，雷霆閃電交織在眼裡。他氣得全身發抖，上下牙根咬得嘎嘎作響，拳頭握得死緊。

女人和申治圭看到芳源站在那裡，起初有點膽戰心驚，隨即恢復泰然自若的樣子，有點「事已如此由不得你」的意思。

芳源衝過去抓住女人的手，咬牙切齒地說：

「我沒想到妳會做出這種事情。」

女人先是一句：

「什麼事情你沒想到呀？」

接著眼神冰冷地瞪著芳源說：

「以後就見怪不怪了，真是後知後覺。放手！幹嘛抓著人家的手不放，從今天開始你就不能對我這麼隨便了！髒東西！女人都說了不要，你就該乖乖離開，這麼做一點也不像個男子漢！放手！」

女人用力甩著手，但全身充斥著怒火的芳源怎麼可能輕易放手。

「喂！妳這話當真？」

「這話不當真，難道是我吃飽了沒事幹騙你的嗎？」

「妳真是瘋了！」

「你罵誰瘋了？氣死人了！放手！給我放手！幹嘛這麼死皮賴臉的？放手！」

使勁甩了半天，女人的手終於掙脫出來。女人揉捏手腕，故作嬌弱地轉過身去。

一直站在稍遠處旁觀這情景的申治圭向前兩、三步，不自然地虛咳一聲，故意扯著嗓子大聲呵斥：

「喂！你既然酒醉了，就該早點回家睡覺，這是幹什麼？你就這麼目中無人嗎？你們夫妻吵架到哪裡不能吵，也不看看這裡有沒有人在？」

「呸，可惡的傢伙！」

芳源瞪大雙眼，一聲不吭地瞧了好一會兒。照自己的想法，最好就是把申治圭痛打一頓，但在他的腦中至今依然留有對方是主人的觀念。電光石火中，這觀念束縛了他的嘴和手臂。從小到現在一直都在伺候別人的他，敬畏主人的觀念已經深植在腦海中。但從此時此刻起，申治圭不再是自己的主人，自己也不再是申治圭的奴僕，現在就是兩個完全相同的「人」，面對面站著。不，從現在開始，申治圭就是芳源的仇人，是芳源恨不得啃他的心、齧他的骨的仇人。

申治圭望著直視自己的芳源問：

「你這麼看著我想做什麼？這世界就快完了，什麼怪事無奇不有，你這東西能拿我怎樣？」

「這東西？」

芳源向前走了一步，樹幹般有力的雙腿大步逼近時，申治圭連髮梢都瑟縮起來。當兩隻鐵拳突然揮到眼前，他的心往下一沉。

「你嘴裡竟然還敢說出『這東西』三個字？你這狗傢伙，就算斷你手腳也難解我心頭之恨。你是為了奪走我媳婦，之前才攆我走的吧？」

「哼，這東西真是瞎了眼！哎，我先回去啦，妳和妳男人晚點回來！」

申治圭一看情況不對，就想偷偷摸摸溜之大吉，才轉身想走，就被芳源緊緊地扯住衣領，一手抬了起來。

「狗東西哪裡走？你還沒嘗過我拳頭的滋味吧？」

說著就一把將申治圭摔在地上，上前騎在他身上，手用力扼住他的喉嚨。申治圭就像被蛇捕食的青蛙一樣，只能發出嗽嗽聲，一句話也說不出來。

「狗東西，我們就拚個你死我活吧！」

芳源說完這句話，拳頭就毫不留情地打在申治圭身上。後來似乎覺得只用拳頭還不夠，撿起一旁的尖銳石頭猛砸。在他的手臂裡、他的身體裡沸騰的憤怒，已經達到了極點，隱藏在人心中的殘忍本能，毫不保留地全都顯現出來。他的眼睛閃爍著恐怖的光芒，就如同捕捉到活生生獵物的豺狼一般，非要見血才能滿足。對他來說，彷彿有種超自然的恐怖力量湧上了他的手腳。

看著這光景的女人嚇壞了，恐怖的事情就發生在眼前，她的雙腿發軟，動彈不得。

「救人啊！救人啊！」

靜夜中的冷清小村裡響起了女人淒厲的呼救聲，聽到這聲音的芳源更加用力，乾脆閉上眼睛死命猛砸。骨頭遭石頭擊打的聲音，伴隨著皮開肉綻的聲音啪啪響起，染血的石頭四散開來，肉沫飛濺在撕裂成條縷的衣服上。

村子裡傳來陣陣騷動，隨後響起皮鞋的雜沓聲、刀具的匡噹聲。芳源腦中有什麼一閃而過，他的手還握著拳，暫時回過神來，往那方向側耳聽了聽。

「巡佐！」

他騎在申治圭的肚子上，聽到了巡佐的皮鞋聲，這才意識到自己幹了什麼事。

他像個瘋子一樣站了起來，走向一旁不停哆嗦的女人。

「哎！走吧！逃走吧！我們一起走吧！來呀！快，快點！」

女人怕又會有什麼事情發生在自己身上，忙不迭地想逃。芳源跟在女人的後面說：

「哎！哎！妳就這麼不理解我嗎？妳難道不知道我有多為妳著想？來呀，快，我們逃走吧！快點，巡佐從後面追過來了。」

女人邁著急促的碎步，頭也不回地說：

「不要！要走你自己走！我不要，不要。」

「走吧！嗯！走呀！」

芳源瘋狂地拉扯女人的手臂。這時，突然有人像上刑架似地從後面抱住他的兩隻手臂。

「你這傢伙！還想跑到哪裡去？」

芳源不用回頭就知道是誰，他全身發軟，一個撐不住正要向後倒的時候，一記重拳就毫不留情地掃過他的臉頰。

「給我站好！」

「是！」

他下意識地低下頭，聲音也變得必恭必敬。

申治圭還躺在地上慢騰騰地滾來滾去，發出悽慘的叫聲。

芳源被警繩捆綁住，他媳婦身上好端端的，兩人被帶到了當地派出所，申治圭則被長工背回家去。

4

三個月過去，以傷害罪被關在監獄服刑的芳源刑期屆滿出獄，申治圭卻一點事都沒有，在自己家養傷，還把芳源的媳婦迎進了家門。申治圭全身傷好之後，一個人默默沉思。

「還以為會被打死，沒想到竟然還能這麼活著！」

他摸摸自己臉上的傷疤。

「或許那傢伙那麼做對我來說反而是一種幸運，雖然臉痛是痛了些！呵呵。」

「我還在擔心該怎麼才能擺脫那傢伙，這下剛好！如果能讓那傢伙在牢裡關上個十年，那該有多好。」

芳源在牢裡想，出獄之後一定要弄死那對狗男女，自己就算死了，也要做個了斷。

想到自己被趕出來，媳婦也被搶走，他就恨得咬牙切齒。再想到這一切都要怪自己沒錢，他就更加憤怒。

「嘖，不要臉的賤女人！」

他把鐵鍊掛在紅褲子上，做工的時候偶爾也會在地上吐著口水，一個人喃喃自語。

「人這麼活著有什麼意思，好好的一個人，媳婦被搶了，還硬生生吃了牢飯……」

他在出獄前又四下張望了監獄一次，心裡想著我最後會在這裡喪失生命，還是會拿刀親手自刎，有個了結出來。芳源再給自己打打氣，就帶著苦澀的笑容離開。

走了將近兩百里的路，終於來到女人所在的村莊。

但這裡的人都裝作不認識他，即使是過去交往密切的人，見著他也避之唯恐不及。

眾人就像對待痲瘋病人一般對待芳源，他感到出獄之後世間變得更加冰冷，比自己想像的更加無情。無奈之下，他只能在附近的山裡遊蕩到深夜，才下山回到村子。當他再次打水碓坊前經過的時候，三個月前的事情歷歷在目。當他想起自己就是在這裡被捉走，冤枉憤怒的情緒讓他更加怒火中燒。他駐足不動，想起當時的事情，全身戰慄，便尋往之前的家而去。

天氣嚴寒，到處都是積雪。芳源身上還是秋天入獄時穿著的衣服，然而即使寒風刺骨，但在憤怒的情緒和衝動的心情下，他絲毫不覺寒冷。

「該把那對狗男女都宰了嗎？」

他獨自在心裡琢磨，但隨即轉念：

「當然啊，那種人饒了他們一命活著也沒用。」

想到這裡他又摸摸插在腰上略長的短刀，心懷感激地摩挲著。

芳源從申治圭家的籬笆翻了進去，所到之處如過去一般熟悉。他看了看廂房，又轉身向後，來到對面房間的窗門下。豎耳傾聽，卻聽不到任何聲響。他拔刀握在手裡，再故意匡噹匡噹晃動後窗門。

「誰啊？」

女人打開窗門探出頭來，他趕緊躲到一旁去。窗門再度關上，女人回到裡間。

芳源的心莫名地有了動搖，當漂亮媳婦的聲音久違地傳入耳中，他彷彿回到監獄裡置身夢中，那麼妖嬈迷人地蠱惑他的心。他恍如夢中又見到自己媳婦，久違之後再度相逢，他所有的決心都如春日融冰般化為一攤水。媳婦該不會永遠忘了我吧？當他想起往日情誼，覺得那一切都只不過是騙人的。

但就算是媳婦把自己送進監獄裡，他還是提不起勇氣舉刀一把殺了她，於是心中開始猶豫起來。

「不行，我得再問問她！」

他再次握緊拿在手裡的刀。

「騙人的，騙人的！那是不可能的。」

他心中半信半疑。

「就這麼辦吧！再問一次看看，到時再決定是要殺了她，還是饒了她。」

芳源再次晃動窗門，女人這次又打開了窗門四下張望，穿著舊草鞋走了出來。

「誰啊？」

就在她正要轉向芳源站的拐角處時——

「是我！」

一隻手掩住她的口，一把刀橫在她胸前。

「敢叫我就殺了妳！」

芳源用手巾塞住女人的嘴，捆綁之後就把女人背在背上飛奔而去。沒多久他就把女人背到了水碓前，放下女人之後，他解開了女人身上的繩子，喘了一口氣說：

「認不出我了嗎？」

黑漆漆的三十夜裡，他把臉貼近女人眼前。女人仔細瞧了他的臉之後「啊！」地尖叫一聲，向後倒退。

「別怕，今天只要聽我的話，我就饒了妳。不然的話，就是這個！」

芳源把鋒利的刀子貼了過來，女人隨即又鎮定下來。

「有什麼好說的？你的話要聽早就聽了，何必等現在？你也知道人家的心意吧！兩年前你和我逃到這裡的時候，我的前夫拿著刀說要殺我，刺了我的腰，那傷痕至今還留著，每天晚上你還摩挲個不停。你以為我會怕那勞什子刀不敢做自己想做的事情嗎？哼，男子漢這什麼卑鄙的手段呀？來呀，要刺就刺刺看，來呀，來呀！」

女人挺高胸膛，咄咄逼人。芳源被女人大膽的態度驚嚇到，反而把拿在手裡的刀往後縮了縮。他下意識地往前靠近一步問：

「真的嗎？」

「不然呢？我雖然是個女人，但可不像你這麼膽小！這算什麼？」

女人這麼說著，但還是有點害怕，就趁機把芳源手上的刀子拂到地上去。

當刀子一掉落在地，芳源眼中一直以來都像個勇士的女人，顯得多麼卑劣可恥，於是他又撿起刀來拿在手上向女人挑釁。

「嘖，妳這狡猾的賤女人，到底打算怎樣？現在馬上跟我走得遠遠的。來，走吧！」

他眼中噙滿淚水，不停地想說服女人，甚至苦苦哀求。

「走吧！讓我們就像以前一樣逃得遠遠的，我對妳真的下不了手。」

女人眼中浮現狠毒，閃爍著如黑夜閃電一般的寒光。

「不要，就算死了，我也不想走。如今我再也不想苟且偷生，過著貧賤的生活。我過膩了！」

「妳竟然說得出這種話？妳讓我回不了我們的故鄉，讓我失去了一切，後來又讓我進了堪稱人間地獄的監牢。現在連我最後的願望妳也不願意聽從嗎？」

「我知道我遲早會死在你手裡！來吧！今天死，明天死，橫豎都是死，既然如此，你殺了我吧！」

「妳此話當真？當真？」

「當真！」

女人表現出下定決心的意志，芳源的手抖個不停，最後他緊緊地閉上眼睛。

「去死吧，妳這個狐狸精！」

拿起刀就對著女人的腰肋用力刺了進去。女人咬緊牙關大喊一聲：

「殺人啊！」

就倒在地上死了。芳源握著刀把的手染上了鮮血，哆嗦之下血滲了出來。他拔出刀來拿在手上，倒轉刀尖刺向自己胸口，一刀斃命，倒在女人屍體上。

《朝鮮文壇》（一九二五・九）；《韓國小說文學大系二十二—羅稻香等》（東亞出版社　一九九六）

寫實主義代表作家

羅稻香，本名羅慶孫，筆名彬，「稻香」其實是他的號，一九〇二年出生於首爾。一九一九年當他從私立培材高等普通學校[4]畢業之後，同年進入京城醫學專門學校，但因志在文學，瞞著家人偷偷渡海到日本，卻因學費未能及時送達而返國。一九二〇年在慶尚北道安東擔任小學教師，一九二二年一月與洪思容、李相和等人創辦同人刊物《白潮》，發表短篇小說〈年輕人的時節〉，從此展開創作生涯，一九二六年因肺結核病逝。

羅稻香開始從事文學活動的一九二〇年代初期，正值日本殖民時期的時代痛苦與三一運動的失敗，使得知識分子深感絕望，轉而沉浸在否定現實的意識中。這個時期的代表性雜誌《白潮》在展現出對現實的憎惡與對浪漫世界的憧憬之際，也表達出年輕藝術家沉浸在憂鬱與悲憤、怨懟與嘆息的感覺和精神。身為「白潮派」重要成員之一的羅稻香，早期所發表的作品如〈年輕人的時節〉、〈擁星入懷別哭〉、〈幻戲〉、〈昔夢如此蒼白〉等，情感的描繪十分誇張，故事情節的展開充滿偶然，顯露出初期的不成熟。而對愛情與藝術的憧憬，並未以具體現實為後盾，而是建立在理想觀念的層面上，與白潮派的浪漫主義屬性完全一致。

一九二三年開始，羅稻香的文學出現了一定的變化。他受到新加入《白潮》的金八峰灌

4 前身私立培材學堂，是韓國第一所近代化中等教育機構，一八八五年由美國傳教士阿本則（H. G. Appenzeller）本著普及新式教育、培育人才為目的所成立。

輸的階級主義思想的影響，轉而關心起貧窮或階級衝突之類的社會現實問題。這個時期所發表的〈十七圓五十錢〉、〈女理髮師〉、〈奴婢子女〉、〈尋找自己之前〉、〈電車車長的日記幾節〉等作品的共同點，就是對小說人物貧窮生活的刻畫。在小說的情節上，不再是充滿感傷的主觀世界，取而代之的是對具體日常的觀察與描述。

羅稻香的文學顛峰代表作品是後期三部作品〈啞巴三龍〉、〈水碓〉、〈桑葉〉，以及〈池亨根〉。這些作品將人的本性與命運和社會環境相結合，謀求浪漫主義和現實主義的協調。同時也克服了前期作品顯現出的感傷主觀與對客觀現實的膚淺觀察，產生了豐富的文學意義。

羅稻香的作品多以對社會受虐者的愛心和共鳴為基礎。這就是生為富裕家庭的長子，本來可以走上安定的醫生之路，卻放棄一切，自願選擇貧窮文學家生活的羅稻香，其浪漫氣質所能抵達的高度。羅稻香作品具有的魅力，在於即使將客觀的現實以寫實的方式描繪出來，也加上浪漫成分，創造出更豐富的文學意義。標題就不用說了，就連作品裡的素材也被賦予了更多樣化的象徵意義，刺激讀者的想像力。他的作品甚至將人世間的各種醜陋、悲劇的一面，也帶上了浪漫色彩。二十四歲就因肺結核早夭的羅稻香，也因此更讓人惋惜他短暫的生命。

韓國文學年表

許景雅 編製

一八七六年　朝鮮與日本簽訂「江華島條約」〈朝日修好條規〉，朝鮮實施開港，就此結束鎖國狀態。

一八九四年　一月，朝鮮爆發東學農民運動。

七月，朝鮮朝廷實施甲午改革。

八月，中日爆發甲午戰爭。

一八九五年　明成皇后遭到日本軍人殺害。

朝鮮近代啟蒙運動的先驅俞吉濬（一八五六—一九一四）發表《西遊見聞》。此書主要介紹了俞吉濬前往日本、美國留學，以及到歐洲各地遊覽時體驗到的近代經驗，為韓國第一本介紹西方近代文物思想的書。

一八九七年　大韓帝國成立。

一八九八年 純韓文日報《帝國新聞》開始發行。

一九〇四年 韓漢並用報《大韓每日申報》創刊。

一九〇五年 大韓帝國與日本簽署「韓日協商條約」。〈第二次韓日協約，乙巳條約〉。大韓帝國就此成為日本的保護國。

一九〇六年 李人稙（一八六二—一九一六）開始連載新小說〈血的淚〉。「新小說」為韓國古典小說逐漸轉型成近代小說的過渡期出現的形式。新小說的出現主要受到開化期國語國文運動的提倡、近代出版制度的登場、新聞文藝欄的出現，以及開化思想的鼓吹等當代社會背景的影響。其內容主要立基於啟蒙主義式的文學觀，鼓吹民族自主意識、風俗改良、自由戀愛思想。

一九〇七年 《大韓每日申報》開始發行純韓文版。

一九〇八年 崔南善（一八九〇—一九五七）發表新體詩〈海——給少年〉。新體詩為韓國新文學運動初期出現的新式詩歌形式，被視為韓國現代詩的出發點。
申采浩（一八八〇—一九三六）發表英雄傳記《乙支文德》、《李舜臣傳》。這些英雄傳記皆以傳統漢文學的傳記形式來回應面臨邁向轉型期的朝鮮社會現實。此外，當時的朝鮮文人也積極翻譯、介紹《義大利建國三傑傳》、《愛國夫人傳》、《華盛頓傳》等大量國外的愛國英雄傳記。此類文學作品主要鼓吹朝鮮民族意識，並強調對外來勢力的抵抗以及獨立自主意識。其精神正反映了當時在國際上受到西方各國和日本的覬覦，因而面臨存亡危機的弱小國朝鮮的困境。

一九〇九年 朝鮮義士安重根（一八七九—一九一〇）在哈爾濱槍殺當時日本的內閣總理大臣伊藤博文（一八四一—一九〇九）。

一九一〇年 日韓合併。朝鮮就此成為日本的殖民地。

一九一四年 日本東京朝鮮留學生學友會發行機關誌《學之光》。

一九一六年 李光洙（一八九二—一九五〇）發表文學評論〈何謂文學？〉。在這篇文章中，李光洙首次將西方的文學概念「Literature」翻譯成韓文，就此確立韓國近代「文學」的概念，並將文學的核心價值定義為「情」。

一九一七年 李光洙從一月到六月在《每日申報》上連載長篇小說〈無情〉。此小說為韓國最初的近代長篇小說。此作品描寫了徘徊在代表封建倫理的舊時代女性英彩，和代表文明開化和發展的新時代女性善馨之間，持續無法做出抉擇的男性知識分子李亨植的苦惱和掙扎。在這部小說中，李亨植內心的苦惱正代表了一九一〇年代，面臨轉型期的朝鮮須回頭擁抱傳統，或是要邁向現代的兩種價值觀之間的衝突。

一九一九年 朝鮮爆發三一運動。此後，朝鮮總督府將統治方針從原先的武斷統治改成文化統治。

金東仁（一九〇〇—一九五一）、朱耀漢（一九〇〇—一九七九）等日本留學生在東京創辦最初的文藝同人誌《創造》。此雜誌力圖與其他當代其他綜合型雜誌做出區別，標榜純文藝性質。

一九二〇年　《朝鮮日報》、《東亞日報》創刊。

廉想涉（一八九七—一九六三）主導的純文藝雜誌《廢墟》創刊。此雜誌的同人們被稱為「廢墟派」，主要引介十九世紀後半葉，西方象徵主義思潮和頹廢派作品。

一九二一年　金素月（一九〇二—一九三四）發表詩〈杜鵑花〉。

一九二二年　玄鎮健（一九〇〇—一九四三）和羅稻香（一九〇二—一九二六）主導的文藝同人誌《白潮》創刊，其中收錄的作品大都屬於唯心主義傾向的文學作品。

一九二三年　日本發生關東大地震。許多朝鮮人在地震過後遭到日本軍隊、警察、民眾屠殺。

一九二四年　玄鎮健發表具有寫實主義色彩的短篇小說〈走運的日子〉。此小說主要描寫了日本殖民統治下底層朝鮮民眾的生活。作者在此小說中巧妙地運用了西方文學中的反諷（irony）技巧，絲毫不流露出一點受到西方文學影響的痕跡。

廉想涉發表中篇小說〈萬歲前〉。此小說原先的題目為「墓地」，主要描寫了「萬歲」運動之前，也就是一九一九年發生三一運動之前，朝鮮的社會現實。

李光洙主導的文藝雜誌《朝鮮文壇》創刊。

一九二五年　金東仁發表自然主義色彩濃厚的短篇小說〈馬鈴薯〉，此小說奠定了他在韓國文學史上自然主義作家的地位。

金素月出版詩集《杜鵑花》。

一九二六年　朝鮮無產階級文學家同盟（卡普〔KAPF〕）成立。此文藝團體主要推動了文學、戲劇、電影、音樂、美術等各領域的無產階級文藝運動。其會員人數曾達到兩百人。

朝鮮爆發六一〇萬歲運動。此運動發生在一九二六年六月十日，是以大韓帝國最後一位皇帝純宗的國葬為基礎所引發的民族獨立運動。

韓龍雲（一八七九—一九四四）出版詩集《你的沉默》。

一九二七年　大眾綜合雜誌《三千里》創刊，此雜誌與另一雜誌《別乾坤》同時被譽為大眾雜誌的雙璧。

一九三一年　滿洲事變爆發。

發生第一次卡普檢舉（拘捕）事件。

一九三三年　李箕永（一八九五—一九八四）發表長篇小說〈故鄉〉。此小說深刻描繪了殖民地朝鮮農民的現實生活，以及農民與資本家之間的對立。此作品被譽為殖民地時期韓國寫實主義文學的最高峰。

朝鮮語學會制定、發表〈韓語拼寫法統一案〉。

鄭芝溶（一九〇二—一九五〇）、金起林（一九〇七—？）、朴泰遠（一九〇九—一九八六）等人組成純粹文學團體「九人會」。此團體追求純粹藝術，奠定了韓國現代主義文學的基礎。

一九三四年

李箱（一九一〇—一九三七）發表詩〈鳥瞰圖〉。

朴泰遠發表中篇小說〈小說家仇甫氏的一天〉。此小說擺脫了以事件為中心的既有小說形式，描寫了小說家仇甫在一天之內，漫步在一九三〇年代京城（首爾）的過程，以及資本主義都市的日常風景，並不時佐以意識流的手法描繪主角突如其來湧上的各種思緒。此作品與李箱的〈翅膀〉被譽為韓國近代文學中最具代表性的現代主義作品。

姜敬愛（一九〇七—一九四三）發表長篇小說〈人間問題〉。此小說描寫了原為農民的主角與資本家產生對立後，最終不得不成為勞工的過程，以此呈現了資本主義入侵了殖民地朝鮮的農村後，原先以農業為基礎的農村如何逐漸變成以工業為中心的樣貌。

發生卡普第二次檢舉（拘捕）事件。

一九三五年

朝鮮總督府下令各級學校實施神社參拜。

沈薰（一九〇一—一九三六）發表長篇小說〈常綠樹〉。此小說當選了《東亞日報》創立十五週年的特別徵文文學獎，其內容主要描寫了兩個青年學生投入農村啟蒙運動後，所發生的一連串故事。此作品與李箕永的〈故鄉〉被譽為韓國近代文學史上最具代表性的農民文學。

卡普解散。

一九三六年　李箱發表短篇小說〈翅膀〉。此小說透過描寫一個殖民地知識分子的消極生活態度，以展現現代人分裂的自我意識和孤獨。

一九三七年　中日戰爭爆發。

一九三八年　李光洙等二十八名朝鮮知名人士提交思想轉向書。

朝鮮總督府下令禁止韓文教育。

一九三九年　第二次世界大戰爆發。

文藝雜誌《文章》、《人文評論》創刊。

一九四〇年　朝鮮總督府實施創式改名，要求朝鮮人將原先的姓氏改成日本式姓名，並推行一連串的皇民化運動。

《朝鮮日報》、《東亞日報》等大型報刊遭強制停刊。

一九四一年　日本空襲珍珠港，太平洋戰爭正式爆發。

日本首相東條英機宣布建設大東亞共榮圈。

《文章》、《人文評論》遭強制停刊。

《國民文學》創刊。此雜誌為殖民地末期最具代表性的戰爭協力（Wartime Collaboration）文藝雜誌。

一九四二年　朝鮮語學會的機關誌《韓文》遭強制停刊。

親日文人出席大東亞文學者大會。

一九四三年　親日作家組成親日團體——朝鮮文人保國會。

朝鮮總督府下達徵兵制和學兵制。

一九四四年　朝鮮總督府公布女子挺身隊勤務令。

一九四五年　八月十五日，日本天皇向聯合軍宣布無條件投降，朝鮮從日本殖民統治中解放。

九月八日，美軍從仁川登陸，開始進駐朝鮮半島三十八度線以南。

九月十九日，蘇聯軍隊從元山港登陸，開始進駐朝鮮半島三十八度線以北。

一九四六年　三十八度線的通行遭禁止。

李泰俊發表中篇小說〈解放前後——一個作家的手記〉。此小說以作家「玄」的手記為基礎，以紀實的形式記錄了一九四五年八月十五日前後劇烈變化的朝鮮社會的樣貌。此外，此作品中也充滿了作家「玄」對解放之前，自己寫過的作品和消極態度的反省。

一九四八年　四月三日，濟州島發生四三事件。

八月十五日，三十八度線以南成立大韓民國。

九月九日，三十八度線以北成立朝鮮民主主義人民共和國。

十月，蔡萬植發表短篇小說〈民族的罪人〉。此小說以第一人稱的視角，訴說自己為了存活，因而不得不走上親日道路的過程。此類文學作品在解放後的朝鮮文壇相當盛行，反映了日本的殖民統治結束後，要求清算殖民渣滓，以及要求文人們對過去自己的親日行為進行徹底批判的新生朝鮮的社會氛圍。

十月十九日，南韓發生麗水—順天事件（又稱麗順事件）。

一九五〇年　六月二十五日，韓戰爆發。

一九五三年　四月，張俊河（一九一五—一九七五）創辦綜合教養月刊《思想界》。

七月二十七日，南北韓簽署休戰協定。

孫昌涉（一九二二—二〇一〇）發表短篇小說〈下雨天〉。此小說以六二五韓戰爆發後，下著雨的釜山為背景，描寫了遠離北方的故鄉，來到南方避難的東旭兄妹的慘澹生活。此作品精準地捕捉了韓戰過後，南韓社會中的人們因戰爭後遺症所產生的陰鬱心理和虛無意識，因而被選為韓國戰後文學的代表作品。

一九五五年　文藝月刊《現代文學》創刊。

吳尚源（一九三〇—一九八五）發表短篇小說〈猶豫〉。此小說描寫了在韓戰中，被北韓人民軍俘虜的南韓士兵在等待槍決前，不時浮現在腦海中的戰場記憶和自我意識。而小說題目〈猶豫〉指的正是這段等待死亡的過程。

一九五七年　鮮于輝（一九二二—一九八六）發表中篇小說〈火花〉。此作品以三一運動到六二五韓戰為止，長達三十多年為背景，描寫這段動亂期間，從祖父、父親到孫子的家族三代所歷經的苦難。此小說強烈批評了人們面對歷史時的消極心態，並且相當正面地刻畫了孫子積極面對歷史事件的行動和態度。

一九六〇年　南韓發生四一九革命（又稱四月革命）。第一共和瓦解。總統李承晚（一八七五—一九六五）下台，流亡到夏威夷。八月十三日，第二共和國成立，尹潽善（一八九七—一九九〇）為總統，張勉（一八九九—一九六六）為國務總理。十一月，崔仁勳（一九三四—二〇一八）在雜誌《黎明》連載中篇小說〈廣場〉。此小說描寫一九四五年朝鮮解放到韓戰期間的歷史動盪，一名為了追求理想生活、來往於南北韓之間的哲學系大學生的苦惱。對南、北韓體制都幻滅的男主角企圖到第三國重新展開人生，卻意識到所謂新的生活也不過是自己的幻想，最終還是選擇了自殺。此作品直接探討了南北分裂和意識型態對立的問題，作者還以「密室」和「廣場」暗喻當時南韓和北韓的政治體制，指出唯有「密室」和「廣場」彼此相通才能成為人類理想的社會，藉此表達作家本人對南北統一的期望。

一九六一年　五月十六日，南韓發生五一六軍事政變，第二共和國瓦解。朴正熙（一九一七—一九七九）上台執政，第三共和國成立。

一九六四年　金承鈺（一九四一—）發表短篇小說〈霧津紀行〉。小說主角是一位藉著娘家背景才得以進到首爾大型製藥公司的社員。縱使擁有令人欽羨的職業背景，仍感到內心空虛的主角選擇遠離首爾，回到故鄉霧津展開一段短暫的假期。然而故鄉霧津對主角而言並非是個溫暖、令人感到放鬆的休憩地，反倒讓主角想起了韓戰期間，自己曾經逃避兵役的恥辱記憶。主角在此遇見了與自己個性相合的音樂女教師，並承諾將帶著女教師到首爾一同生活。然而在午夜接到妻子的電話後，主角最終還是帶著羞恥的心情拋下了女教師，再次回到首爾以及原先的日常。作者在此作品中正面揭露六〇年代南韓的社會現實，並以細膩的意識流手法呈現主角虛無的內心意識，因而此作品可謂帶領了南韓文學脫離五〇年代的戰後文學，邁向一九六〇年代「感性革命」的重要作品之一。

一九六五年

六月二十二日，南韓與日本簽署「韓日基本條約」（又稱韓日協定）。日本給予韓國三億美元的損失賠償金、兩億美元的有償借貸，以及三億美元的企業貸款。韓日外交正常化。

一九六六年

白樂晴（一九三八—）主導的文藝雜誌《創作與批評》創刊。此雜誌主張文學須介入社會現實，並積極鼓吹寫實主義的寫作技巧。

一九七〇年

南韓推動新鄉村運動。

南韓發生全泰壹（一九四八—一九七〇）自焚事件。

八月文藝雜誌《文學與知性》創刊。相較於高舉現實意識的《創作與批評》，《文學與知性》則較強調文學的形式美學，固守純粹文學的範疇。

一九七二年　七月四日，南北韓政府發表七四南北共同聲明。

十月二十七日，南韓政府通過「維新憲法」，第四共和國成立。

北韓頒布新憲法，公布主席制和唯一體制。

一九七三年　黃晳暎（一九四三—）發表短篇小說〈去森浦的路〉。此小說描寫了離開家鄉到大都市尋找工作機會，卻又無法適應都市生活，企圖返回故鄉的底層勞工的旅程。對小說中的人物而言，假想空間「森浦」是他們的故鄉，也是使他們能脫離痛苦的都市生活、獲得心靈慰藉的理想空間。但在急速的產業化和都市化的過程中，故鄉「森浦」也逐漸失去原本的樣貌，這使得異鄉遊子不得不感受到連最後一塊淨土也都失去的的徬徨感。

崔仁浩（一九四五—二〇一三）發表短篇小說〈他人的房間〉。此小說描寫了妻子外出，獨自留在公寓房間裡的主角發現，房間的物品竟然開始動了起來，變得不像自己以前的房間。主角面對如此陌生的房間，一開始顯得徬徨，但隨著時間的流逝，自己的身體也逐漸麻痺，最終竟變成了物品。作者以非現實的手法來暗喻大都市的生活導致人與人之間的疏離，以及人性和主體性喪失的問題。

一九七六年　趙世熙（一九四二—）發表中篇小說〈侏儒射上的小球〉，並於一九七八年與其他十一篇中短篇小說共同集結，以連作小說的形式出版。這些短篇小說各自具有獨立性，在情節上卻又彼此環環相扣，可作為一本長篇小說來閱讀。故事描寫原先的家遭到拆遷的侏儒一家與高樓企業資本家之間的對立，以此探討一九七〇年代南韓社會在歷經產業化的過程中，南韓都市產生的貧富差距、階級對立，以及居住正義的問題。

一九七九年　十月二十六日，朴正熙遭到部下金載圭（一九二六—一九八〇）槍殺，史稱十月二十六事件。

十二月十二日，全斗煥（一九三一—）發動政變，史稱雙十二政變，維新體制宣告瓦解。第五共和國成立。

一九八〇年　五月，光州發生光州事件（又稱光州民主化運動）。

南韓政府公布第五共和國憲法。

一九八七年　六月，南韓爆發六月抗爭（又稱六月民主抗爭）。

六月二十九日，第五共和國發布六二九宣言，同意總統直選，並採取民主改革措施。

一九八八年　二月二十五日，盧泰愚（一九三二—）就任總統，實施第六共和國憲法。第六共和國成立。

五月，《韓民族新聞》創刊。

七月十九日，南韓政府解禁越北作家的作品和資料。

九月，南韓舉辦首爾奧運。

一九八九年　方賢石（一九六一—）發表短篇小說〈黎明出征〉。此小說以勞工示威現場的夜晚為背景，描寫在黎明時刻即將與資本家展開激烈鬥爭的預感下，勞工的焦慮心境。雖然這些留守現場的勞工明知抗爭大抵會失敗收場，仍然堅信成功總有一天會到來。因此這場等待黎明出征的過程可說是充滿了相當悲壯的氣氛。此作品為南韓一九八〇年代文學中相當具有代表性的勞工文學作品。

一九九一年　南、北韓同時加入聯合國。

一九九三年　申京淑（一九六三—）發表短篇小說〈風琴聲起的地方〉。此小說以書信體的形式，描寫一小女孩運用其纖細的「感覺」，即視覺和聽覺來區分生母和繼母的故事。此小說強調視覺和聽覺等「感覺的形象化」，以及這些感覺帶給人的主觀情感。在一九八〇年代過後，高舉意識形態和理念的文學形式沒落後，這股注重個人日常生活和主觀情感的文學作品開始興起。此作品即為相當具代表性的一篇。

一九九七年　發生亞洲金融風暴，南韓陷入經濟危機。金大中（一九二四—二〇〇九）當選總統。

GREAT! 52 **吹過星星的風：**韓國小說大家經典代表作（戰前篇）
Original Korean language edition was first published in March of 2006 under the title of 서화 by BUMWOO Co., Ltd.
Written and Illustrated by 이기영 (Ki Young LEE) 李箕永
Copyright © 2006 Ki Young LEE
All rights reserved.

Traditional Chinese translation copyright © 2020 Rye Field Publications, a division of Cite Publishing Ltd.
This edition is arranged with BUMWOO Co., Ltd. through Pauline Kim Agency, Seoul, Korea.

No part of this publication may be reproduced, stored in a retrieval system or transmitted in any form or by any means, mechanical, photocopying, recording, or otherwise without a prior written permission of the Proprietor or Copyright holder.

This book is published with the support of the Literature Translation Institute of Korea (LTI Korea)

主　　編	崔末順
譯　　者	游芯歆
封面設計	莊謹銘
編輯協力	沈如瑩　呂佳真
責任編輯	巫維珍
國際版權	吳玲緯　楊靜
行　　銷	闕志勳　吳宇軒　余一霞
業　　務	李再星　李振東　陳美燕
副總編輯	巫維珍
編輯總監	劉麗真
事業群總經理	謝至平
發 行 人	何飛鵬
出　　版	麥田出版 地址：115台北市南港區昆陽街16號4樓 電話：(02)2500-0888　傳真：(02)2500-1951
發　　行	英屬蓋曼群島商家庭傳媒股份有限公司城邦分公司 地址：115台北市南港區昆陽街16號8樓 網址：http://www.cite.com.tw 客服專線：(02)2500-7718｜2500-7719 24小時傳真專線：(02)2500-1990｜2500-1991 服務時間：週一至週五09:30-12:00｜13:30-17:00 劃撥帳號：19863813　戶名：書虫股份有限公司 讀者服務信箱：service@readingclub.com.tw
香港發行所	城邦（香港）出版集團有限公司 地址：香港九龍土瓜灣土瓜灣道86號順聯工業大廈6樓A室 電話：+852-2508-6231　傳真：+852-2578-9337
馬新發行所	城邦（馬新）出版集團【Cite(M) Sdn. Bhd. (458372U)】 地址：41-3, Jalan Radin Anum, Bandar Baru Sri Petaling, 57000 Kuala Lumpur, Malaysia. 電話：+603-9056-3833　傳真：+603-9057-6622 讀者服務信箱：services@cite.my
麥田部落格	http://ryefield.pixnet.net
印　　刷	前進彩藝有限公司
初　　版	2020年2月
初版二刷	2024年5月
售　　價	380元
I S B N	978-986-344-713-9

國家圖書館出版品預行編目資料

吹過星星的風：韓國小說大家經典代表作（戰前篇）／崔末順主編；游芯歆譯. -- 初版. -- 臺北市：麥田出版：家庭傳媒城邦分公司發行, 2020.02
面：　公分. --（Great!；52）
ISBN 978-986-344-713-9（平裝）

862.57　　108018988

城邦讀書花園
www.cite.com.tw

Printed in Taiwan.
本書若有缺頁、破損、裝訂錯誤，請寄回更換。